U0044793

目錄

第一章

一

　　北宋汴梁城外，烏雲青壓壓的，淅淅瀝瀝地下著毛毛雨。羊十九戴著斗笠，背著一副小弓箭，騎著一匹小白馬，沿著山路慢慢地走過來。山裡霧濛濛的，白色的雲煙順著風飄忽忽的，一會兒遮了這片樹林，一會兒現了那片山頭，迷迷障障。於是我們有時候看見一隻斗笠慢悠悠地飄過來，一會兒仔細一瞧，原來飄過來的是一副小弓箭，等下瞇個眼發現是一匹小白馬「咯噔咯噔」地溜達過來，等快到了面前，羊十九才「呼啦」從飄走的一朵雲煙後面冒出來。

　　羊十九有著橄欖色皮膚。如果要畫她，只要把畫旁邊大樹的顏料混在畫泥土的顏料裡一攪和，就可以了。這也算一種保護色。當她爬樹上掏鳥蛋的時候，她就綠一點，不留神你就以為這大樹成精了，自己在那張牙舞爪地掏蛋，也沒見它長出吃蛋的嘴巴。當她趴在河邊土裡曬太陽的時候，她就黃一點，不留神你就要踩上去，坐在她背上，好奇地研究下眼前這塊長得像屁股的石頭。（羊十九的翹臀是每天靠牆撅屁股練出來的，線條緊湊有張力，十分耐看。）她橄欖色的臉上長了一對連心眉，其實這連心眉中間還差一毫米沒連起來，羊十九就很操心，這兩條眉自己想連，就得給它們搭把手，就像亞當對上帝勾勾小指頭，勾到了就有如神助。（這個比喻不知道羊十九

是如何體會到的，不過，汴梁當時雖然不賣諾基亞手機，留大鬍子的傳教士還是有的，很可能有天逛大街好奇收了人家的傳單，看到上面一個老爺爺用手去勾一臉沒睡醒的小伙子，她就覺得肯定早上太早了，老人家就是這樣的，早上麼睡不著，晚上又太早睡。）

羊十九就把黑炭頭削成小鉛筆，沒事就在眉心點一下，立馬就感覺自己面露凶相，要幹一番事業。平時她點完眉心，就去找胖橘，對牠齜牙咧嘴，再在牠面前做五十個伏地挺身挑釁，雖然胖橘一般看到第三個就扭頭走人了。這次她點完眉心，胖橘跑隔壁去找老相好了，羊十九隻好一個人坐門檻上發呆，她忽然覺得不如占個山頭稱大王。這個想法讓她很興奮，她就張嘴在唇間小聲念了一遍，「占個山頭稱大王」，覺得很有氣勢，和自己的連心眉很搭調。

「占個山頭稱大王」，我放下筆，也輕輕地念了一遍，也很興奮，跑去陽臺吸點新鮮空氣。初秋的空氣有好幾層，像多層口味的蛋糕，可以吃。上面浮著曬熱的奶油，下面是清涼薄荷，中間夾著濃郁的桂花香。當然層與層之間還摻點小灰霧霾顆粒，咬著會「咯嗞咯嗞」，不過也不會爆掉牙。我覺得羊十九這個志向很「牛逼」，占山頭稱大王不就是當女流氓麼，這在古代可是鳳毛麟角。

古代歷史上記載的無非兩種女人，守婦道的某某氏，和不守婦道的下流坏子。對於寫歷史的男人而言，守婦道的貞節坊是要拿來表彰的，但是這種女人通常太正經，不活潑，沒什麼情趣，冷不防變成個牌位來嚇人。不守婦道的下流坏子麼是

要在道德上予以譴責的，但是她熱情奔放，投懷送抱，一會兒是青樓裡的翠花，一會兒是書生帳裡的妖嬈女鬼，讓人春夢連連，把持不住。而女流氓這種女人，她既不立牌坊又拒絕被意淫，因爲女流氓嘛長得再漂亮也是帶把刀的。借弗洛伊德老人家的話就是，她總是晃著明晃晃的刀進行閹割威脅。所以寫歷史的男人總是小心翼翼地勒緊褲腰帶，繞過這些女流氓，去寫男流氓。這男流氓遍地都是，整部歷史簡直就是男流氓史。大流氓在朝廷翹著二郎腿做官，小流氓在地方揭竿起義，殺入朝廷，奪了鳥位，也翹起二郎腿做官，大小流氓風水輪流轉。雖然史書寫來寫去，流氓總是帶把把的，這也不妨礙我想像一個女流氓的形象，羊十九（名字比我多十七，我叫羊二，但她年齡比我小，她十九，我都三十了），橄欖色皮膚，翹臀，好看的肌肉線條，愛畫連心眉，養隻寵物胖橘，高興就練練伏地挺身，一口氣做五十個（我「呼哧呼哧」地才二十個，哼）。不過這是她當上女流氓前的形象，至於她後來成爲正兒八經的女流氓有沒有變得黑胖黑胖，五大三粗，青面獠牙，或者梳起朝天羊角辮，勾起遠山眉，穿個繡著胖橘圖案的肚兜（也許那時候胖橘已不在），我現在還說不上來，畢竟我連她能不能幹到女流氓的位置還不敢打包票，總覺得這路子野，不知道會發生什麼。但年輕人有理想總是好事，特別是年輕女人。

占個山頭稱大王，這個理想聽上去像個氣勢洶洶的口號，實踐起來會有各種不同的版本。故事的第一個版本，也就是最簡易的版本，已經被我槍斃了，因爲第一，它有點像小孩子扮家家酒，幼稚；第二，它怎麼也編不長，沒矛盾沒懸念，一根

筋到底，四五句的樣子就講完了。故事是這樣的：羊十九本來就住在山上，碰巧那片山頭沒住別人，那就意味著被她獨占著。一天早上她起床，想起夢裡有人叫她「十九王」，她就激動地去把還在睡覺的弟弟從床上揪起來，讓他叩頭叫她大王，叫完放他回被窩睡覺。她就這樣喜滋滋地收了小弟。然後她用草紙給自己做了個小王冠，用墨汁在額頭上描了個「王」，自封了大王位。這個版本最大的缺陷在於羊十九安逸地待在家裡，沒有出門闖蕩，所以不夠流氓。於是在重新開始的第二個版本中，羊十九離家出走了。她的家顯然是個大家族，因為她都排行十九了，這種家庭非富即貴。在這個故事裡，她是相國府待嫁閨中的小姐，這樣寫我還是存了點私心的，萬一羊十九占山頭的事黃了，落草不成，還可以回娘家找靠山。當然我可不想這種事發生，但是誰又知道呢？

二

　　羊十九騎馬來到汴梁城外，來找這麼個山頭。她出門之前和相國夫人告別，「老媽，我就出去玩幾天，等我回來了，該嫁進哪個府，怎麼嫁，都依您。婚前單身旅行您得依我，人生最後幾天快樂日子您就讓我自個兒享受享受吧。」相國夫人想想自己當年最後幾天做姑娘時，就曾偷了一隻毛驢奔著太陽落下去的方向跑了一夜，那時候她也是心血來潮，忽然想要仗劍走天涯。劍有沒有帶倒沒關係，可以路上買，只是第二天天亮她拖著疲倦的身子往後一看，自己還在知府大院的後花園，而那隻毛驢眼睛上戴著眼罩，所以這一夜牠都在院子裡繞圈

圈。那隻可憐的毛驢因為加班一晚上也累趴下了。於是她歎一口氣，認命了，風風光光嫁進相國府，下了轎，親手合上深宅大院的門，從此只見夕陽不見天涯。所以這次女兒要出門透透氣，她不反對，再說反對也只能逼女兒半夜偷驢子重蹈覆轍。她讓丫鬟把小馬給十九牽過來。在相國夫人眼裡，仗劍走天涯這種衝動走兩天也就沒了，她打賭十九走到汴梁城外看到太陽落到山那邊就會興奮地說，我到天涯啦！至於仗劍，她把她清晨鍛鍊身體用的小木劍，連同家裡切西瓜的水果刀，還有飛鏢玩具，一股腦都塞十九包裡，然後拍手說，「哇，十九好厲害哦，有劍有刀還有暗器，這簡直要做一代女俠啦！」搞得羊十九也很激動，馬上回應，「一代女俠羊十九，江湖恩怨在身，在此別過母親大人。」臨走時，相國夫人順手給十九包裡塞了一包防曬粉，「走江湖別忘記防曬，別到時候回家跟個黑鬼似的，把上門提親的都嚇跑。」

關於這個防曬粉有必要補充一下。相國府的防曬粉自然和街上十個銅錢一包的不一樣。街上賣的大多是蚌殼打粉，據說蚌殼擅長擋太陽，所以珍珠才這麼白。那麼蚌殼粉糊臉上也是一樣的道理。而相國府的防曬粉是京城御醫開的方子，三味藥，分別是野生白頭翁屎、野生白孔雀屎和野生白蛇屎。去掉有顏色的部分，取其屎中之白，在日蝕發生的時候，和珍珠混合攪碎打勻。但日蝕不是說有就有的，相國府上上下下這麼多張臉需要防曬美白（不僅女人要防曬，男人也要，不僅主子要防曬，僕人也要，這是相國府身分的象徵）。所以相國府就騰出一塊地養了一隻白頭翁、一隻白孔雀和一條小白蛇，專人飼

養接屎。但爲了和御醫的方子盡可能地吻合，這塊地專門用籬笆隔開，插上一個牌子，上寫「野外」。而原方的日蝕製粉日也改成了月明夜，意思是一樣的，就是太陽不見了。

其實出門打個傘最防曬了，但是不行，那是沒錢人幹的事。稍有錢的就去街頭買蚌殼粉，蘸水抹一臉灰，像個泥水匠，只露一雙眼睛。大夏天毒日底下，灰粉曬得乾乾的，灰臉遇見灰臉朋友，沒講幾句，嘴角的粉就「咯嗞咯嗞」裂開了，再講幾句，裂縫就在臉上延伸開來，像一腳踩在薄冰上「吱嘎」延伸的冰紋。說話的人說著說著就憑空加了許多語氣詞，比如「哎呦」「嘶——」「啊——」，聽上去情感相當投入。本來兩個灰臉小姑娘相見交談，等告別時都已是滿面褶子和龜裂的老太太，就像這話談了一輩子那麼長。談到最後都是，「受不了了，我要回家洗臉！」然後端著頭繃著個臉皮相互揮手示意再見。如果是大風的日子，灰粉吹得乾乾的，灰臉遇見灰臉朋友，沒講幾句，一陣風過來，灰粉屑就輕飄飄地在兩人之間飛起來。然後就有一個開始打噴嚏，打完說「不好意思啊」；另一個也開始打噴嚏，打完也得說「不好意思啊」。這樣一來，她倆只能在一個個噴嚏和一個個不好意思中間見縫插針地把要講的事講完。有時候風太大了，灰粉屑飛得像小雪片似的，說著說著，對面的灰臉朋友就慢慢地淡掉了，好像要憑空消失。所以談到最後都是慌忙去空氣裡撈一把，「喂，你別走哇！」

有錢人如相國府的，就抹一臉白，他們不怕大毒日或者大風天，因爲他們都隨身帶一小瓶噴霧劑，感覺臉上哪塊粉要裂

9

或要掉，就滋滋兩下，穩住它。塗灰粉的人也不是買不起噴霧劑，只是市面上賣的粗糙，一噴就是一根水柱，或者先一根水柱然後分叉。本來只要潤潤臉，保保濕，噴完卻成了眉毛、眼皮、鼻子都在滴灰水，像要融化的冰棍，所以沒人樂意拿出來噴，怕被人取笑。除非眼皮子拉扯得太難受，才偷偷拿出來小心噴個小水柱救救急。

這粉白天塗主要是防曬，晚上塗主要是美白，就像面膜一樣。相國府一到晚上就靜悄悄的，大家都規規矩矩地躺在床上敷面膜。因爲煤油燈太亮又有灼熱感，影響美白效果，面膜時間就改成用螢火蟲燈。於是相國府晚上就是大家頂著個白白的臉，躺在各自房間，在一閃一滅的螢火蟲冷光中，一呼一吸，一吸一呼。知道府上這習慣的人都不在晚上九點後來串門，省得被嚇到。府內房間也不互相串門，怕自己人嚇自己人。而羊十九這時候就把胖橘抓到床上，把她的白粉配額糊到貓臉上，螢火蟲燈一閃一滅地把牠唬得一愣一愣的，羊十九就跑到院子裡抓蟋蟀去了。等後來胖橘慢慢地就變成了胖白，白臉黃身，看著怪怪的。羊十九乾脆把牠身上也糊上白粉，慢慢地胖橘就被改良成波斯貓了。

羊十九這次出門沒帶胖橘，怕牠拖後腿，畢竟占個山頭稱大王是有風險的。雨還在下，汴梁城外山坡綿延起伏，鬱鬱蒼蒼，羊十九感覺這雨都是綠色的。她仰起頭張大嘴巴喝了點綠雨，涼涼的像夏天的綠啤，抹了把臉上的水，感覺自己的眼睛綠了，嘴唇綠了，還長出兩根綠色的鯰魚一樣的鬍鬚，忽然想在霧濛濛的雲煙裡甩起魚尾游走了。她四處張望著，在這片無

盡頭的綠色裡，她不知道應該占哪個山頭好。既然是占山頭，那最好有人已經在山頭上了，蓋了房子，娶了媳婦，囤了幾箱金銀財寶，然後等著羊十九大喝一聲，「老娘羊十九在此，快快受降！」把小木劍往那男人脖子上一橫，他就嚇得兩腿發軟，跪地求饒。然後羊十九一腳把他踢下山，住進他的房子，占了他的媳婦和財寶。可是，占他媳婦幹啥呢？反正不能放她下山，剩羊十九一個人在山上，她晚上肯定睡不著。那就和她在家門口坐著嗑嗑瓜子，嘮嘮嗑，看個手相，踢個蹴鞠什麼的。反正兩個女人在一起能做很多事，總比一男一女在一起能做的多很多。

　　這個故事如果這樣寫，稍稍有了點女權的味道，畢竟兩個女人把一個男人趕走了，這兩人還玩得挺好。這對於我這麼個女權主義者，這學期開了一門女性主義電影課的小講師來說，還是對胃口的。不過呢，羊十九贏那個男人也太容易了，這樣就很沒意思，不打個架不流點血也好意思叫占山頭？我在馬桶上一邊玩著手指，一邊想著如何給羊十九添加難度係數。這個故事的很多想法都是在蹲馬桶的時候產生，因為我有便祕的毛病，每天有相當長的馬桶時間。如果不定時定點蹲一蹲，幾天就變成了行走的沼氣池。人家玩個打火機，吹個蠟燭，打個煤氣，我就一哆嗦，生怕發生意外。其實羊十九也有這毛病，在重新嘗試有點難度的占山頭行動之前，她得在半路上拉泡野屎。

三

羊十九算算自己兩天沒拉屎了，今天趕了半天山路，小馬走得不穩，顛著顛著，她忽然肚子痛想拉屎，就找了一塊空曠的草地蹲下來。本來嘛，野外拉屎要麼找大石頭後面，要麼找樹林子，總之要隱蔽，畢竟不是什麼光明正大的事。可是那些隱蔽的地方生物也多，羊十九畢竟是相國府的千金，還不習慣拉屎的時候屁股底下冒出一隻蛤蟆，跳起幾隻蝗蟲，或者有一條蛇盤成一坨屎的樣子，嚇得她分不清哪一坨是她自己拉的。有可能她拉的不是屎而是像屎的蛇，這個想法足可以讓她便祕好幾天。在空曠的草地上蹲著，羊十九給自己撐了個傘，省得雨水順著屁股流下去癢癢的。不過，這傘只擋上面的雨水，兩腿間的過堂風是擋不住的。她一邊熱騰騰地嗯啊著，一邊享受著底下陣陣清涼風，好不舒爽！這讓她想到相國府的夏天，總有丫鬟站在馬桶邊上給她打扇。

丫鬟大多不怕她，所以經常敷衍了事。如果她們給相國夫人打扇，估計離她二十公分，上下左右都有兼顧給風，風力分一二三檔，根據不同的天氣自動調節，無需相國夫人提醒。而且她們不僅不嫌相國夫人拉得臭，反而在茅房和她聊桂花、梔子花、茉莉花，自覺地起到意念上的空氣清新劑的作用。而如果拉屎的是羊十九，她們就離她一米遠，定點在一個部位扇，扇得那塊地方的汗毛倒了立不起來，還起雞皮疙瘩，其他部位卻熱得直冒汗。丫鬟嫌羊十九屎尿臭，都是自帶幾竹筒的新鮮空氣，左手平舉著吸一口，然後右手給羊十九扇幾下扇子。後來她們在氧氣竹筒裡添了各種好聞的花瓣，吸的時候甜甜香香

的，一副欲罷不能的樣子，像抽大煙，還順手遞給羊十九一筒。後來不知誰帶頭髮明了把薄荷、茶葉、茉莉這些曬乾炒製混合成煙絲，放在煙杆裡燒，當真抽起了大煙。剛開始左手平舉著吸一口，右手扇幾下，後來就沉迷於吞雲吐霧，把扇子遞給羊十九：「小姐，借你手用一下哈！」羊十九就借給她用了，自己打起扇來。這扇還必須打，因為丫鬟炮製煙葉的技術還不成熟，煙氣老大，有時候羊十九蹲半天馬桶沒蹲出什麼實質性的東西，忽然發現自己原來是來汗蒸的，周圍白煙繚繞，摸摸身上也是汗漬漬的。沉迷於抽花煙的丫鬟沒別的地方可以去吞雲吐霧，怕被相國夫人發現，就只能借用羊十九的茅房時間。所以她們老過來提醒羊十九，「小姐，該拉屎啦！」或者「小姐，便便時間到啦！」後來乾脆每次路過羊十九的房間，就用擬聲詞，「小姐，『噓噓』」、「小姐，『噗噗』」，聽得羊十九肛門一緊，反而害起便祕來。

關於抽花煙再補充一點，雖然羊十九抗拒「噓噓」、「噗噗」的強行召喚，但她還是很喜歡看丫鬟抽花煙的。有個丫鬟早上六點鐘犯煙癮，因為抽得早，也不用擔心相國夫人發現。她一般在走廊盡頭屋簷下靠著紅牆抽，穿件素白袍，散個頭髮。那時候天還沒亮，空氣還是霧藍霧藍的。藍空氣流過她的白袍子，泛了點藍影子。周圍麻雀啾啾聲、吱呀開門倒馬桶聲、簷角風鈴聲都浸在藍水裡，悶悶的，像還在半睡半醒，哈欠連天。等灰白煙從口中徐徐吐出，就像大多天打了大大的哈欠，熱氣騰騰。然後她在自己製造的白氣團裡懶懶地吸一口，再張嘴打個更大的哈欠，像嚼顆泡泡糖，一次比一次吹得大。

這灰白煙就彌漫得像件大披風。羊十九趴在窗臺這邊看著，一邊撲哧撲哧吸清水鼻涕，一邊想過去披下這件暖暖的大披風。本來羊十九從來不早起，但她就想看看小姐姐抽花煙，所以她還專門爲此定了鬧鐘。那時候上供機械鐘的洋人蠻子還沒有出現，羊十九就在時辰盤香上算好時辰，畫上記號，繫上個鈴鐺，等盤香到點燒到那兒了，鈴鐺就叮噹掉地上，把她嚇醒。當然就嚇這麼一下是不夠的，這只能讓她翻個身，於是羊十九又在到點的盤香那段刷了胡椒水，翻個身再等一會兒，她就得開始打噴嚏，一個比一個響的把自己給震醒了。所以在看小姐姐抽花煙這事上，羊十九還是下了點狠心的。

而這位小姐姐也表現出高度的職業操守，羊十九趴在窗臺吸鼻涕的時候，她肯定已經靠著紅牆叼起大煙杆了。她每次吸哪種花草爲主的煙葉，她就在頭髮裡插同樣一朵鮮花。比如她今天插了一朵白茉莉，待會兒準飄來茉莉花香的煙，爲了配合茉莉花的主題，羊十九就去泡一壺茉莉花茶，捧在窗臺上慢慢喝。改天她插了紫色的薄荷花，羊十九就去泡一杯薄荷茶，捧在窗臺慢慢喝。但有一天，她插了支狗尾巴草，羊十九就犯難了，茶罐裡沒這口味啊！她就跑去小姐姐那看個仔細，果然是狗尾巴草。小姐姐徐徐噴她一臉煙，「看什麼看，來抽一杆，狗尾巴草，野性十足！」所以羊十九抽花煙是從抽狗尾巴草開始的。野性不野性她倒沒抽出來，反正她覺得吸了一口，鼻子癢癢，吐了一口，舌頭也癢癢，就像狗尾巴草毛毛裡黏著的小草籽兒都蹦到嘴裡來了，好像我小時候吃的跳跳糖。這個不知道羊十九能不能感受得到，如果和她解釋說現代的跳跳糖就是

狗尾巴草籽兒糖，她準會拍拍胸脯說：「我知道，我知道，就是癢癢糖。」

　　其實抽花煙的感受因人而異，小姐姐抽狗尾巴草一點都不癢，反倒是很想扭屁股，仿佛後面長出了尾巴。她繞著自己吐了一圈灰白煙，然後高舉著煙斗在裡面扭屁股，像在轉白煙做的呼啦圈。白煙蒸騰而上，一會兒就把呼啦圈轉上了脖子。不同的花草也有各自的性格和遭遇。有一次抽映山紅，小姐姐抽著抽著就大哭起來，白煙熊熊地冒，像燒了一堆紙錢又燙又嗆人。羊十九連忙往煙斗裡吐了幾口唾沫，滅了這花煙。有一次她倆一起抽牡丹，吐出的煙還帶點嬌嫩的紅，細細的兩條煙飄著飄著就纏在一起了。她倆故意往相反方向吐煙，結果飄了一會兒各自拐了個彎又碰頭纏繞。看來這兩牡丹花精生前有一腿。最累的是有次抽月季。估計這月季以前是個話癆，羊十九抽得好好的，忽然張口來一句：「看我戳死你！」小姐姐白她一眼，「十九你活得不耐煩了，戳我幹嘛？」羊十九忙解釋，「剛不知怎麼的忽然想說話，其實我並沒想和你說啊，奇怪了。」又抽了一會兒，小姐姐來了一句，「你給我滾遠點！」還跺了一下腳。羊十九剛想說點啥，結果吐了一口煙就變成「啊呀，好大一隻毛毛蟲！」然後她倆就一直抽一直說，說到最後堅信自己是兩朵下半身在泥土裡踩著蚯蚓，上半身忙著招呼小蜜蜂，還一邊罵著鄰居男孩的月季花。

　　現在蹲在草地上拉野屎的羊十九，倒是下半身提防著蚯蚓，上半身趕著蒼蠅，一邊想著如何改進家裡的馬桶。如果要引進拉野屎的清涼風，那麼要在馬桶上鑿個缺口，架上小水

車，底下舖上一石槽，讓水流過推著水車轉。有了水車轉軸的動力，想幹點啥都不難。比如想要有風，就在轉軸上插個小風車，屁股後面就吹起涼絲絲帶水汽的風，就是現在這種下雨天拉野屎的趣味。比如想要有人幫你擦屁股，就在轉軸上插個小人，讓它拿著草紙360度旋轉無死角地幫你擦乾淨。比如擦完想洗屁屁，就在每條水車臂上裝上小水桶，撅著屁股享受水桶浴就好了。還可以根據不同口味，選擇在水槽中加熱水、加薄荷，或者想要刺激的話加點胡椒。當然，轉軸上還可以插癢癢撓、按摩球，或者是粉撲球，為乾淨的屁股擦上白白的痱子粉。羊十九就在那片毛毛雨的灰色天空下，打著一把灰色油紙傘，撅著屁股，像一大朵灰蘑菇杵在草地上，想像著坐在風車呼呼轉的馬桶上。她忽然有點想家，想抽花煙的小姐姐。

這時候油紙傘破了個洞，一串雨珠貼著羊十九的面頰滴下來。羊十九發了一會兒呆，然後擦完屁股，牽來小白馬，掉頭回家。我想攔她一把，小白馬被路上的石頭絆了一下，一個趔趄，但還是徑直跑起來了。看來是攔不住了。如果不是這泡野屎，羊十九不會沒事想起家裡的馬桶，就不會由馬桶想起抽花煙的小姐姐。當然如果不是這鬼天氣，要不是油紙傘上有個洞，掉了一團鼻涕一樣的雨珠黏她臉上，也許羊十九不會打道回府。這團鼻涕糊了她眼睛，感覺這漫山遍野的雨把世界都罩了起來，再走下去也差不多，還在這罩子裡。羊十九想，把遠方踩在腳底下的時候，也就不過如此，還有點寂寞。原先山那邊自由的誘惑，「羊十九快出來撒野！」已經抵不上抽花煙的小姐姐那升騰的暖暖的灰白煙做的大披風了。她要回家。

羊十九回家以後，這條故事線也就差不多到了尾聲。她花了一個月時間改進了自家馬桶，然後抱著馬桶嫁進了親王府。因為親王府並沒有馬桶配套的石槽，她就親自督建了一個。自此，親王夫人再沒犯便祕，足壽至七十而終。劇終的時候，刻墓碑題詞的叮叮噹噹聲就響起來了，好像羊十九吃了七十年糧，拉了七十年屎，順順當當地完成了人生使命。沒人知道她曾經有過「占個山頭稱大王」的流氓理想，不過，這也沒什麼要緊的了。

四

其實我只要把天氣改一改，把那把油紙傘的洞補牢，羊十九就不用這麼失落地著急回家。故事回到還在拉野屎的羊十九，當她擦完屁股起身的時候，忽然雨過天晴，山那邊掛了一道彩虹。她啊啊地跳上跳下，想告訴每個人：「哇，快來看，彩虹哎！」然後發現只有小白馬甩甩尾巴應和她一下。不過這並沒影響她的情緒，她一拍腦袋，說：「呀，我是來占山頭的啊，我怎麼忘了呢？那我還不能回家。」這時候，她看見不遠處的山頭有一棟房子。

羊十九馬上覺得這就是她理想中應該去占的山頭，因為它就在那道彩虹底下，簡直天啟神諭。走近看，這白房子雖然只有一層，用鵝卵石搭建的，凹凸有致的外牆面像魚鱗一樣，三角形的房頂是青瓦舖的，像魚的頭。旁邊的大樹被風吹一吹，陽光下的樹影在鵝卵石上蕩來蕩去，這房子就像魚游起來了。這個魚房子很活潑，可惜是白色的。羊十九已經在考慮住下後

要把它刷成藍色的，然後在三角形房頂的中間拆掉幾塊鵝卵石，開個小窗，以後這條魚就能在陽光下眨眨眼，月光下翻個白眼，下雨天呢還能哭一會兒，就更活潑了。不過在刷漆開窗之前，得先想辦法把它占為己有，這是個問題。

就像前文所述，羊十九策馬奔騰，一路跑上小山坡，大喝一聲：「老娘羊十九在此，快快受降！」小白馬因為在相國府從沒撒歡兒跑過，這一溜煙的山坡把牠累得氣喘吁吁。羊十九也有點緊張地氣喘。如果出來幾個大漢她就趕緊撤，畢竟寡不敵眾。結果啥動靜都沒有。羊十九心下竊喜，如果這魚房子沒人住，她就撿到大便宜了。於是她又高興地喊了一聲：「老娘羊十九在此，快快受降！」就像在喊失物招領，要是喊三聲沒人答，就算名正言順地歸她了，就可以去門口掛個門牌叫「十九居」。她正想喊第三聲完成儀式，結果窗口探出個腦袋，叫道：「誰啊？」羊十九嚇一跳，趕緊往包裡掏了掏，掏了把小木劍橫在這個人腦袋上，一看是個胖胖的白臉男人。他並沒有像原定那樣嚇得兩腿發軟，跪地求饒。他看一眼脖子上的劍，還往上蹭了蹭，說：「哇，印尼檀香木。」羊十九答：「大哥，是印度老檀。」白臉男說：「哇，你家的鎮家之寶？」羊十九答：「大哥，我媽晨練的小道具。」白臉男說：「你把它架我脖子上幹嘛？」羊十九答「大哥，你的房子能不能借我占一下？我把這劍給你做個交換。」

白臉男心裡一盤算，這劍去當舖隨便當個幾十兩銀子，而他這破房子屬於違章建築，鵝卵石是旁邊河邊撿的，木架子是旁邊樹林子裡砍的。唯一花錢的是那些屋頂瓦片，其實也不

是瓦片花錢，而是那天晚上他拉了車去城裡，打算半夜去人家屋頂撿瓦片。等待天黑的間隙，他去青樓喝了壺花酒，叫了個鐘點按摩服務，也就十兩銀子。這筆交易他一點也不虧，當了劍，去城外近郊置辦一棟磚瓦小房，還能剩點花花。不過他還是納悶，「你們城裡人大老遠跑來占我山裡的破房子幹嘛？」羊十九答：「大哥你不懂，咱在城裡待膩了，過來種種菜、養養魚，以後開個農家樂。」她才不想把占個山頭稱大王這麼個理想說給他聽，怕說了嚇到他。

　　羊十九把檀木劍給了白臉男，又覺得口說無憑，要白臉男寫個授房字據。白臉男就寫道：「汴梁城外三十里一座青山上的一棟白房子歸羊十九所有。」羊十九看了忽然很感動，坐擁一座青山一棟房，吞雲吐霧，就差自己給自己封個王位了。不過她轉念一想，這句話其實啥都沒說。放眼望去都是青山，但凡造個房子基本都刷成白色。城外三十里不過是個虛詞，誰也沒拉尺子量過。但這山確實沒名字，這房也是個違章建築。羊十九想了想，按山的線條、房的輪廓畫在紙上，把這句話改成「汴梁城外三十里這座青山的這棟白房子歸羊十九所有」，然後在兩個「這」字邊上，各畫一個箭頭指向圖上的山和圖上的房。這下她覺得很牢靠了，圖文並茂，怎麼也跑不掉。她就高高興興地去拴馬，準備安定下來過日子。走了兩步被石頭絆了一下，她就開始發呆，覺得這麼容易就占了山頭，有點沒勁。就像本來齜牙咧嘴地去搶小朋友的玩具，忽然老媽拖了一筐玩具過來，「十九，夠你玩一輩子的了！」玩具頓時就沒那麼好玩了。同理，不是自己辛苦搶來的房子占著也沒什麼大意

思。而且，只是借了家裡有錢做了一個小交易，這樣想著，就更沒勁了，簡直弱爆了。我也看不起她，哼哼，羊十九，富二代，買個山頭還美滋滋，臭不要臉！我得把這個故事寫個結尾收口，重新開條故事線。但是這時候，羊十九忽然說要改過自新，要搞個占山頭儀式造造氣勢。

這個儀式其實很簡單，就想證明羊十九占了這房子是花了點力氣的。羊十九提議：「大哥，我們打一架比比誰厲害好嗎？」白臉男立馬說：「你厲害，你厲害！」然後像拳擊裁判一樣舉起羊十九的胳膊說：「羊十九贏！」羊十九覺得怪無趣的，她又提議：「大哥，我去屋裡搶點你的東西吧，你一定要過來攔我。不過儀式完了我還是會還給你。」白臉男立馬說：「隨便搶，隨便搶，我用不著攔你！」羊十九頓時蔫蔫的，還是裝模作樣衝到屋裡，一看，的確不用攔，因為並沒有什麼好搶的，就一床舖蓋。也不用費勁去翻箱倒櫃，因為並沒有箱子和櫃子。羊十九還是不死心，她又提議：「大哥，我和你玩個飛鏢遊戲好嗎？我投三個飛鏢把你釘門上，當然釘的是衣服不是肉。然後你討個饒，我就把你放下來。」白臉男正想直接討饒，忽然看見羊十九拿出三個飛鏢。雖說是個玩具，也都是鍍了一層金，他就改口說：「要是這遊戲玩好了，你把這三個飛鏢都送給我？」羊十九想，好不容易整個占山頭儀式，為了抵消剛才木劍換房交易的負面情緒，結果又要被銅臭了。看來占山頭是絕不能顯富的，下次要注意了。於是她下意識地把老媽塞一塊兒的水果刀推到包包裡面，這可是瑞士蠻夷上供的鋼刀，切菜切肉都刺溜刺溜的。相比而言，飛鏢倒是沒什麼用，

除了串烤串。

　　在家的時候，羊十九最喜歡丫鬟拎幾隻褪完毛的鷦鵡站在她面前，叫一聲：「十九，來，射！」羊十九就pia地擲一個飛鏢去，把這幾隻鷦鵡都串成一串，然後放柴火裡去烤。只要飛鏢串串的都歸她吃。相國夫人總說她吃相難看，因為她不是一隻一隻地吃，而是一排一排地吃。比如吃鷦鵡，她就依次先吃一排腳爪，吐一排骨頭，再回頭依次吃一排鳥頭，咬一排鳥嘴，爆一排鳥眼。這樣流水線吃東西，總能吃出一種氣勢。有時候串烤魚頭，從小到大排好，就像一組三角形風鈴。羊十九最喜歡咻溜咻溜吸腦漿，大魚頭吸起來是「咻咕咻咕」，聲音低沉，小魚頭吸起來是咻啾咻啾，聲音脆亮。所以從大吸到小，就是哆瑞咪發嗦，從小吸到大，就是嗦發咪瑞哆。想著這會唱歌的飛鏢串串，羊十九還捨不得送給白臉男呢！不過嘛，做人不能小氣，況且他還讓自己把他釘到門上去，於是羊十九就答應了白臉男。

　　白臉男大搖大擺地去門前站好，叉開腿，叉開手，好像皮影戲裡的紙片小人被四根線牽著。他這樣擺姿勢不過想讓寬袖垂開來，褙子裰撐開來，增加飛鏢瞄準面積。等羊十九射中了，他就打算叫聲姑奶奶，然後拿了這鍍金飛鏢下山到城裡喝壺花酒去。當然，他這樣放心叉手叉腿的，還因為他覺得羊十九連他這個大活人靶都射不到，所以他還招呼羊十九：「小丫頭，往前靠靠，射不到不要緊，喏，直接過來戳到門板上去不算犯規哈！」羊十九撇撇嘴，心裡計畫著一支飛鏢釘左袖，一支飛鏢釘右袖，然後一支飛鏢釘褲襠，完美倒三角。結果第

一支飛鏢跑偏了，戳進了左邊地上的一坨馬糞。羊十九連忙說：「不好意思，失誤失誤。」第二支飛鏢也跑偏了，戳進了右邊地上的一坨馬糞。羊十九連忙說：「啊呀啊呀，怎麼回事？」跑去撿回來，飛鏢被馬糞捂得熱乎乎的（小白馬到人家家裡認生，緊張得到處拉屎）。第三支飛鏢再次跑偏，瞄準的是褲襠，飛去的卻是屋頂，羊十九隻好跟白臉男借了晾衣杆把飛鏢捅下來。

等羊十九撿回三支飛鏢，重新站到靶前的時候，白臉男已經完全放鬆，開始在門前拉伸筋骨，做起廣播體操。當他做到側身運動時，兩手臂左側重合，忽然發現下一拍拉不開了，低頭一看，一支飛鏢把兩隻袖子一起釘到門板上去了。他說：「我操！」想踢個腳卻發現兩隻鞋尖也被釘到門板上去了，他說：「我勒個去！」還在看腳尖呢，只聽「嗖」一聲，頭髮被釘上去了。他今天早起紮了個童子雙髮髻，所以釘得特別牢，脖子都被提上去了，梗著難受，像被拴著待填的鴨。他叫道：「操你媽，羊十九！」羊十九一屁股坐地上，托個下巴，欣賞著自己的作品。這次之所以射得這麼準，是因為羊十九習慣了串烤串，凡是成雙成三成四的東西她都能一射一個準，並且力透最後一個，而單個的東西她就找不到感覺。剛才白臉男兩臂一重合，她就突然覺得丫鬟提了兩隻鷓鴣要她串，接著她又看到了重合的兩腳，像兩隻豬蹄，重合的兩髮髻，像兩顆兔頭。反正她都嗖嗖地串好了。

不過眼前這個是羊十九串過最難看的姿勢了，撅著屁股梗著脖子，胳膊肘還上下撲騰，像一隻待宰的雞，絲毫沒有串

好的鷦鵠那種恬靜優雅與鬆弛。幸好羊十九並不打算把他烤烤吃。羊十九在腳邊拔了一棵狗尾巴草，蓬蓬的毛刺上頂著一頭雨水，太陽一照似乎攏起清薄霧氣。羊十九在自己臉上蹭了蹭，毛酥酥的舒服，水靈靈的清涼，然後就拿過去蹭蹭白臉男的鼻子，「大哥，你別緊張啊，你站直試試？」白臉男嘀咕嘀咕，「姑奶奶，我都被你釘成標本了，還怎麼直？」說完，鼻子癢癢，打了三個噴嚏，鬆下一口氣。胳膊不翻騰了，屁股也就不死摳了，脖子也就自然直了，忽然發現自己是能正正經經站的。只是和門板貼得比平時近一些，看著像在偷聽門裡面的姦情；或者關門的時候太急卡住袖子了，正小心翼翼地把它從門縫裡撬出來。不管是偷聽還是撬袖子，都比剛才待宰的雞體面多了。白臉男開始嚷嚷：「姑奶奶，遊戲結束了吧？這遊戲一點都不好玩，快放我下來！求你了，羊大姐，羊大姨，羊奶奶，羊大王……」羊十九聽到「羊大王」很高興，自己又默念三遍「羊大王」，心滿意足，蹦蹦跳跳地要去給他從門板上放下來。

不過我對白臉男的這張甜嘴不大滿意，總覺得這麼個絕不抵抗只會討巧的男人太沒意思。在放他下山去喝花酒之前，應該讓他再發揮點餘熱，不然總覺得便宜他了。問題是他這麼個釘在門板上的標本，等著羊十九去放他下來，還能發揮什麼餘熱呢？下午太陽懶懶的，我就歪在沙發發呆。這時一個學生發來微信：「小黑羊（她白她了不起，哼），給你推薦一部大尺度美劇《斯巴達克斯》。」然後配了劇照發過來，照片中男奴隸站一排被女主人挑，被寵幸的都是身材壯碩，尤其器大的。

「男人被看被挑，女權的雄起啊！」我想了想總覺得有點不妥，於是就想像了一下我羊二嚼著口香糖哼著小曲在檢閱我的男寵後宮隊。

不知道哪個好心人讓男寵都脫得光光的，反正不是我。穿梭在這些黑的、白的、棕色的肉體中間，我就像來選種馬的配種員。種馬的標準無非是肌肉結實、翹臀、長鞭，尷尬的是這個所謂的標準顯然不是我制定的，而是配種站，而我只想點個花牌度個春宵。如果女人點花牌是在行使女權，那我就有責任把這權力行使到底。那就是拒絕配種站標準，點合本姑娘口味的。於是我讓男寵們都披上紗巾，肉體若隱若現，紗隨風動，春心蕩漾，一掃剛才選種的嚴肅。然後讓他們展示花牌，花名繡在帕子上，刻在胸針上，刺青在身上都挺不錯，寫在皺巴巴草紙上的就不要了。花名帶「虎」帶「狼」的也可以退下了，因為犯了我「羊二」名字的沖。當然譬如虎頭虎腦、小狼崽的可以酌情留下。手粗特別是手指粗的不喜歡，因為不想找個在前戲裡摸胸像搓兩煤球的大手。皮糙的也可以pass，因為手感不好，摸著摸著總覺得像卡著魚鱗，總想跳下床去拿個刮魚鱗的來刮刮乾淨。同理，長鬍子、體毛的麻煩先去剃剃，不然我總覺得抱了一條二哈，老是想踢他下去。諸如此般挑來挑去，有時候挑個處男臉的帶回房，有時候挑個妖媚型的或俊朗型的，這個看天氣也看心情。至於丁丁長短，其實並沒有那麼重要，雖然太長的看了會覺得你怎不戳上天呢？就像一把好好的劍，被剛來的徒弟鑄得比劍鞘長一截，師傅就過來罵：「你造的什麼殘次品，重新鑄過！」但也不好因為丁丁長而歧視人

家。長一截雖然沒用，但他還有手指和舌頭啊，技術到位了彌補丁丁缺陷綽綽有餘。

雖然我不好意思把羊二選男寵的過程分享給學生，但我搞明白了她所謂的女權之不妥之處。於是我回了微信啟發她，「器大究竟是男人炫耀雄風編出來的神話，還是女人享樂的需要呢？插座和插頭也講究個剛剛好。所以這哪是女人挑男人，明明是男人挑男人。」她也一點就通，「原來不過是男人大同的世界，並沒有女人什麼事。」下午的太陽曬得暖烘烘的，曬得門上的「福」字金光閃閃。我想，白臉男還釘在門板上呢，不過不急著卸他，讓他多曬會兒太陽。我好奇這個標本，這個男人身體的標本，如果在羊十九的眼皮底下，會如何被看呢？畢竟羊十九還是個孩子，配種站的標準她還讀不懂，對男寵的理解估計也止於家裡的胖橘。

如果讓羊十九近距離一百八十度欣賞標本，只要讓她從門板左邊走到右邊就行了。如果要三百六十度欣賞，那得發生點什麼讓門板塌進屋子裡，如果反著倒到屋子外頭，標本就得砸壞了，白臉男就成肉餅了。但是這兩種都不足以引起羊十九的注意力，她對白臉男的印象就是白。一百八十度欣賞完，她只會問：「你怎這麼白？白得和我媽似的，你是不是也每天晚上敷白粉啊？」三百六十度欣賞完，她也就補充一下，「你的白臉上有幾顆粉刺哎，要不要幫你擠一擠？你鼻子有黑頭哎，要不要用膠布黏起來撕一撕？」如果要讓羊十九對白臉男的身體產生除了白以外的興趣，得把他衣服扒了，裸露出身體。可是這荒山野嶺沒有第三個人過來幹這事。白臉男雖說是活標本，

但也騰不出手來給自己寬衣解帶，所以只能靠羊十九自己。

羊十九也不是存心的。她去拔飛鏢的時候，用力過猛，從衣袖開始就嗤喇撕開了。當袍子掉到胸前的時候，羊十九看到了除了白茫茫以外的東西，一對褐色的乳頭，「哇，大哥，你這裡長毛哎，我都沒有，我摸一下不要緊吧？」白臉男立刻正色道：「小孩子不要亂摸！」但無奈，標本沒有制止的權力，羊十九揪了下乳頭上的毛，確認了下，「嗯，很牢的嘛，比頭髮絲有韌性。」袍子掉到腰間的時候，羊十九哇哈哈地笑，「大哥，你肚子上有幾個游泳圈哎！」羊十九所理解的游泳圈是羊尿泡做的。幾個羊尿泡圍著腰綁一溜兒，所以她說白臉男肚子上的肥膘是幾個游泳圈。

關於這個羊尿泡，要補充說明下。羊十九也就小時候繫過，和幾個哥哥一起去河裡玩，她不會游泳，哥哥們就把她套上羊尿泡，管自個兒去玩了。她小小腦袋就飄在幾個羊尿泡上，儘管底下兩腿在拼命踩水，上面也沒挪幾步，看著還是順水漂而已。所以有一次清理水上垃圾的小船劃過來，差點把她當廢棄垃圾勾過去。幸好她啊的叫一聲，把船上伸鉤子的老伯嚇一跳，以為撞見水鬼。二哥體恤小妹，抓一隻白鵝給小妹作伴，很滿意自己盡到了當哥的責任，然後又游去男孩子堆裡玩。羊十九的游泳大致是和這隻白鵝學的，所以她喜歡昂著脖子，偶爾探到水裡去看看小魚。她的腳丫子是上下撥幾下，像白鵝的紅掌撥清波，有點像自由式的打腿。她的手是上下撲騰，像白鵝打翅膀，也有點像蝶式的打手。但有一樣是現代游泳裡找不到的，那就是扭屁股。白鵝抖抖尾巴神氣地看她兩

眼，她就拱拱小屁股回頭還牠兩眼，扯平了。她後來緊實的臀部線條就是在和白鵝眉來眼去之間練出來的。有一天白鵝看完她拱屁股，就去劈劈啪啪地把羊尿泡啄爆，羊十九就靠著扎實的白鵝泳姿讓自己游了起來。雖然後來羊十九的白鵝式比她兄弟的狗爬都快，但相國夫人開始禁止她去河裡玩，因為羊十九的胸部開始發育了，不能光溜溜的了，而泳衣那會兒還沒發明出來。

相國夫人把羊十九從河裡拽回來的對話是這樣的。「為什麼胸大了就不能光溜溜了？」「丫頭，因為胸大了要懂害臊啊！」「老媽，我不害臊，我覺得不難看。」「姑娘家的，要被男人看去。」「看就看唄，看看也不會少塊肉，我也看他們光溜溜啊！」「那不一樣，姑娘家被看了嫁不出去了。」「可是游泳比嫁人有意思多了，我能不能選擇不嫁人去游泳？」這番話也是相國夫人小時候對她老媽說的，可她老媽給她一個白眼，第二天就請了老師來教她念《女戒》，還把她的大號泡澡盆沒收了，免得她在裡面游幾下過過癮，換給她一個量身打造的小盆。這絕對是量身打造，不僅是正正好塞下她的身子，連盆底中間的凹下去的屁股槽也正好盛得下她的屁股，兩條延伸的大腿凹槽也把她的腿卡得死死的，想翹個二郎腿都不行，因為不塞進模子裡就會硌到不舒服。相國夫人的老媽就是這樣狠狠斷了她的游泳夢。但是她又忘了她女兒還在長身體，這太合身的洗澡盆顯然限制了小姑娘的發育，所以長到大姑娘時屁股還是澡盆印那麼小。因為臀部肌肉支撐力不夠，走路總是一扭一扭的，反倒被人指責「騷裡騷氣」，差點嫁不進相國府。

（這個我是這麼理解的，就像電影《青蛇》裡，青蛇上岸還沒練出臀肌，所以是「扭啊扭，扭啊扭」，像掃著尾巴似的。）她老媽也納悶了，明明自己如此按禮法嚴加管教，反而成就了一個「小騷貨」，把一張老臉丟盡。後來多生了娃，屁股才慢慢長開。

相國夫人可不想十九重蹈覆轍，所以她召集了木匠，給羊十九打造了一個超大號游泳盆，長有五個羊十九那麼長，寬有三個羊十九那麼寬。這麼大的盆有個缺點，就是不好藏，要是被相國公看見了，搞不好就要召集全家開會，嚴厲批評游泳這種陋習，批評完還要開展自我批評和相互批評，這麼一大家子上下幾十號人走完這些個程序大概需要一個月。所以相國公批評完的事大家都不會再犯，因為時間成本太高，划不來。那一個月晚上的娛樂時間全得泡湯，夜裡睡覺還在給自己掌嘴，「老爹我錯了，孩兒不孝！」要是每個月出一件值得批評與自我批評的事，那麼這一年就別想開心過了。所以相國夫人每做一件事，總是先想老公會不會挑刺兒。趁他去宮裡上班的時候，她又召集木匠，把游泳盆改造成伸縮型，盆底分成三段，中間這段可收納進兩頭，這樣一來就裝作普通洗澡盆放在角落裡。但雖說木匠手藝好，也做不到三段接縫處滴水不漏。所以放滿一盆水，羊十九開始游，它就開始漏，等漏到打個腿就刮到盆底了，她就算游好了。像沙漏一樣，這漏盆也有計時功能，每次大概半個時辰見底。羊十九的游泳時間是晚上九點，相國府集體敷面膜的時間，這時候大家都在自己床上，沒人有空管她。她就放肆一把，衣服脫得精精光，赤溜赤溜地游，滑

得像泥鰍。有時候相國公一睜眼說：「怎麼有玩水的聲音？」相國夫人就伸手把他面膜中間的雙眼合上，說：「老公，別瞎操心，胖橘在抓魚呢！」

　　這段補充說明有點長，爲了解釋白臉男幾個游泳圈的肚皮，順便把羊十九的游泳史都回顧了。但這個又不好省去，因爲羊十九畢竟是閨閣中難得爭取到游泳權的女子了，而且是裸泳權。這些閨閣瑣事寫書的男人一般看不見，有時候湊巧看見了也不屑寫，不過是些娘們的雞毛蒜皮，而寫書的是爺們，寫給爺們看的。既然我羊二是個娘們，那我索性就寫給娘們看，那麼娘們一起可以嗑個瓜子八卦這些閨閣瑣事，也可以八卦男人。比如羊十九是怎麼凝視被扒光衣裳的男人身體？當然她不僅是凝視（gaze），她還揪揪他乳頭上堅挺的毛，順便回憶了下自己的羊尿泡游泳圈。白臉男的袍子還在繼續從腰部往下掉，就像剝筍殼似的，羊十九繼續好奇地圍觀。袍子掉到地上，露出兩條大白腿，兩腿之間一團毛髮和底下一堆黑紅的東西。羊十九奇怪了，「大哥，你把家裡香腸臘肉都掛這裡了？不重嘛？走路多不方便。」說著要去找掛鉤，白臉男急忙用手護襠。這時他才發現袖子上飛鏢已拔掉，他的手是可以自由活動的。羊十九哼了一聲，「碰都不讓碰，還眞小氣！」白臉男護了前面，屁股就翹起來了。

　　白臉男的屁股像個白香瓜。不過這瓜估計放了有段時間了，蔫蔫的了，沒有緊繃感，有點垂掛掛的，下面還有兩塊老皮，顏色深一點，像自行車內胎破了，打了個補丁，一看就知道兩塊皮。羊十九說：「大哥，你是不是便祕啊，老坐在馬桶

上磨屁股。」白臉男又哎呦一聲騰出一隻手扣住屁股。看了半天，白臉男的身體唯一讓羊十九羨慕的就是他茂盛的腿毛了。羊十九很好奇：「大哥，你這毛會不會夏天掉一圈，冬天又多長一層？」白臉男哼一聲，「我又不是狗。」羊十九想，胖橘就是這樣，冬天再胖一圈毛，她每次從外面凍得哆哆嗦嗦地回來，第一件事就是找到胖橘把手插到牠毛裡，冰得牠喵一聲和羊十九一起哆嗦。「有毛就是好，冬天少穿一條棉褲。要是你這毛一直長到腳底板就好了，連棉靴也省了。」白臉男不高興了：「棉靴我還是買得起的！」羊十九忙說：「大哥，我不是那個意思。」趕緊拔了剩下的飛鏢，好讓他消消氣。

寫到這裡，白臉男差不多完成他的使命了。他穿好衣服，回房收拾了一下，準備下山去喝壺花酒。這時候羊十九有兩個選擇。第一個，羊十九向白臉男揮手道別：「大哥，您慢走，有空來坐坐哦！」然後目送白臉男的後腦勺在夕陽裡晃成個光斑，落入斑駁的樹葉之間不見了。傍晚的涼風吹起來，吹起羊十九的衣袖，她有點悵然若失。畢竟男人被她趕下山了，卻沒有留下他的女人陪她玩耍。羊十九噘嘴，吹了個口哨，轉身開始了她的山居歲月。她這一轉身，也許幾天，幾個月，或者幾十年守成了山神，現在還很難說。

第二個選擇呢，羊十九很好奇喝壺花酒是怎麼一回事，是不是和她找小姐姐抽花煙很像，所以她纏著白臉男，「大哥，帶我一起去喝壺花酒唄！」白臉男一副不屑的樣子，「哪有女人家喝花酒的，要被人家笑話，別給我丟臉。」說完，挑起舖蓋騎上馬走人。羊十九坐在門前夕陽裡曬了曬，傍晚的風裡吹

了吹，一隻蒼蠅在她頭頂嗡嗡地轉來轉去，她忽然覺得這也太安靜了吧，晚上肯定要鬧鬼！她連忙騎上小白馬，追上白臉男，悄悄地尾隨其後，一直來到城裡。

　　這兩種選擇在我看來都很合理，只是第二個故事中羊十九太活潑太耐不住寂寞，占完山頭當天就走人，屁股都沒捂熱，典型的能攻不能守。不過像個電子似的游離失控的羊十九，沒準哪天又回山裡來了。也許兩條故事線殊路同歸了，或者第一條故事線的羊十九A在某一個時間點偶遇了第二條故事線的羊十九B，還說上了幾句話，一起吃了個飯啥的。不過，更有可能的是羊十九A和羊十九B失之交臂，成爲兩條不相交的平行線。

第二章

一

先從第一條故事線講起。

山居第一天晚上，羊十九又冷又怕（白臉男把唯一的一條被子也帶走了），她只好把小白馬牽到屋裡來，把牠四隻腳丫子洗乾淨，想把牠哄到床上來一起睡。又拉又拽又哄又騙，小白馬就是不從。這個過程真讓人心累。比如羊十九坐在床沿上，用手拍拍床板，朝小白馬諂媚地笑，「乖乖，上來嘛，咱倆一起睡。」小白馬也把蹄子架床板上，蹬兩下，還高興地嘶鳴幾聲，完了又收回去了。牠以為羊十九和牠比誰拍床板拍得響。又比如羊十九去床上給牠做示範，朝一邊側躺著，兩隻手兩隻腳模仿四隻馬腿直伸著。小白馬看了兩眼，就去舔她的腳丫子，嗚咽嗚咽地像在說：「丫的，別裝睡了，起來嗨！」羊十九沒辦法，只好去外面揪把草放在床中央，這回不用說啥，小白馬就自個兒蹬上床了。羊十九絆牠一腳，就讓牠躺倒了，然後抱著小白馬暖烘烘的身子，半披著牠的馬鬃，羊十九就湊合著在山裡過了第一個夜晚。

第二天，羊十九決定從附近路過的人那裡搶條被子，因為她嫌小白馬的毛戳人，麻扎扎的不舒服，不像胖橘（這時她後悔沒帶胖橘一起來了，把這麼好一個熱水袋落家裡了）。所以占山頭的第二天，羊十九就要開始實操當流氓。第一次搶東

西，免不了害羞，她就跑去小白馬跟前演練一番。她穿上緊身黑色夜行服（在相國府的時候縫好帶過來的），蒙上黑紗，露一雙眼睛。不知道看起來效果怎樣，又沒有帶鏡子，她就湊到小白馬的臉跟前，看進牠的大眼睛，迷你版的羊十九就映在牠的瞳孔上。整體還是滿酷的，就差點輕功就能飛簷走壁了。不過，羊十九發現自己的連心眉忘記連了，她掏啊掏，掏出炭筆，對著小白馬的瞳孔正要畫，忽然發現自己的迷你版糊掉了，被水淹了，泡脹開了。（小白馬這時熱淚盈眶，牠有點情緒激動，因為羊十九很難得這麼深情地望著牠，仿佛在牠眼中看到了她自己。這個比喻不知道小白馬是怎樣體會到的，只是對於羊十九來說，這不是個比喻，而是牠的字面意思。）

羊十九摸摸小白馬的頭，「乖，別哭了，咱要開練了哈！」她拉開弓（沒帶劍，小木劍也給白臉男了），對小白馬說：「我要一床被子，謝謝！」然後覺得謝謝沒必要，太客氣了，削弱了命令的口氣。而且人家給不給還不知道，萬一不給不就虧了。她又拉開弓，對小白馬說：「我是流氓羊十九，老娘他媽的要一床被子！」停頓了一下，不知道該接什麼話，又冒出一句「謝謝」，連忙打了自己一個嘴巴。拿別人東西總覺得不好意思，都怪小時候相國夫人家教太嚴。羊十九剛開始學說話，第一個學會說的詞不是爹也不是娘，而是謝謝。她媽讓她咬著乳頭喝飽奶把她丟回搖籃的時候，她說謝謝媽咪！丫鬟幫她換完尿布給她塗上痱子粉的時候，她說謝謝姐姐！等她大一點更是得了說謝謝的強迫症。丫鬟餵她喝粥，每餵一口，她一咽下肚就忙不迭地說謝謝。丫鬟起先覺得羊十九真乖，懂禮

貌，後來每頓飯下來要說幾十個謝謝，聽得有點煩，恨不得整碗粥一次性倒到羊十九肚子裡，聽完一個謝謝走人。後來丫鬟有了經驗，每次在羊十九剛要張嘴說謝謝的時候塞她一瓢粥，把她的謝謝掐掉，這樣效果是很明顯，不過羊十九吃飯速度越來越快，等她長大到自己吃飯的時候，這習慣已經改不回來。

　　每次就看她憋著一口氣扒拉飯，菜還沒上齊她就吃完了。如果哪個兄弟姐妹過生日，人家許願還沒許完，生日歌還沒唱，她就已經默默地把蛋糕吃掉了。後來大家都不喜歡和她同桌吃飯，感覺特別有壓力，而且會被她的節奏帶跑，越吃越快。本來的節奏是嘎嗞嘎嗞咕咚，慢慢就變成嘎嗞咕咚，最後變成嘎咕咚嘎咕咚。一旦大家都帶進這個節奏，飯桌上就會時不時引起小小的共振。有時候大家吃著吃著手裡的勺子就開始莫名其妙地顫抖，怎麼也抓不牢，一勺菜湯顛來顛去就是進不了嘴。有時候大家吃著吃著，一桌子的飯碗菜盤忽然咔嚓就一齊裂開了，而且說好了要麼都裂成兩瓣、四瓣、八瓣，有一次還都碎成了渣渣。碎飯碗的時候經常猝不及防，每個人手裡還都捧著剩下的一瓣飯碗，趕緊把黏著的一團飯粒都扒進嘴裡。所以有段時間相國府的碗勺消耗特別大，每週要新買一批，而他們家的瓷器可不是市面上隨便買的，而是官窯裡定做的。而官窯每月開工一次，數量也有限，所以有時候新舊碗勺青黃不接，相國府裡就兩個人合吃一個碗，兩個菜合裝一個盤，而且時不時做燒烤，讓大家直接去碳爐上手抓著吃，省碗。燒烤吃多了大家都上火，嘴上長泡的、口腔潰瘍的、嗓子痛的，反正說話都不方便，見面打招呼都靠使眼神和無聲地微笑。相國府

安靜得茅坑裡有人拉個屎整棟房子都聽得到回音，害得拉屎的人都不敢隨便放屁，更不敢因為使勁而呻吟，不然大家都知道你便祕。所以越是安靜大家越是不好意思弄出聲音，整個相國府小心翼翼地像個深井，等誰投個石頭進來才能重新鬧騰起來。在這之前，大家總要時不時踮著腳去隔壁房間瞄一眼，只是確認一下自己不是這靜悄悄大宅的唯一的大活人。當然，等大家不和羊十九同時吃飯，所有問題也就自然而然地解決了。

二

　　羊十九第一次打劫遇到翠蓮和她的大花轎。我覺得羊十九和翠蓮是命中註定要碰到一起的。命中註定的意思就是無論發生什麼意外都逃不脫這命。比如羊十九因為第一次打劫有點緊張，穿好夜行服後就覺得肚子痛要去拉屎。夜行服是上下連體，所以又得脫一次穿一次，穿好又覺得肚子又有點痛，如此反復。這時另一頭翠蓮的大花轎也起不了轎。她一上轎就劈里啪啦一頓冰雹，等一會兒上去又忽然雷電交加大雨如注，又得下來避避，如此反復。必須得羊十九拉完屎了，天才放晴，翠蓮才能坐上轎子咯噔咯噔地顛過來，然後恰巧在山中某個路口相遇。如果羊十九堵的路口不是翠蓮花轎經過的地方，那麼也不要緊。總有一隻野兔或野雞或小松鼠亂蹦亂跳地出現在羊十九面前，讓她叫一聲「咦，別跑呀，等等我」，把她引到另一個路口，然後她倆恰巧相遇。這就是命中註定。

　　不過雖然是命中註定，羊十九在現在這個故事裡卻沒和翠蓮打上照面。一來翠蓮大喜的日子，羊十九不給人家湊個份

子錢，還去搶人家嫁妝，總有點不好意思（雖然後來還是搶了）。二來這一車隊的喇叭嗩吶，把羊十九憋在路邊林子裡沒敢跳出來亮相。憋了一會兒，羊十九悄咪咪地從車隊末尾探出頭來，用瑞士軍刀割開馬背的麻繩，解了一床繡花被，咻溜就跑了。等羊十九放完被子，這隊人馬又回來了，這次是吹著嗩吶敲著鑼順帶找被子。羊十九又想到家裡還缺四件套，就悄咪咪地跑去割開麻繩，解了一套繡花四件套，咻溜又跑了。然後這隊人馬又在山路來回掃了幾趟，這回不吹嗩吶也不敲鑼，專找被子和四件套。花轎裡的翠蓮大嗓門發飆「找不到被子和四件套，這婚老娘不結了！」當然後來還是沒找到，翠蓮果然說到做到，揭了頭蓋扔出窗外，坐著花轎蕩回娘家去了。這紅頭蓋後來被羊十九撿了，感冒了就拿出來擦鼻涕，一擦兩擦，竟然也對這素未謀面的大嗓門產生了親切感。在春寒料峭的夜晚裹著大嗓門的紅被子，吸著鼻涕，在昏黃搖曳的煤油燈下，羊十九想著自己職業生涯第一天就毀了一樁婚，怪不好意思的。不知道大嗓門姐姐回家有沒有挨罵？羊十九沒想到的是，翠蓮在回娘家的路上被人販子劫走賣到了縣城做妓女，後來在另一條故事線中羊十九B去縣城妓館喝花酒的時候，遇到了大嗓門翠蓮。

這被子和四件套都有大紅的喜字，羊十九蓋著總有點新婚守寡的淒涼。不過既然是搶別人的東西，不勞而獲，也不應該太挑三揀四。羊十九這種悄咪咪割繩抱貨開溜的辦法有很多限制。比如，她一般只能偷到最後一匹馬馱的貨，而且得在最後一匹馬沒人看的情況下。所以在有下手機會的時候，她都沒得

挑。經常不知道包的是什麼貨，先抱走再說。運氣好的時候，拆開一看是一罈酒，一罈泡菜，或者米啊、麵啊這些吃的，這些抱入廚房囤起來。運氣一般的時候，拆開一看是幾錠銀子、金子，或者蠻夷進貢的香啊、手工藝品啊，這些抱入臥室擺起來做裝飾，省得房間空洞洞的太悶。有太陽的時候，房間裡金錠子金閃閃，有月亮的時候，房間裡銀錠子銀閃閃，還彌漫著異香。

運氣差的時候，拆開一看是嬰兒的小衣服、男人的褲衩、女人的小鞋。前兩種羊十九一般剪了紮拖把，等紮到第五把拖把的時候，羊十九才想到自己從來不拖地。女人的小鞋她拿來倒點土種點多肉，放在茅房拉屎的時候看看。有一次她拆開一輛嬰兒小三輪，木頭的刷了鋥亮的紅漆，她勉強擠進去嘎吱嘎吱溜了一圈，覺得不給力。後來扔在馬廄裡，等以後小白馬生崽的時候把小崽子塞裡面溜。運氣差是經常的事，所以過了一段時間，羊十九的房子就堆滿了看著還不錯，對她來說卻完全沒用的東西。如果有臺電腦，她就能開個淘寶雜貨店了，但是沒有。所以她準備更換戰略，一來不要幹得太敬業，可以去種種菜，砍砍柴，打打獵什麼的，做點副業。二來她要有的放矢，瞄準有用的東西，一門心思地去搶，萬一搶到了用不到的，就還給人家。

為了能夠搶自己瞄準的東西，羊十九去山裡面挖了兩條很長的藤條，一頭固定在山這頭樹上，另一頭固定在山那邊樹上，中間跨過一條山間小路。然後她掛了一塊板在兩根藤條上，這樣她可以趴在板上，從山這頭沿藤條倏地滑到山那頭，

像叢林穿越的滑索。等她鎖定目標，算好滑索時間，就倏地滑下去，半路瑞士軍刀飛快割繩，飛快抱貨滑入山那頭。等押貨的人反應過來這個空中飛人不是個旅遊項目而是搶貨的流氓時，羊十九早已遁入林中。當然，這只是個理想狀態。事實上羊十九經常算錯時間，這都要怪相國夫人沒給她請過數學老師。因為對馬的行走速度總是估算偏差，她滑到路中央的時間不是提前就是延後了，那就意味著她不是錯搶了前邊的貨就是錯抱了後面的貨。這樣從滑索上下來，她還得把不要的貨重新放到木板上，讓木板自己沿藤條滑到路邊。一般被搶了貨的人馬都還在原地，眼睜睜地看著男人的褲衩、嬰兒的小衣服、女人的小鞋從搖搖晃晃的木板上掉下來。有些掛在木板上掉不下來，他們就跳起來搆。一邊搆還一邊罵「操他娘的，碰到個變態！」

　　滑索滑厭了，羊十九就背起她的小弓箭，騎上小白馬去打獵。羊十九的箭法還是滿準的，就像她飛鏢串串一樣，也是以前在家丫鬟幫她訓練出來的。相國府丫鬟老媽子人多閒雜，就容易吵個嘴鬥個氣什麼的，羊十九就是她們的調解員。比如丫鬟A受了氣到她這兒倒苦水，「十九！丫頭B今天朝我吐瓜子殼，你幫不幫我？」羊十九連忙說：「幫幫幫，幫你吐還她？」然後丫鬟A就一臉奸笑地掏出一個稻草紮的小人，上面吊了一張名片寫著丫鬟B的名字。（相國府幾乎每個丫鬟都各有一個稻草紮的小人，紮得像誰不要緊，只要備好一迾名片換著用就好。）羊十九就配合著找了個瓜子殼，用飯粒黏到小人的嘴上，然後站五米開外，朝瓜子殼張弓射箭，等丫鬟A撿回

小人一看，那顆瓜子殼已經硬生生地釘進嘴裡了。「再讓你吐啊，真他媽解氣！哈哈哈！」丫鬟A就此神清氣爽。這事就在當事人不在場的情況下調解好了。

有時調解的效果太好，比如丫鬟A不但消了怨氣，還得意地哼著小曲，路上碰到丫鬟B迎面走來，她冒出一句：「我原諒你啦，乖乖！」還去抱抱丫鬟B。丫鬟B莫名其妙，起了一身雞皮疙瘩，還被迫因為對方的大度，暗生羞愧之心，於是兩人的友誼又回來了。只是友誼這種東西，來了又去了，純屬看姑娘心情。總是天長地久的話，羊十九的箭法也不會長進這麼快。

當然羊十九的箭法也是被逼出來的，因為老是射不準的調解員容易調解不成反而生出事故。比如丫鬟讓她一箭射掉稻草小人的小雞雞，因為這個小伙子老是瞄她，特別是瞄她的胸（這小雞雞是用橡皮泥搓的，掛在小人的兩腿之間，黏得有點用力，還直翹翹的，增加了射擊難度）。這時候羊十九若是發揮失常，一會兒射到小人胳肢窩，一會兒射到肚臍眼，丫鬟會覺得她在開玩笑，沒有把她的事放心上，沒有重視她被性騷擾這件事的嚴重性。如果經她嚴正提醒，羊十九還是跑偏，射擊乳頭或者腳丫子什麼的，丫鬟就得急得跳腳，操起刀直接跑去小伙子那找小雞雞。這樣的話調解員就直接引起了流血事件，升級了事態的嚴重性，違背了其職業道德，所以每次執行任務時羊十九都不敢怠慢。

山裡的麻雀多，羊十九喜歡射麻雀也喜歡吃麻雀，煨著吃，炸著吃，燉著吃，她都喜歡。因為她在那片林子裡射得多

了，麻雀都認識她了。牠們嘰嘰喳喳，「那個騎白馬的小黑妞又來了，大家小心！」（其實羊十九不是黑，如我之前所述，她是橄欖色加點土褐色，但是麻雀天生色盲。在牠們眼裡世界就兩種顏色，黑色和白色，所以牠們眼中的世界有點悶，黑白太分明，像活在膠片的底片裡。於是牠們需要不停地講話，把氣氛搞熱鬧點，就像製造點顏色一樣。省得一睜眼看到曝光過度的白太陽和光線不足的黑森林，整個狀態就不好了，就昏昏欲睡。）

麻雀繼續嘰嘰喳喳：「這黑妞吃了我姨！」「這死黑妞射了我嫂，還曝屍荒野！」其實這還真冤枉羊十九了。羊十九打獵有個毛病，經常射是射中了，但就是找不到掉哪裡了。有時候嗖的射中了，卻要花一天時間尋找屍體，經常落個饞腸轆轆空手而歸。有時候找到射中的麻雀很開心，結果旁邊並排直挺挺還躺著一隻，肚子上也插了一支箭，那八成是羊十九昨天沒找到的。把上面蟲子、螞蟻抖抖掉，一手一隻，哼著小曲，回家炸串串下酒。所以，羊十九打獵情緒波動比較大，時而垂頭喪氣，時而快樂翻倍，反復無常。

這也是一個人在山裡當流氓的狀態，情緒化。沒人分擔苦悶，所以一苦悶就找麻雀撒氣，比如製作各種麻雀的工藝品。整六個麻雀的骷髏頭串一起，頭蓋骨上依次刻上「嗡嘛呢唄美吽」，掛在脖子上辟邪，沒事拿在手裡一個一個捏，嘴裡再配合念個咒。或者九十九隻麻雀的翅膀釘成兩扇大翅膀，一扇用美人蕉的花染成紅色，另一扇用毛毛蟲的屍體染成黃綠色，刮大風的時候就從牆上取下來去草地上飛一飛過過癮。颱風天不

僅脖子上的麻雀頭蓋骨碰來碰去地響，門口的風乾麻雀也在響，不是牠們在嘰嘰喳喳，而是羊十九在風乾串串上串進了一些石頭和鐵片做成了木乃伊風鈴。所以麻雀最討厭大風天，風裡總能飄來一點嚇人的聲音讓牠們做噩夢。

　　接連幾個大風天後，麻雀受不了了，準備起義。一天早上羊十九在嘰嘰喳喳和屎味中醒來，發現自家屋頂上站了兩排麻雀，整齊地撅著屁股，哼哧哼哧地在拉屎。拉完一起往前跳一跳，重新蹲好坑，遠看像兩排上下打的算珠。估計牠們已經奮鬥了一個晚上，整個青瓦屋頂已經變色，白色為主，間或點綴著褐色、青色還有紅色（不知道是不是拉得太賣力了，擠出血來了，還是偷吃了羊十九地裡的番茄）。如果羊十九聽得懂麻雀講話，她就會發現牠們已展開競技模式。麻雀A：「喂，你一晚上屙出幾坨？」麻雀B：「十坨吧，你呢？」麻雀A脖子一縮，眼睛一閉，翅膀一張，又拉出一坨，舒一口氣，「我十一了，比你多一坨！」麻雀B：「哼，我屁眼都要掉了！」麻雀A：「從今往後三天，我保證只吃不拉，休養肛門。」麻雀B忽然問：「我餓死了，我怎想不起來我們為啥要在這拉屎？」麻雀A暈乎乎的：「我也忘了，貌似是集體團建？增加teamwork意識吧！」說完牠們看到羊十九出現在屋簷下，頓時「吱」的一聲全想起來了，撲稜稜地四散飛走。留下個屋頂，像用水燙了一地雞毛那麼臭。然後接下來的一個月，羊十九的主要工作就是沖屋頂，這些黏黏的麻雀屎還得用刷子用力刷才下來。

三

　　想像著這濃濃的屎味，我不禁同情羊十九，看來一個人在山裡當流氓的日子並沒預計的那麼自在好玩。是不是要給她找個伴，切換到另一種雙人或者多人模式呢？這種獨來獨往模式的弊端顯而易見，就是真他媽的寂寞。找人說話是羊十九經常要單獨列出來完成的任務。當然這裡的「人」是個泛指，可以寬泛到她後院裡的雞鴨鵝。（有一次賣雞販子經過下面的山路，羊十九劫下一筐小雞仔。其中兩隻小雞仔一公一母掉到河裡沒淹死，長大變成了鴨子，生了一筐小鴨子。又有兩隻小雞仔一公一母走路撞到一起了，額頭起了個大包，長大變成了鵝，生了一筐小鵝。所以說物種之間的進化都滿偶然的，都帶點陰差陽錯。）

　　除了雞鴨鵝還包括後院的蘿蔔青菜，天氣冷的時候，羊十九沒菜吃，就說：「青菜你長快點啊！」等天氣一熱，青菜瘋長，羊十九吃不過來，就說：「青菜你悠著點長。」於是青菜就拿不準究竟該慢一點還是快一點，所以就只能不快不慢地長，比較保險。除了蘿蔔青菜，找人說話還包括模仿一切能模仿的聲音。比如一隻鳥在啄蝸牛殼，羊十九就上去學「誇嚓誇嚓——」，順便把小鳥趕走。小白馬一拉屎，羊十九就上去學「噗通噗通——」，順便把屎鏟到田裡去。這在安靜的山頭還是容易的，整天也就那麼點聲音。要是在現在的城裡，還是遇到什麼學什麼，羊十九肯定忙得要死。光就在馬路邊一站，救護車來了，她就跟在人家後面「烏拉烏拉——」，恨不得自己裝上電池也能紅閃紅閃的。灑水車來了，她就得學唱「蘭花

草」或者「兩隻老虎」，恨不得自己左手右手各一把水槍，也能飆兩條水柱。

在這個獨來獨往的故事裡，如果羊十九想找人說話，對方能給出回應，並且讓她聽得懂的話，她就跑去路口打個劫。打完了就和心神未定的被劫者做個交易：「大哥／大姐（或大叔／大媽，爺爺／奶奶），給我講個故事吧，講一個還你一件東西好不好？」剛開始被劫者還將信將疑，不就聽個故事嘛，你打劫嚇人幹嘛？等遲遲疑疑對一個黑衣劫匪講完一個故事，羊十九讓他從她的竹簍裡搬一件東西放回他自己那邊，他就熱情高漲，搜腸刮肚。先從自己的生平事蹟開始講（經常發現自己除了吃飯睡覺打麻將外，也沒發生什麼可以說的故事），然後講道聽途說的各種八卦新聞（經常是出軌休妻扒灰這類，因為這些老少咸宜，大眾口味，傳播得又快又廣）。肚子裡的貨都倒完還沒拿完自己的東西，就得硬著頭皮編故事，等編得牛頭不對馬嘴，漏洞百出的時候，都忽然轉型，「我給你講個鬼故事哈。」

因為講鬼故事不用太拘束人的邏輯。「她不用睡覺的嘛？白天出來晚上也出來？」「她是鬼啊，鬼都不睡覺的，一覺睡醒變成人怎麼辦？」「她偷人家筆墨幹嘛？」「她是鬼啊，鬼都是啞巴子，總要寫個鬼畫符或者鬼話連篇發發牢騷解解悶。」「哦，這樣！」每次羊十九都顯得恍然大悟，連連點頭，讓編故事的人很滿足。不知不覺講到傍晚時分，林間的涼風颯颯而起，黑衣羊十九忽然一臉無辜地問：「大叔，你不覺得荒郊野嶺的偶遇一名妙齡女子這事有點蹊蹺嗎？」林間的風

吹得帶起了嗚咽聲，這時羊十九就直勾勾地看進對方眼睛裡，如果這時臉上提前擦的防曬粉準時地乾裂了，那妙齡女子劈里啪啦裂成老太太的場景就能把對方嚇得兩腿篩糠，「啊，有鬼，真有鬼啊——」拋下東西屁滾尿流地跑了。城外三十里有女鬼出沒就傳開了。如果最近空氣中濕度大，羊十九直勾勾看的時候，防曬粉還是潤潤的，對方回看一會兒，用手在她眼前揮一揮說，「妹子你沒事吧？鬼故事只是個故事，你別入戲太深哦！」

四

故事寫到這裡，我覺得是時候結束羊十九的這段孤獨的山中流氓歲月了，真不知道在鬥麻雀和裝神弄鬼以後，羊十九還會因為寂寞做出什麼奇怪的事來。比如坐在小白馬旁邊，一邊曬太陽一邊把馬尾巴編成髒辮。小白馬癢癢了就一甩尾巴，這髒辮就得從頭編過。等編完了，還得找各種顏色的花花草草製成染料，把髒辮染成彩虹辮。我覺得把紮著彩虹辮子的小白馬牽去同志驕傲節遛遛，肯定很搶眼。當然，羊十九也許還會因為寂寞開始寫小說，她的小說的主角叫羊二，時間設定是千年以後的未來，她設想的觀眾是不喜歡搓麻將還有點小理想的女性，所以她的小說可以歸類為女權玄幻小說。

在羊十九的小說中，羊二不像她一樣獨來獨往（這讓我有點慚愧，得趕緊給羊十九找個伴才算公平）。羊二在一個大學堂教書，她有個同事叫海帶。（取名的時候，羊十九忽然想到相國府的涼拌海帶絲，自打出門三個月再也沒吃過，饞得很，

就寫進主角名字，看看也有蔥薑蒜的味道。）她倆相遇在大學堂爲中青年教師組織的一場相親大會。羊二和海帶搬了張小板凳坐在角落裡，欣賞著會場中間男男女女挑來揀去，大家眼珠子滴溜溜地轉，心裡劈里啪啦地打著小算盤。在2028年結婚生子的主要目的就是合理避稅。羊二和海帶的對話如下：

「羊二，這個月的單身稅你交了？」

「交了，比上個月漲了五個點哎！」

「眞他媽的貴！學院裡老師最近都結了婚，你怎麼不合理避稅啊？」

「怎麼避，領了證可以退稅，不過一年內不生娃還得交頂客稅[1]，橫豎都得交錢，不如單身省事。」

「不過有一年免稅期，如果下個月再漲的話，不如結個婚，等有錢了再把自己贖出來。」

「每年結一次離一次，長期避稅啊，我怎麼沒想到！」

於是羊二把她的瓜子倒了一些在左手，再小心地捧給海帶右手。她倆一起「咳嗞」又一起「呸」，嗑掉一顆瓜子，算個結盟儀式。羊二和海帶的友誼就此開始。

因爲羊十九的小說，我依稀想起來我身邊仿佛是有那麼個朋友，好像是叫海帶，如果不叫海帶，也會叫魷魚或者生蠔，反正總是海鮮的一種。我很好奇我和她之間發生了什麼，所以我總是時不時去看看羊十九的小說寫到哪裡了。不過羊十九寫小說就是磨蹭，一會兒餓了去煮碗麵，吃了一半下雨了又跑出

1　大陸稱爲丁克稅。

去和雞鴨鵝一起看一會兒閃電，雨歇了又鑽進被窩睡個午覺。好不容易寫了一章就迫不及待地寄到當時的女權報去發表連載。（我覺得羊十九這樣做有點不地道，這不是販賣我的隱私嘛！不過回頭一想，我也沒好到哪裡去，大家彼此出賣，也就不要太計較了。）等發表了就翹個腳在家等讀者來信。可是沒有幾個驛使能找到汴梁城外三十里山坡的十九居。

驛使找不到信箱，就對著天空叫一聲：「羊十九，你的信！」然後像撒紙錢一樣，把一遝信拋出去，四散在路邊。羊十九一大早就騎個小白馬出來四處轉轉，一手拎個麻布袋，一手拿著鐵鉗，看到有信封似的東西就夾起來塞進麻布袋，回家一起拆。如果前一天下過雨，撿回來的信紙上筆墨都泡開了，讀起來就很麻煩，需要去爐子上慢慢烘乾。烘一小時，泡發的一筆一劃才能「滋滋喳喳」收縮起來，像蚯蚓似的抽搐、扭動。再烘一小時，才能大致收回到原來的位置，辨得出是什麼字。當然如果碰上暴雨，特別是打雷閃電的那種，信紙上的字的精氣神都嚇傻了，散掉了，再怎麼烘也烘不回來，也只能作罷。碰到信紙被鳥啄了一口或被蟲子咬了幾口或被誰的爪子刨了幾下的，羊十九就找幾粒飯粒把窟窿補上，再在信紙各角落找找那些散落的筆畫（機警一點的筆畫早在鳥啄蟲咬爪子刨之前，就已經四散逃走），用指甲摳摳到補丁上，也能整回原來的字。

不過這兩種方法都比較費勁，讀封信要花不少時間。有時候怕麻煩，羊十九就靠自己想像來填補信紙的殘缺。比如，信裡寫「羊十九，我__你」，羊十九就覺得應該填個「喜歡」

或「愛」，卽使整封信都沒透露這個意思。又比如信裡寫「羊十九，你眞＿＿」，羊十九就覺得應該塡個「聰明」或「有才」，卽使這句話原本是「羊十九，你眞的是！躱在一個鳥不拉屎的荒郊野嶺！」羊十九就這樣翹著腿做著塡詞遊戲，直到收到一封翠蓮的信。

　　翠蓮的信是這樣寫的：「羊十九，我＿＿你＿＿，我＿＿你＿＿。」一張信紙上有四個窟窿。羊十九按往常規矩就念作：「羊十九，我愛你啊，我愛你啊！」正想扔了看下一封，發現信紙落款署名汴梁翠花樓翠蓮，就有點不好意思，怎麼平白無故地被靑樓女子這樣熱烈地愛。剛好在吃飯，就順便黏了四顆飯粒堵住了信紙上的窟窿，在信紙的邊邊角角左摳摳、右摳摳，也沒拼出「愛」這個字，發現原來是：「羊十九，我喜歡你的故事，我想和你喝一杯！」羊十九說：「好的啊！」對著飯碗發了一會兒呆，然後去廚房抱了一罈女兒紅，騎上小白馬往汴梁走。這樣她就走進了另一條故事線，走上了當初悄悄跟隨白臉男下山喝壺花酒一樣的路線，從羊十九A走向了羊十九B（不過不同的是，這次她是自帶酒水）。羊十九B的故事我還要放一放，等她騎著小白馬慢慢踱到汴梁城，再慢慢踱到翠花樓樓下再說。畢竟她抱著一罈女兒紅，不能撒開了跑，黃酒一晃一晃的，羊十九也是一晃一晃的。

五

　　要是那天驛使喝了點酒，朝天叫一聲「羊十九」，撒信撒得比平時使勁，有一封掛到樹上了，那麼第二天羊十九夾著

鐵鉗來撿信的時候就不會注意到，即使注意到也懶得去摳，想著下次刮個風總會下來。結果這封信後來被一隻大鳥叼去做窩了，天天墊在鳥屁股底下熱烘烘，上面的字也慢慢蒸發掉了。而這封信就是翠蓮的喝酒邀請。這樣的話，羊十九就留在了故事A中，沒有走向羊十九B。但也沒關係，她關於羊二和海帶的女權玄幻故事還在寫，直到相國夫人適時地出現，然後羊十九被老媽領回了家，回家沒事就繼續寫，成了小說家羊十九。

羊十九遇到相國夫人的場景是這樣的。羊十九射的麻雀剛好掉到了經過山路的一頂轎子的頂上，於是她想也沒想就去路中央大手一揮，逼停了轎子，「不好意思，我拿個東西。」轎夫嚇了一跳，不知道她說的拿個東西是什麼意思，也不知道她是不是山賊來劫財。他們正納悶，看見羊十九在轎子邊上伸手摳了一會兒，又拿腳去踩轎子竿，連忙向後退，畢竟他們收了抬轎的錢，沒收幫雇主打架的錢。等羊十九摳到死麻雀跳下轎子的時候，轎子裡的人一摵簾子，忽然叫道：「十九！」

這時離羊十九拜別老媽開啟單身旅行已經三個月了。羊十九和相國夫人在原地對視了半天，相國夫人冒出一句：「十九，你變臭了哦！」羊十九眼圈紅紅的，「老媽，你瘦了哦！」後來據相國夫人說，那是因為最近運動量比較大。每天夜裡做夢追羊十九，早上起來都手腳酸痛，累得要死。每次眼看就要追上，她大叫：「十九你等等老娘！」羊十九身後就燒起一團火把她燙醒，或者掀起一陣浪把她嗆醒，或者索性平地裂開了一個口子，吭哧掉下去摔醒。有一次近在咫尺的時候，

又被一輛taxi中途攔截接走了（為什麼管那個叫taxi她也講不清，反正和當時的馬車、牛車長得都不像）。總而言之，她就是追不上。

白天雖然相國夫人總是氣定神閒地和老公說：「十九去外婆家玩了，這小妮子就是貪玩，心野得收不回來，也不知道回家」云云，但等相國公一去上班，她就派人四處打聽。特別是哪條河裡浮出個女屍，哪條街上躺著個餓死的女乞丐，哪個勾欄新來了賣藝跑江湖的姑娘，或者是哪個青樓新添了雛妓，她都火急火燎地派人去瞅瞅是不是羊十九。碰到無頭屍案或者溺亡浸泡得面目全非的，相國夫人就要去廟裡燒香，捐香火錢，求菩薩保佑不是羊十九。廟裡的香火錢這幾個月就翻了一番，托她的福，和尚每人發了一套新的袈裟。

碰到說新來的青樓女眉眼有些像十九的，相國夫人就要親自登門去確認一下。去了免不了點壺花酒，一來對青樓女子表示尊敬，二來省得背後被人嚼舌根說占用人家的工作時間還一毛不拔。但最近青樓生意太好，青樓女就一批接一批地來，經常有眉眼像十九的。（這只能怪羊十九長得太大眾臉了，比如沒長一雙杏眼、三角眼、丹鳳眼或金魚眼什麼的，也沒長鷹鉤鼻、香腸唇什麼的。）所以相國夫人只能經常往煙花巷跑，跑得勤快了，人家就用眼瞄她，「喲，相國夫人又來玩啦！」然後議論她是個磨鏡黨，喜歡吃咪咪。老鴇沒心思嚼舌根，她們倒是很緊張，生怕相國夫人是來查帳的，所以那幾個月的帳做得特別仔細，稅也繳得特別齊全。汴梁那陣子收繳的煙花稅也翻了一番，青樓門口都飄著「繳稅先進示範單位」的錦旗，但

老鴇們都叫苦不迭。

　　這次一頂轎子顛來這裡也是因爲聽有傳言說城外三十里山上有個黑衣女鬼。當然這種傳言比女屍啊、雛妓啊更不靠譜，焦慮如相國夫人一開始也沒放在心上。後來有一天她從青樓喝了一壺花茶出來，肚子脹得慌。剛見了個新來的姑娘，皮膚黝黑發亮。她雖然和老鴇們說太白的姑娘就不用通知她了，但也不用推薦黑人蠻夷吧，怕是十九的三倍那麼黑？三個月不見，十九是不是也曬成這樣了？不知道她的防曬粉用完沒有？正心疼，她忽然看見城門那邊有個辨認女鬼比賽很熱鬧，牆上貼了好幾張畫像，邀請大家去爲近期見到的女鬼投票。剛巧相國夫人隨身帶了張羊十九的畫像，就順便讓僕人貼上去，想著趁著人多貼個尋人啟事試試。結果一貼上去，原來還在左右猶豫，嫌這個臉小嫌那個鼻子塌的人們都一窩蜂擠到羊十九的畫像底下去投票了，「就她了，就她了！」「打死我也認得！」於是，相國夫人這輩子做過最詭異的事就是跑到城外三十里山上去認一個女鬼，一路上手心裡汗漬漬的，怕找不到，更怕找到，最怕找到個女鬼就是自己女兒。

　　當相國夫人聞到羊十九身上的臭，這一路上的忐忑不安總算消停了。這種臭踏踏實實的，雜夾著汗臭、麻雀的毛臭、泥土和糞肥的臭、雞鴨鵝的屎臭，臭得很有分量，也很接地氣。這說明眼前的羊十九不是女鬼，女鬼輕飄飄的，一般也沒什麼氣味。（不知道相國夫人的鬼知識是從哪學來的，顯然她沒考慮到香鬼，女鬼隨便在大自然裡採採香，很容易變成麝香鬼、檀木鬼、茉莉鬼、栀子鬼。顯然她也沒考慮到放屁鬼，隨時隨

地放出銷魂的味道。如果周圍空氣裡莫名其妙地奇香或奇臭，八成有香鬼或者放屁鬼在，當然也不排除是某些喜歡在人群中悄悄放悶屁的討厭鬼。）反正，相國夫人不再擔心會不會帶著羊十九坐轎子回汴梁，掀起簾子，裡面騰地冒起一陣青煙，然後飄落一張字條，上面寫著「謝謝夫人的免費taxi，小女子去城裡逛街啦」，署名「三十里小山鬼」。

羊十九乖乖地和相國夫人回汴梁了。這次回去，雖然占個山頭當大王的事業並沒有想像中的風生水起，但也過了一把癮。最近工作重心轉到寫小說，在哪不是寫。在家收讀者來信還方便點，也不用寫了一半開始咬筆頭，好像晚飯還沒著落，不知道應該是去山下打個劫還是去樹林裡打隻麻雀。不過在家待著，上門求婚的太煩，影響寫作情緒。比如她剛寫到羊二和海帶高高興興地去健身房，忽然丫鬟報媒婆又上門了，她就一噘嘴，順便讓故事裡的羊二也一噘嘴，忽然和海帶冒出一句：「我他媽就是不想結婚！」雖然我覺得海帶應該覺得莫名其妙，但羊十九硬是讓海帶去和羊二high five，激動地喊：「我們是不婚聯盟！」這明顯和我印象中依稀記得的朋友海帶不大一樣。我的朋友海帶似乎有點面癱，不太容易激動，是那種走路踩到屎一聲哎喲都沒，淡定地去草地上刮蹭刮蹭。所以羊十九的抗婚情緒直接影響到了她小說中的人物性格變化，有時候羊二不是那麼羊二，海帶也不是那麼海帶了。

隨著媒婆上門次數越來越頻繁，羊十九小說裡越來越多的「不婚」符號。比如羊二遛個狗，狗衣服上繡著「單身」兩字。比如羊二買了一本日曆，每頁都寫得滿滿的今日宜今日

忌。每天總有點不同，但365天都忌婚嫁。羊二忽然開始討厭一切配對的東西。比如她穿襪子就穿一隻，穿鞋子一隻棉鞋一隻拖鞋，穿褲子一隻褲腳長一隻褲腳短，紮辮子只紮一根，不紮兩隻羊角辮（誰要紮羊角辮這種土得掉渣的），而且要歪在一側，造成不平衡的感覺。有時候羊二看人時只睜一隻眼睛，擤鼻涕只擤一個鼻孔。只要這些奇怪的符號一出現，就能猜到那天媒婆又上門了，羊十九又噘嘴巴了。為了避免小說裡羊二的形象越來越邪門，我覺得有必要重新起個頭，在新的故事裡，相國夫人沒找到羊十九，而羊十九還在山上當流氓。為了讓她繼續留在山上，我得給她找個伴，這個伴就是翠蓮。

第三章

一

　　羊十九第一次打劫還是遇到翠蓮和她的大花轎，因爲她們是命中註定要碰頭的。但和前一個故事不同的是，這次羊十九喝了點小酒壯了壯膽，沒慫在路邊的小樹林裡。她一身黑色夜行服，露兩隻眼睛，左手一壺酒，右手一把亮閃閃瑞士軍刀（我覺得嘴上叼根煙會更跩一點，不過沒有手彈煙灰了，總不能一直叼在嘴上噴煙）。羊十九就這麼叉著腳站在路中央。本來pose擺得像模像樣的，結果來得早了點，站了一會兒，腿腳有點麻，就抬抬左腳，踢踢右腳；再站了一會兒，腰有點酸，就轉轉腰，左轉轉右轉轉。等翠蓮的大花轎出現在眼前的時候，羊十九已經把酒瓶和瑞士軍刀都放在邊上，在做廣播體操了。

　　恰好那天翠蓮也喝了點小酒，也壯了膽。她才不想嫁給一個沒見過的男人，也不知道是胖得像豬還是瘦得像猴，據說大晚上還要拿個棍子戳人，但不知道戳哪裡，反正她備了碘酒、紅花油、雲南白藥，當然還悄悄備了一把刀，萬一戳得太痛還可以把他的棍子削了。但吃飽沒事做跑男人家裡去挨棍子幹嘛？翠蓮想著乾脆半路跳轎子。前後左右都是抬轎的人，她只能試試轎子頂。她用刀劃開頂上的厚布，探出個腦袋，這時她看見前方做廣播體操的羊十九。

羊十九也看到了翠蓮，她嚇了一跳，以爲自己第一次劫貨竟然碰到了朝廷的囚車（翠蓮一顆腦袋挺在轎子上面，還披散著頭髮。傍晚林子裡的風鳴啦啦一起來，白布的轎子頂上懸著一叢左飄飄右飄飄的長髮，怪嚇人的）羊十九拿起酒瓶和瑞士軍刀就想撤，但又好奇想等囚車經過看看女囚犯長什麼模樣，再和官兵打聽打聽女囚犯犯了什麼殺頭的罪。但沒想到這些「官兵」一看到羊十九晃著把刀就扔了轎子跑掉了，剩個女囚和女流氓大眼瞪小眼。

　　據羊十九回憶，那天和翠蓮狹路相逢，她看著翠蓮背後那慢慢落去的燒紅了的夕陽，夕陽、古道、女囚，她忽然覺得鐵鎖鏈子都上了鏽，女囚的破袍子上爬滿了蟲，而女囚也疲倦了，在囚車裡歪了千年也懶得換個姿勢。羊十九聽到囚車老木頭燃燒的劈啪聲，木頭老了燒著都是蒸騰的白煙。她看到一群不知從哪飛來的烏鴉，在白煙的囚車裡飛進飛出。羊十九聽到鐵鎖鏈散掉的聲音，聽到叼啄皮膚的聲音，聽到皮開肉綻的聲音。羊十九忽然想去吸吮女囚的傷口。（這麼寫覺得有點怪，羊十九傻傻地杵在原地，我不能知道她有沒有這個想法。想去吸吮女囚皮開肉綻的脖子、後背的應該是我。這夕陽下古老又疲倦的女囚身上的鹽鹼味讓我的舌頭興奮不已。）這鹽鹼味的誘惑應該沒人能抗拒。羊十九向女囚走去。她的眼神是灼熱的（因爲我的眼神是灼熱的）。

　　不過每走一步，山路上的夕陽就退後一步，白煙就散掉一些，烏鴉撲騰兩下翅膀，一命嗚呼。女囚綻開的皮肉開始抽搐著收縮彌合，淡粉色的新鮮。鹽鹼的腥味蒸騰散去，胭脂的香

氣撲鼻而來。羊十九沒找到一個疲倦蒼白的拿眼珠子瞟她一眼的女囚，也沒找到一個倔強地隨時啐她一口的女囚，只看到翠蓮，白白胖胖，細皮嫩肉，托著下巴，戳在轎子頂上，大著嗓門說：「喂，妹子，幫我一把，我腳卡住了。」

據翠蓮回憶，那天和羊十九狹路相逢，她遠遠地感受到了羊十九灼熱的眼神。那黑色頭巾和面紗之間的雙眼是如此灼熱，翠蓮看了一會兒，覺得兩眼乾澀；搓了一會兒，又覺得唇乾舌燥。她動動身子，窸窸窣窣地覺得自己像顆紅色糖紙包的酒心巧克力，裡頭都融化了，隨時重塑成這灼熱眼神想要的樣子。所以當羊十九問：「姐姐，你犯了啥事？」翠蓮就進入了女犯的角色。當然，在女人面前能拍著胸脯響亮地說的不能是「我偷了隔壁的雞」或者「我偷了隔壁的男人」這顯得太小家子氣，況且說偷了男人，羊十九也不一定懂。（羊十九：偷男人？還回去不就得了？再說男人又不是雞，雞木呆呆的，跟誰都能跑，男人偷得過來，八成是自願的吧？）所以翠蓮就吹了個牛，「手癢，殺了個男人！」然後一甩頭髮，說：「小妹妹，你殺過人嗎？」羊十九吸了吸鼻涕，沒吱聲。翠蓮大手一揮，「日後姐教你！我叫翠蓮，你叫啥？」「羊十九。」轎子頂上垂下來一隻手，羊十九踮起腳伸手去握了下表示禮貌。翠蓮道：「握緊點，十九，拉我下去！」

不管是哪個回憶版本，反正翠蓮和羊十九是相遇相識了，並且因為夕陽下女囚的灼熱而進入一種恍如前世的友誼。這直接導致在相識的那天晚上，翠蓮和羊十九喝了幾杯黃酒後，就愉快地決定要成立個女流氓俱樂部。為了慶祝兩個女流氓的友

誼，她倆在翠蓮的嫁妝裡挑挑揀揀，掛起了紅燈籠，貼起了紅喜字，然後一起剝了兩個紅喜蛋，吃了一斤紅花生，在子孫桶套裝的馬桶裡屙了點紅屎，在套裝的臉盆裡洗了個紅臉，在腳盆裡泡了個紅腳。（沒辦法，嫁妝的東西是各式各樣，就是顏色沒得挑，紅得喜氣洋洋，紅得晦氣都被照得遍體通紅，都使不了壞。只是當時上色技術比較天然，比如喜蛋是用藏紅花染的，吃完就很活血，走著走著就想跑，跑著跑著就想飛。紅花生是用美人蕉的花染的，吃著吃著就想去照下鏡子，照照鏡子就要問自己美不美，說美了才坐下繼續吃花生。而臉盆、腳盆是用豬血染的，豬血就跟不要錢似的，染得透透的，洗完後兩人就像兩盆通紅的毛血旺。捏捏對方的小紅臉，踩踩對方的小紅腳，像兩隻膩歪的火烈鳥。）

　　兩個小紅人又大半夜的爬上屋頂去放震天雷。宋朝的火藥剛發明不久，大家研發煙花的熱情高漲，於是出了些奇奇怪怪的煙花。比如香味煙花，有各種氣味的可以挑，普通的有梔子花味、桂花味、橘子味。其實很簡單，點燃引火線，裡面的調味包就騰地衝到空中，然後自己一鼓氣脹爆了，裡面充進去的香氣就彌散開來。一般商家會賣濃香型的煙花，因為那些菊花味的、稻花香的，鼻子不靈的聞不到，老是拿著放完的殘骸跑到店裡嚷嚷假貨要老闆退錢。還有的商家走偏門，賣奇香類的煙花，比如中藥煙花、雞毛臭煙花、鯨魚屁煙花。這鯨魚屁的煙花尤其好賣，因為沒人聞過，但鯨魚總要放屁的吧？雖然放到海裡，人是沒法用鼻子聞到，但總會起一串水泡吧？所以據說這鯨魚屁煙花，採集了水泡，提純，取屁的精華，工藝繁

56

瑣，耗時費勁，賣的價格就比普通煙花貴十倍，還經常賣到斷貨。

　　翠蓮和羊十九放的震天雷，比香味煙花高級一點。牠和現在放的震天雷差不多的是都竄得老高，響得像雷，然後嘩地打開一把傘似的落下各色煙火。不同的是，宋朝的震天雷分各種主題，主題不同，落下的煙火圖案就不同。比如翠蓮翻出來的第一個震天雷，是她媽媽隨手塞的麻將震天雷。翠蓮點了試試，果然炸出來的都是筒子、索子、萬子、東南西北風。最後把翠蓮和羊十九兩隻掛在屋簷上晃著腳的小紅人照得更加紅的是一顆碩大的「紅中」火花。（別問我帶字的震天雷是怎麼做到的，估計這技術是失傳了。現在煙花動不動就禁放，那些煙花研發的人就懶了，沒積極性了，也沒奇思異想了。不過我猜總有些煙火範本什麼的，塞一個「紅中」模板蹦出來的就是「紅中」煙火。但是這範本什麼材質，塞在哪裡，我就不大知道了。）

　　羊十九放了一個撲克震天雷，漫天的JQKA飄來蕩去，最後閃現的是王炸。炸完了，翠蓮和羊十九還覺得兩隻耳朵呼哧呼哧地被掌摑得生疼。最後放了一個行星震天雷。這個比較特別，火花不是從中心往外散開來，而是繞著中心呼呼地旋轉起來。有金木水土火地球，黃色、藍色、紅色、金色，還有土星帶著呼啦圈。翠蓮說她來自火星，因為她總是火急火燎的，還老是發臉火，小時候她老媽老是懷疑她發燒了，左手在摸麻將牌，一邊右手按著搖籃裡的翠蓮額頭上的冰塊。羊十九說她來自金星。小時候和小朋友打架，看著打不過就用自己額頭去撞

別人額頭，撞完以後還跟老媽說眼前有幾顆金色的星星老是跟著我。於是翠蓮數著火星的紅火花，羊十九數著金星的金火花，比比誰的多。一會兒兩人就數暈了。最後一排小行星帶的隕石火花齊刷刷地下墜，像一幅藍色簾幕一樣謝了幕，頓時兩人晃著的腳也不晃了，安靜地在漆黑的屋頂坐著，感覺有點幻滅，感覺這大地也有點不穩妥，有點搖搖欲墜。這地球好像一艘小船，忽然掙脫了船錨，要去宇宙的海洋裡漂一漂、蕩一蕩，不管不顧、任性放浪起來。過了好一會兒，翠蓮才跳下屋簷，說：「十九，咱進屋再找找還有什麼好玩的！」然後兩人就進屋翻箱倒櫃，翻到了箱子底。

按規矩，陪嫁的箱子底總是有這麼幾張讓人臉紅的畫。不過這張壓箱底的畫畫得有點粗糙，因為翠蓮的老媽在翠蓮大喜日子的前一天晚上打麻將回來才忽然想到還要放一張春宮圖在箱子底。臨時又找不到賣春宮圖的，自己出嫁的那張早已發黴，關鍵部位更是黴斑點點，失去了科普的功能。於是她決定自己畫一幅。不過她只會簡筆畫，像麻將牌上的筒子的圈和索子的直線條。她畫了個簡筆小人躺著，又畫了個簡筆小人躺在上面，手抵著手，像在掐架。科普的地方，她畫了一根長長的棒子。為了體現這根棒子的觸覺，她還在棒子周圍點了一些小毛刺。這樣畫完她覺得還沒表達得很清楚，想想又在旁邊添了仨字「嗯啊啊——」，這才覺得情緒到位了。

翠蓮一看老媽畫的春宮，就對羊十九嚷嚷：「你看你看，我就說嘛，新婚晚上就是要打一架，男人帶棒子來的，女人打不過，就痛得叫『嗯啊啊』！我媽真好，打個小抄來提醒

我！」羊十九說：「這不公平，女人不能帶棒子嗎？棒子打棒子，那指不定誰贏！」「你嫁到男方家裡啊，誰的地盤誰有棒子！哪個新娘不是嬌滴滴地抬進門，等著男人掀頭蓋？你見過哪個新娘抄起一根棒子衝進娘家？要是哪天我在自己娘家結婚，我一頂花轎把男人裝過來，我來掀他的頭蓋，讓他看我房間一排棍子、叉子、鞭子，保證讓他服服帖帖地給我生孩子！」羊十九剛想拍手稱讚，忽然想到：「男人會生孩子嗎？我是我媽生的哦！雖然見過一些男人腆著大肚子晃來晃去，但也沒見他們生下什麼東西。」翠蓮說：「好像是的哦！不過也有可能當棒子在女人手裡，往男人肚子上戳幾下，他們就能生下了。我覺得這事相當有可能！」羊十九也覺得她說得有道理。

二

　　不同於羊十九的山中獨居模式，在這個雙飛模式中，羊十九最不缺的就是說話的伴。她和她的搭檔翠蓮每時每刻都在對話中。從早上一睜眼搶茅廁，「我先拉屎！」「你快點，我憋不住了！」到晚上，「我吹蠟燭了，快睡覺！」「等下嘛，還有幾頁連環畫看完好不好啦！」結果「呼——」一聲，一片漆黑。（那時候羊十九看著窗外的小月牙，就開始想像一個自帶月光背景照明的連環畫，類似現在的kindle裝置。）兩人約好去打劫的時候，在打劫的過程中，兩人還一直在互動。一個人用劍架著被劫倒楣蛋的脖子的時候，另一個騎著馬慢吞吞地檢閱著車隊的貨。「快看，有兩罈泡菜哦！」「懶得搬了，

上次劫來的兩罈都沒吃完，想想牙都酸。」「快看，有捲絲綢哦！」「可以做個背心褲衩。」「別，咱做個蚊帳吧，這幾天要被蚊子咬死了。」說著，用劍直接把布挑起來扔到背後的小背簍裡。（其實羊十九是想到上次劫了一匹白布，翠蓮說要做袍子。在羊十九身上量了半天，結果最後用剪刀將這匹布「嗞啦」一分爲二，用兩枚別針，一塊別在羊十九身上，一塊別在自己身上。別的時候，故意露一個肩膀，還問羊十九：「是不是很有希臘風？」雖然羊十九沒聽過希臘是個什麼蠻夷地，但因爲這塊白布，她想像中的希臘就很淒涼。每天辦葬禮，白布條吹得刷刷響，每個人都紮著白頭巾，胳膊黏著小白花，身穿白袍子，露一個肩膀，在寒風中哭天搶地。）

　　後來翠蓮的希臘風被她自己認眞做成了一套白色夜行服，因爲要是沒有打劫的職業套裝，每次出場都顯得沒那麼莊重。羊十九穿黑色夜行服往那一站，就嚇跑一半人，然後劍一出鞘，寒光一閃，又嚇跑一半。而翠蓮穿紅的、綠的、條紋的、小圈圈的，往那一站，一半人就圍上來，「小妹妹，你迷路了嗎？」然後劍一出鞘，寒光一閃，剩下一半就跑上來奪劍，「小妹妹，別想不開，有話好好說嘛！」不過，縫夜行服可是技術活，羊十九那件是家裡丫鬟幫著縫的，所以翠蓮問她這領子該怎麼裁剪怎麼縫，羊十九也支支吾吾說不清。翠蓮一生氣就把羊十九夜行服的領子拆開看樣子，照樣畫葫蘆，畫好後，又把她的領子縫回去。但縫來縫去的針腳把領子整得皺巴巴的，還多了好些窟窿。羊十九穿著總覺得透點光，透點風，沒有之前那麼神氣了，總覺得漏了點氣。不過翠蓮說：「十九，

咱倆是一對黑白無常哎！」羊十九又忽然覺得作爲黑無常，這軟趴趴的漏風領子還有點小慵懶，不修邊幅，痞壞痞壞的，是看破人間事的黑無常該有的態度。

翠蓮和羊十九本來出門都沒帶劍，只是各自帶了一把小刀。羊十九帶的是瑞士軍刀（她的檀木劍早已交換給白臉男換了山上的破房子），而翠蓮的就是一個多功能小刀，想著新婚夜拿出來削男人棍子防身的，平時麼拿來削個蘋果，削個眉筆，也有時候拿來刮個腿毛。她倆的劍是偶然一次劫西瓜的時候老伯伯送的。

那天黑白無常組合頂著大太陽守在路邊，黑無常熱得有點吃不消，從頭到腳被太陽像狗一樣地死命舔，舔得濕噠噠，黏兮兮。剛點的連心眉從額頭中間沿著鼻樑滴著墨黑的汗下來，到了嘴唇上面分叉開去，給黑無常畫了兩撇水墨鬍子。而一邊的白無常因爲一身白反射著陽光，哼著小曲雲淡風輕。看來同爲無常，命也是不一樣的。黑白無常組合攔下一個老伯伯的馬車，想弄幾個西瓜吃。（爲啥她倆覺得老伯伯的馬車後面藏著西瓜，我也覺得莫名其妙。也許這老伯頭上紮著毛巾，而這毛巾的花紋是瓜紋的？或者這老伯頭上乾脆纏了一根瓜藤，像顏團子一樣？）反正想吃西瓜的黑白無常打開馬車後面的箱子的時候，立馬不想吃瓜了。箱子裡滿滿的都是寶劍！就像你拿著水槍裝模作樣地去打劫，卻發現對方每個人兜裡都揣著幾把真槍。

黑白無常立馬識相地把小刀塞回兜裡，去老伯那鞠個躬道個歉。「老爹爹，後輩無知，驚擾您了，不好意思，不好意

思！」翠蓮嘴巴甜，說完拉著羊十九就要開溜。老伯（近看沒綁瓜紋毛巾也沒纏瓜藤）說：「慢著，你兩個小山賊！」他從馬車上跳下來，翠蓮和羊十九都聽到了咯噔咯噔什麼東西震顫的聲音。翠蓮小聲對羊十九說：「十九，你丫別沒出息，嚇得牙齒打架了嗎？」羊十九說：「你丫才沒出息呢，八成是你腳跟震得慌！」老伯打開放劍的箱子，原來是寶劍有點不安分，有點煩躁，有點想從劍鞘裡掙脫出來幹一場。

老伯說：「我是鑄劍師，這些都是我鑄的劍。我這人不重名也不重利，因為我中年的時候就已經名利雙收了。老了就帶我的劍出來遛遛，跑跑江湖。這些劍整天坐在家裡也是個愁眉苦臉的，出來活動活動手腳呼吸下新鮮空氣。如果牠們途中想跟誰去闖蕩闖蕩，我也不攔著。」翠蓮說：「老爹爹，您好特別。聽說有遛狗、遛娃的，沒聽說過遛劍的。我覺得您的劍老激動了，想跟咱倆闖蕩闖蕩哎！」羊十九忽然聽懂了，翠蓮的意思是要老伯送劍給她倆。她有點不好意思，偷偷去捏一下翠蓮的手，一邊又有點興奮，悄悄探頭去看哪把劍和自己比較搭。老伯笑笑，沒答應也沒拒絕。他說：「我先給你們介紹下各寶劍的脾氣。」（估計這講故事環節是老人家遛劍的重要組成部分，就像遛狗的也不是專注遛狗，而是遛到半路看見熟人打個招呼，就開始講，我家二哈血統超正，爹媽都是西伯利亞的，特別二……）

黑白無常就乖乖聽著老伯講故事。第一把寶劍特別敏感，因為鑄它的時候經常有一隻小瓢蟲爬上來看它。小瓢蟲小細腿在牠肌膚的觸覺像根小絨絲線，似癢非癢，有點勾勾搭搭的小

甜蜜。所以習慣了這些輕手輕腳的觸摸，這寶劍一觸就彈起來，有時候碰都沒碰，自個兒就驚醒了，從劍鞘裡跳出來。這劍還有點哲學，曾經那隻小瓢蟲在一個冬天的下午，在牠身上照鏡子，照著照著就合上翅膀，翅膀上的七個紅色圓點就變成了七條直線，然後眼睛也合上了一條直線。這劍就和死去的小瓢蟲一直待著，直到風把乾枯的瓢蟲吹走。大概這劍覺得自己作為金石之軀，無法解救肉身凡胎的短命，生出了悲天憫人之心。後來拉牠去殺生它就各種不情願，大概覺得殺他幹嘛，過不了多久自己總會死的。上次我用它去戳野豬，劍鋒不是向左軟就是向右軟，就是刺不進皮！害得我被野豬滿林子追著跑！這劍就別指望帶它闖江湖了，倒是退出江湖的時候可以插在土裡表個決心。它不是要感受朝生暮死的生命嗎？在土裡慢慢生鏽好了，說不準哪天忽然長出點小劍芽、小劍花，也嘗嘗生命的驚喜。

羊十九一聽「小劍芽」、「小劍花」，覺得很新鮮，第一個想法就是丟進滾水裡泡茶。泡出來的就叫劍茶，劍茶不綠，有點小銀灰，喝起來有點鐵腥味。泡第一道，小劍芽、小劍花就直挺挺地立在茶水裡，喝一口覺得卡喉嚨，脖子梗得直直的，站起來走個路也忘了彎個膝蓋，兩隻手管不住要對掐。所以第一道最好倒掉別喝。泡第二道，小劍芽、小劍花就軟掉了，打橫了，在水裡竄得像小銀魚。經常是小劍芽一個方隊，小劍花一個方隊，兩個方隊互掐打群架。泡一會兒，茶水裡就浮上芽碎碎、花碎碎。就像小銀魚互撕，浮上來一串串的魚腸子、魚泡泡，喝起來就腥得很。反正，羊十九覺得不管怎麼

泡，小劍芽、小劍花喝起來都怪怪的，所以她覺得還是留它們在母劍上再長一會兒好了。

羊十九又忍不住想像了一下劍長大成熟了，掛在枝丫上叮叮噹噹地響，或者像削尖的仙人掌沉默地戳向天空。然後在一個同樣的夏日中午，太陽跟今天一樣像狗似的舔著她。她踩在母劍蔓延在地上的鐵鏽，像踩在一小片沙漠上，她背著小籮筐在採劍。她一個個掰，像掰玉米，劍冷冰冰的，又像在摘冰棍。冰棍是黏著紙的，就像這劍肉是黏著劍鞘的。羊十九覺得要把劍肉和劍鞘分開容易得很，和分馬鈴薯皮、山藥皮一樣。先在開水裡泡泡，再拿到冷水下面沖沖，然後捏著劍柄一拉，嘶啦就開了，白花花的劍肉就剝出來了。撕拉的力道有大有小，有時候撕拉用力過猛，劍肉就一大坨，劍鞘就薄如蟬翼，像一條透明小褲衩，穿著遮不了羞；有時候撕拉太輕，劍肉就一小尖尖，就像給這劍開了個蓋，至於剩在蓋子底下的一大截做啥用，就不管了。因為撕拉的力道掌握不好，羊十九背簍裡的劍最後都是歪瓜裂棗。所以種劍這種事不是那麼靠譜，還是跟老伯要的來得實際。

繼續聽老伯講故事。有一把寶劍鑄的時候我手上有個傷口，一直沒癒合，時不時滲點血，後來那劍造好後有點嗜血。明明我給路人指個路什麼的，指著指著劍就架到人家脖子上去了，還一個勁地往動脈上剮蹭，嚇得人家魂飛魄散，以後情願在山裡兜圈圈也不敢隨便找人問路。後來拿著劍砍了個人頭，血流如注，這劍就嗡嗡地顫抖起來，在這顆新鮮的人頭旁開心地轉了九圈，像吸飽血的螞蟥一樣忽然膨脹起來。害我的弟兄

們都以為這死人借劍還魂，要來討命債，嚇得圍著這人頭一圈跪下磕頭。就我知道這劍就是見血開心而已。

人頭不是每天都有得砍的，平時的話就買菜的時候給它帶塊豬血，把它插在豬血上解解饞。要是有段時間發豬瘟，賣豬血的大媽沒來，這劍的劍鋒就毛糙起來，裂開幾瓣，上上下下地捲曲起來，像一瓣瓣舌頭，饑渴得很。如果賣豬血的大媽還不來，這劍就一天天縮短了，變細了，病懨懨地長鏽斑了，生了鏽蟲，在每個鏽斑裡築巢安家，然後在鏽斑的巢裡探出個腦袋和隔壁鏽蟲打個招呼。鏽蟲是越長越小的，因為這劍一天天縮小。如果賣豬血的大媽一直不來，那這些鏽蟲的巢就一圈圈地坍縮，然後鏽蟲就漂在最後一圈鏽斑上，像套了個救生圈。等最後一圈鏽斑合上眼的時候，鏽蟲就給「嘎嗞」壓扁了。

那時候寶劍就縮水得像一個鑰匙大小，別在腰上，帶它去逛逛菜市場，讓它聞聞地上、空氣裡的血腥味。那些什麼黃鱔血、青蛙血，只要有點血腥味，小劍總會從腰帶間彈出來嗅嗅，恢復點生機。它還喜歡去嗅嗅路過的女人。如果這女人來月經的話，它就主動從腰帶上跳下來，躺去女人腳邊，等她撿。要是女人沒看見，它就原地跳幾下，像口哨一樣噓噓幾聲，引她注意。若是女人撿它掛腰間，它就趴人家腰上死命地嗅，一個臭不要臉的流氓。老伯說著，果然有把寶劍自己從劍鞘稍稍探出一點像在嗅什麼，然後自己蹦到翠蓮腳邊。翠蓮大叫一聲：「臭不要臉！」她這兩天剛好來月經。她一腳就把這劍踹到路邊臭水溝裡去了。

老伯還有兩套雌雄劍，分別是大兒子和小兒子結婚的時

候打造的。打第一套雌雄劍的時候，是一鞘雙劍。當時新婚，大兒子和兒媳你濃我濃，郎情妾意的蜜月期，這對雌雄劍也纏綿得要死，在劍鞘裡黏在一起拔不出來，像兩根黏在一起的冰棍。（應該是冰箱停了一會兒電，後來來電了，化了一小半的兩根冰棍重新凍起來，就成了我中有你，你中有我，要吃就得一起吃。）早上起來練劍的日常就被拔劍所取代，運動量有過之而無不及。先把這劍拴在高高的樹上，兩人爬上去，一人握一把劍柄，吊在劍柄上，然後再爬兩人上去，一人抱上一人的大腿，吊在大腿上，以此類推。多少人吊多久才能拔出這對雌雄劍，要看這對劍當時的心情。如果雌雄兩劍就隨便親親，那每個劍柄上吊兩個人晃一會兒也就拔出來了。如果就隨便抱抱，那每個劍柄上吊五個人，像鐘擺一樣來回擺個半個時辰也就拔出來了。如果要翻雲覆雨陰陽和合，那麼每個劍柄上要吊十個人，像兩串香腸一樣風乾到傍晚天黑下來才能拔出來。那時候這盪了一天的二十號人腳沾地以後都不能正常走路了，經常走幾步就停在原地，等著一陣風吹來，biu地盪回空中去。

但過了這蜜月期，大兒子和兒媳就鬧翻了。雌雄劍後來也鬧翻了。有一陣子，沒人敢去拔劍，因為雌雄兩劍在窩裡鬥得不可開交，電光石火的，晚上看起來這劍就是一閃一閃的，像一條放電的鰻魚，或者一條閃爍的水母。有人好奇上去摸摸，然後自己就開始變得一閃一閃的，像吞了一個燈泡，開關不知道在哪個調皮搗蛋的手裡。人體總比劍複雜。有些人氣血通暢，遍體通明，連睫毛都是一閃一閃的，像完全曝光的底片。有些人氣血淤堵，光走得不怎麼順暢，這兒那兒的總有些陰影

光斑，好像身體裡零零散散地搭了幾個螢火蟲窩，零零散散地亮一亮。有些氣滯血瘀得厲害的，就只能亮一亮身體的某個部位。比如有人亮兩瓣屁股，有人亮一個腳趾頭，有人亮兩隻眼睛，有人亮肚子裡的一串腸子。所以晚上院子裡要麼一閃一閃的眼睛盯著前面一扭一扭的屁股看，屁股大叫一聲；要麼一閃一閃的腳趾頭踩到一串腸子，腸子大叫一聲。總之，自從雌雄劍開始窩裡鬥以後，整個大宅子都亂了套，一到晚上就大呼小叫的，變成了鬼火飄來飄去的凶宅。

等小兒子結婚的時候，我又打了一把雌雄劍。這次學乖了，分別打了兩套劍鞘，各自套各自的，不親嘴也不打架，但就是有點冷淡，有點隔膜。一人一把雌雄劍在過招的時候，兩把劍打死都碰不到一起。明明聽到劍和劍「聽聽哢哢」的碰撞聲，但定睛一看，這兩把劍中間隔一米遠呢，就懷疑這兩人是不是嘴裡自己發出「聽聽哢哢」的聲音在裝腔作勢，就像打拳的經常給自己念個嘿嘿哈哈，其實啥都沒打到。然後就有一天，有個人嗑著瓜子，看看左邊拿雄劍的兒子，咬著牙抵著劍，又看看右邊拿雌劍的兒媳，咬著牙抵著劍，覺得很有趣，像個行為藝術，就邊吐瓜子殼從兩人中間的一米空檔中穿過去。結果腿是走過去了，人頭掉了，掉在兩把劍刃在二維平面的交叉點上。

後來大家都對這對雌雄劍神祕的一米間隔產生了深深恐懼，稱之為死亡間隔，或死亡銀河。兒子或兒媳一個人在院子裡練劍的時候，經過的人都小心翼翼地收住腿，檢查方圓幾米內有沒有另一把劍。如果果真讓他發現另一把劍，就「哇

啊——」大叫一聲，爲進入敵人的包圍圈懊悔不已，然後自己給自己設了結界，一動不動，眼睛直勾勾地看著周圍空氣，似乎空氣裡布滿了看不見的蛛絲，隨時切割到肉裡。所以當雌劍或雄劍在院子裡開練的時候，要不了多久，旁邊就多了一些一動不動的觀眾，像在玩「我們都是木頭人」的遊戲。等劍練完了，「木頭人」的遊戲還一時半會兒沒完，因爲幾個時辰站下來，也差不多站成了雕塑。如果是冬天，就是冰雕，就可以用一種小鏟車，把這些冰雕鏟到車上，送到屋裡柴火前烤一下，融化一下，他們就慌慌張張地摸下頭，發現頭還在脖子上端著，就開心地開始打噴嚏、嘶啦啦地擤鼻涕。脫了衣服絞絞水，烘一烘，自個兒光溜溜地躺在柴火邊睡一會兒。

三

翠蓮覺得這對雌雄劍不錯，只要和羊十九一人一把劍守在山路口，就等著馬車隊慢吞吞地經過她倆之間的死亡銀河，然後啪啪地頭落地。因爲剛落地的頭還不適應泥地的高度，又掙扎著彈回原來架脖子上的高度，去看看究竟發生了什麼。所以這一顆顆人頭就像散落在地的皮球，蹦高蹦低，一臉驚訝或一臉懵逼地試圖找回屬於自己的高度。當然馬頭落地就蹦不起來了，誰叫它長得是長條形。它只能眨巴著長睫毛的大眼睛，掉幾顆眼淚，因爲馬鬃毛太長老是掃到眼睛裡，毛刺毛刺的。本來身體在的話，一跑起來，毛毛就呼啦啦吹後面去了。可現在安靜得像一顆國際象棋裡的「馬」，看著身邊這些人頭「卒」，橫著豎著亂走一氣，想著啥時輪到它在棋盤上走個端

端莊莊的馬步。

　　翠蓮雖然覺得用這雌雄劍搶劫來得輕鬆，但搶完貨似乎還要清理現場。人頭容易，左踢踢右踢踢，總能一腳射進湖裡、樹林裡或者懸崖（翠蓮踢得一腳好蹴鞠）。沒頭的身體就麻煩了，要拖去埋掉，不然攤在地上，下幾場雨出幾個太陽，就會在脖子上長出一朵蘑菇。因為脖子的記憶，這蘑菇長著長著就長成個球形菇，還會長出並排的兩個圓圈的菌斑，像兩隻眼睛，哪天恰好爬上來一條蚯蚓，在兩圓圈底下，抽搐著細長的身體，這球形菇看著一會兒像哭，一會兒像笑，一會兒呆滯流口水，總覺得怪瘆人的。

　　一想到善後這麼多累人的事，翠蓮就想躺倒算了，於是問羊十九：「十九，你想要哪把劍啊？」羊十九想這雌雄劍搭配總有這個那個的毛病，那就換個搭配方式。她問：「老爹爹，我們能從兩套雌雄劍裡各抽一把雌劍嗎？」這時放劍的箱子又咯噔咯噔地震起來。老伯說：「你問它們願不願意？」單獨劍鞘的雌劍蹦得歡，像抱著一竹筒算卦抽籤，搖來搖去，總有一支籤最冒頭，那支籤就是你的。羊十九覺得這支雌劍就是她的。連劍鞘的雌雄劍動靜也很大，不過不是蹦，而是前後左右晃得厲害。老伯撇撇嘴，「喏，又打起來了。」話音剛落，只聽哐噹一聲，一支裸劍被甩出了劍鞘。老伯說：「哇，雄劍被打出家門了，雌劍勝出！」翠蓮覺得這麼潑辣有氣魄的劍非她莫屬。後來這兩把劍就成了羊十九和翠蓮兩個小山賊打劫的利器。鑄劍師老伯臨走時有點犯難，不知道這剩下的兩雄劍誰會要呢，大概要找兩個青梅竹馬的男山賊了吧？

翠蓮自從拿到了和自己氣質合拍的寶劍後，就想到了自己剛認識羊十九時和她吹的牛，「手癢，殺了個男人」。她覺得要兌現它也不是不可能。她決定趁羊十九還把寶劍當玩具在割草、捅鳥窩的時候，先開始練劍。首先，她覺得要學會哲學層面的劍道「人劍合一」，也就是要和新劍培養感情，訓練劍成為手的延伸段，成為身體的一部分。為了培養「劍感」，翠蓮決定二十四小時劍不離手。早上醒來，還沒起床，先去摸劍。用劍在床尾挑來挑去，挑到自己的衣服勾起來，然後坐起身，位置定在半空中的衣服底下，坐等被掉下的衣服罩住。翠蓮總比羊十九起得早，因為她覺得自己是大人，而羊十九是小孩（雖然她就大了一歲）。大人總不能睡懶覺，因為他們有很多正經事要做。但是大人起床了，不順便把小孩弄醒就會很難受（總怕他們上學遲到），所以其實翠蓮每天比羊十九早起來五分鐘，等她穿好衣服，她就去把羊十九搖醒。

　　現在劍不離手後，她就用劍去拍拍羊十九左臉頰，等羊十九翻個身，她就用劍去拍拍羊十九右臉頰，然後大叫一聲：「左臉右臉都親過啦，十九你丫別賴啦！」羊十九立馬坐起身，雖然眼睛還被眼屎糊著睜不開，但只要坐起來了，給翠蓮表了個起床的態度，就不會被劍繼續親腳、親肚皮、親屁股。然後閉著眼睛把被翠蓮的刀光劍影嚇散掉的夢重新在腦子裡拼拼湊湊。「翠蓮，我夢到十隻公雞一起昂著頭喔喔叫。」「然後呢？」「然後，你跑來，劍光一閃，十個雞頭就蹦蹦跳跳地掉地上了，雞嘴還咧著叫呢！」「正好燉一鍋麻辣雞頭吃！」或者「翠蓮，我夢到我在菜市場買了一窩小兔子玩。」「然後

呢？」「然後，你跑來，劍光一閃，我們就圍著篝火烤兔肉串。」羊十九聽聽翠蓮沒反應，只好勉強睜開一隻眼睛。只見翠蓮橫著劍，一邊咬著頭繩，一邊照著劍梳頭。

劍雖然能照出模樣，但它不像鏡子那麼準，總會拉寬比例。翠蓮的臉一照就像被兩個羊十九從左右兩邊同時揪著，隨時準備放手回彈。兩道細長的眉像兩片烏雲要順著不同風向的風往兩邊飄出去。而下面一道細長的嘴唇有點猶豫，不知道是要往左飄還是往右飄。在它做完決定前，翠蓮已經三下五除二地把馬尾紮好了，對劍齜牙一笑。羊十九迷迷糊糊聽到「聽——」的一聲，趕緊把另一隻眼睛也睜開。

為了練習平衡力，翠蓮端飯碗的時候都不用手而用劍。她把幾個碗一排放在劍上，然後小心翼翼平拿起劍，輕手輕腳端到飯桌上。剛開始練的時候，手抖，幾個碗總能墜落一半。翠蓮就朝羊十九喊：「十九，你的碗摔掉了！」然後羊十九坐在翠蓮對面，捧著臉，惡狠狠地盯著她吃。有時候翠蓮拍拍她腦袋，從自己碗裡夾塊肉給十九，說：「乖哈！」（樓上的狗狗來做客，我就是這麼幹的。）羊十九就嘎嗞嘎嗞咀嚼起來，吞完，又捧起臉，惡狠狠地盯著她吃。

等翠蓮把自己的碗也摔完了的時候，她就乾脆不用碗了，直接把吃的放在劍上。她對羊十九說：「這叫『劍體盛』，從東瀛的『女體盛』學來的。」於是羊十九想像中的東瀛就是個不喝湯的地方，因為要是她自己光溜溜地往那一躺，廚師要盛給她一勺湯，她不知道自己身體哪個部位可以兜得住。翠蓮認真地想了想說：「大概東瀛女人的奶不一樣，可以翻蓋，翻上

來是昂首挺胸的奶，翻下去是凹下去的湯碗。」羊十九覺得很神奇，去捏捏自己的奶，似乎並沒有這種功能。她又順手要去摸翠蓮的，翠蓮連忙把她的手打掉，「別亂摸，我又不是東瀛女人，哼！」然後兩人就著「劍體盛」，一邊乾巴巴地咀嚼，一邊在腦子裡翻著東瀛女人的奶。

四

　　翠蓮決定開始練劍。沒有劍譜也沒有師傅教，她直接上手最實用的刺和砍。羊十九給翠蓮紮了一個稻草人，翠蓮的任務就是在稻草人身上要害部位都各刺一劍，最後把它的頭給砍下來。這事並不難，畢竟稻草人一絲不動地站在那裡讓她砍。「嘿哈」了幾天，稻草人的頭咕嚕嚕地滾下地的時候，翠蓮興奮地要給自己增加難度。她要羊十九再紮一個稻草人，但這稻草人要會動，因為不動的稻草人已經滿足不了她升級的劍術了。羊十九想了想，就紮了跟原來一樣的稻草人，然後去馬廄裡找出了當年她單幹流氓時搶來的一輛嬰兒小三輪。（這裡平行的故事線似乎有了重疊，也許羊十九和翠蓮相遇前她還沒搶到這個小三輪，但它卻在馬廄裡出現了。我覺得這很有意思，也許這兩條故事線正在不同的時空下同時進行，偶爾的不知什麼原因交錯一下，互相串個門也是很正常的。比如有時候單幹故事線中的羊十九射死的麻雀找不到，也許就掉到雙飛故事線的晾衣繩上，翠蓮正在晾衣服，一隻死麻雀戳著一支箭從天而降，還口吐一灘血到她剛洗的毯子上，翠蓮火冒三丈，「操你媽的，老娘洗個毯子容易嗎？羊十九你給我出來，換你洗了這

次，都怪你！」「都怪你」是翠蓮的口頭禪，不過這次倒沒怪錯。或者有一天翠蓮朝正在發呆的羊十九叫三聲，羊十九木訥訥的沒理她，這羊十九也許就是單幹故事線裡的，那故事裡她經常一人沒事發呆。翠蓮抄起一臉盆水澆她頭上，單幹故事線裡的羊十九就打了個噴嚏，第二天就感冒流鼻涕了。這種時空之間的串門時有發生，只不過誰也沒當個事。）

羊十九把稻草人放在小三輪上，再把小三輪繫在小白馬的屁股上，這樣小白馬在草地上轉悠的時候，翠蓮就有活動的稻草人砍了。只是翠蓮砍砍殺殺的動靜忒大，小白馬先還只是慢騰騰地轉悠，一扭頭看到翠蓮張牙舞爪的樣子，嚇得草也不吃了，邁開腿就奔起來了。翠蓮追得上氣不接下氣，砍稻草人訓練就莫名其妙變成追稻草人越野跑。等翠蓮劍術又上一層次的時候，她需要活物做靶子。羊十九作為她面前唯一的活物，心裡有點慌。她想了想，去捉了幾隻烏鴉，腳上纏好線，線的另一頭捏在自己手上，緊緊握住，像握了幾隻烏鴉氣球，生怕一不留神就飛了。然後羊十九就往院子裡一坐，招呼翠蓮過來練劍。

翠蓮的任務就是砍殺烏鴉。羊十九的任務就是抓著這幾根線，也沒這麼好抓，羊十九感覺線在突突地跳，有著很強的逃生欲望。她就把線繞在手腕上，惡狠狠地打了個死結。另一隻手閒著，她就把昨晚沒看完的小人書拿來翻。翠蓮的劍在書上閃著銀光的影子，亮晃晃的，羊十九翻了一會兒書，眼睛就累了。她抬頭看看翠蓮，紅紅的臉呼哧呼哧地喘著氣，頭頂的烏鴉還是一二三，三隻，一隻都沒少。而且這三隻烏鴉分成兩

組，二鬥一，頭頂的毛豎得筆直，鬥得很專注，並沒誰瞟一眼旁邊揮劍的翠蓮。羊十九給翠蓮鼓個掌，「翠蓮加油哦！」然後發了會兒呆，又拿起紙筆。於是在這條雙飛的故事線裡，她也開始寫小說。而她一落筆，就開始編羊二和海帶的故事。她覺得這兩個分明有點非主流的名字，卻聽著這麼熟悉，想改成羊三或海豹都不行。所以，我又一次被羊十九寫進她的故事裡了。

　　「羊二在學校教國文，海帶教算術（我明明是教電影好嘛，海帶好像是教英文，這兩門課估計羊十九都沒學過）。羊二和海帶住在同一棟樓，卻彼此不認識。羊二住二樓，海帶住十樓。一個秋天的下午，海帶脫去套裝，換上運動裝，去參觀附近新建的健身房，辦了一張年卡。那天下午，羊二踢掉拖鞋，換上螢光色新跑鞋，從二樓梯子溜到一樓，小跑二十分鐘去附近新建的健身房打卡。健身房是個未來很時髦的地方，愛運動的人都愛去。海帶和羊二在裡面跑步。有一種叫跑步機的東西很好用，它是用幾個打磨圓的樹樁並排搭的，上面舖上牛皮，人在上面奔起來，牛皮就繞著樹樁滾起來。」

　　羊十九咬咬筆頭。翠蓮還在旁邊「嘿嘿哈哈」，劍在風裡揮得呼呼地響。三隻烏鴉一驚一乍，撲稜稜地扇著翅膀。羊十九覺得耳膜一鼓一鼓的，於是寫道：「健身房是個很吵的地方。跑步機粗糲的牛皮吱嘎嘎地磨著粗糙的樹樁，中間像擱著小煤塊。跑步機上有一個報時的玩具兼計算跑的距離。跑了一刻鐘就有一隻小兔子蹦出來叫一聲：『真棒，跑了兩里路了啊，小兔崽子加油哦！』或者有一隻小烏龜爬出來叫一聲：

『哇塞，四里路啦，王八羔子你等等我呀！』這樣跑步的人就很受鼓舞，神清氣爽。不過問題在於，這個跑步機跑起來總有點小顛簸，所有報時玩具被顛到就會不小心蹦出來，有時候剛跑了兩步就叫『真棒』，有時候跑個半死一個屁都沒。所以健身房裡的跑步機的報時玩具經常被人打砸，慢慢就報廢了。好在這是一家新開的健身房，跑步機還新得很。那天下午，海帶和羊二並排跑著。海帶的跑步機一直『真棒』、『真棒』叫個沒完，羊二的跑步機始終悶著一聲不吭，兩人跑了一會兒，就開始專心打砸報時玩具。然後一抬頭嘿嘿相視一笑，『這麼巧啊，你也在砸！』『是哦，好巧！』『我叫羊二。』『我叫海帶。』」

「羊二和海帶就這樣認識了，健身完了結伴回公寓。一開始，兩人把周圍的同事一一例舉來檢測彼此共同的朋友圈，然後各自吐槽自己系裡變態的領導如何剝削青年老師以此建立階級友誼。接著話題斷檔十秒鐘，羊二的見不得冷場強迫症犯了，她開始哼小曲。她就瞎哼哼，至於什麼曲什麼調一概不講究，只想製造點聲音把沉默的黑洞給補一補，遮一遮。哼了十秒鐘，羊二開始在地上找塊石頭踢。從左邊踢到右邊，再從右邊踢到左邊，再一腳抽射把它射飛。踢了十秒鐘，她開始邊走邊拉伸胳膊，先向左右伸展，再上下拉伸，接著九十度扭脖子，並配合『呼哧呼哧』大聲呼氣，把自己整成個風箱似的。」寫到這裡，幾根烏鴉羽毛飄下來，落在羊十九的稿紙上，遮了她的字。羊十九噘起嘴吹吹，又繼續寫。

「伸展了十秒鐘，羊二開始跳起來摳樹枝，可是路邊的樹

都很高。她只在第十棵樹上搆到了一個小枝丫，掉下來幾片葉子（像烏鴉羽毛飄啊飄）。羊二檢查了下一片葉子，希望上面有隻毛毛蟲，綠色的黃色的都可以，這樣她就可以說：『呀，有隻毛毛蟲哎！』然後開啟一個話題進行討論。但是，它就是片普通葉子。最後羊二實在忍不住，下決心打破寂靜，開始說話。她指著地上白色的鳥糞對海帶說：『鳥糞哦！』（這時候羊十九的稿紙上落了一坨烏鴉屎，質地還算乾燥，她順手一彈就彈到了翠蓮腳上，繼續寫。）海帶說：『是哦，鳥糞。』羊二就想如果鳥糞要是落在海帶頭上就好了，她就可以幫她彈掉，建立一種『我都幫你彈鳥屎了』的親密關係。一陣風吹來，羊二一撈握住，『風哦！』海帶看她像看一個傻子。羊二在自己的挫敗感裡掙扎了一下，然後指著旁邊的一胖女生說：『哇塞，她臉比你還大！』」羊十九正幸災樂禍地想著海帶臉上該有什麼表情做出什麼反應，忽然稿紙上濺起一溜血跡，三個烏鴉頭啪啪啪地掉下來，接著羊十九綁在手腕上的三根線和線頭上的烏鴉身子無力地落下。羊十九懊惱得很，「就是不能說女人臉大！」翠蓮在邊上插著腰得意的笑：「十九，今天晚飯烤烏鴉肉！」生爐子的時候，羊十九把沾滿血跡的稿紙也丟進爐子裡生火，羊二和海帶的故事剛起了個頭，就在炭火上燒了個灰燼，又得從頭來過。

　　我似乎記得我的朋友海帶有張大餅臉，喜歡散下頭髮兩邊遮住。我一直想不起來海帶究竟長什麼樣子，咱倆都沒有一張像樣的合照，究其原因是我討厭一切顯黑的東西，比如我拒絕在白牆前拍照，不和小白羊拍照，不吃棉花糖拍照。而海帶討

厭一切顯臉大的東西，比如她喜歡托著氣球拍照，吃著大餅拍照，喝著一缸麵湯拍照。我的臉是她一半大。每次我舉起自拍杆，她都要往後退五米，等我按下快門，她總是不幸地被我倆之間出現的莫名其妙的東西擋掉，比如一個路人、一把雨傘、一輛疾馳而過的三輪車。照片上，我總是在前面大著臉傻笑，而海帶要麼拍到她的一個包掛在路人的屁股旁邊，要麼一個剪刀手戳在雨傘上面，或者一雙紅皮鞋壓在三輪車輪子底下。有一次飛來一個足球，擋了她半張臉，她看了照片還是挺滿意的，畢竟和我的臉還有足球相比，她的臉是最小的了。我也挺滿意的，畢竟那足球竟然是黑色的。至於海帶的半張小白臉那簡直可以忽略不計。我依稀記得這張羊二足球海帶的歡樂合影曾經留在我的手機相冊裡，後來不知怎的就消失了。

　　不過我的回憶是基於羊十九在故事裡提起的「大臉」海帶，如果她寫海帶是個錐子臉女生，我沒準就想起了某天醃了半隻醬鴨，想在鴨胸這裡打個洞穿個繩子掛起來晾，剛好手頭沒刀，就借海帶的錐子臉鑿了鑿，那段時間她就一直抱怨自己臉上一股醬鴨味，擦什麼香水都蓋不掉。所以海帶究竟是大餅臉還是錐子臉，我覺得這都是可以商量的。不過羊十九把稿紙這麼一燒，我覺得這商量的餘地更大了，沒準她是鵝蛋臉美人呢，或者也有可能是鞋拔子臉、豬腰子臉，我的記憶就像隔著燒稿紙的火苗看東西，總有點搖曳、忽大忽小、忽明忽暗，火苗周邊的熱浪還讓東西看起來呈波浪紋的虛焦，於是又虛虛實實起來。諸多的不確定只能等羊十九哪天心情好又拿起筆寫起故事來。

五

　　翠蓮的劍術是日益精進了，她不需要羊十九幫她抓著烏鴉了，她直接跳到半空中一劍刺中烏鴉。但凡她搆得到的活物，她都有興趣練手。通常是一天練完手，晚飯的菜也順便解決了。一開始是吃烏鴉肉，後來翠蓮劍術長進了，大家就吃小一點但肉質更鮮美的麻雀。等翠蓮的劍術又長進了，她就癡迷於刺知了、砍天牛、斬蜻蜓。一天練習完畢，翠蓮興奮地端回來一盆已被肢解的小昆蟲屍體，晚上就吃昆蟲宴了。羊十九不高興，因為這些小蟲子雖然嘎嘣脆，但吃不飽，而且經常肉殼分不開，只好整個嚼一嚼囫圇吞（就像我吃炒西瓜子一樣，歪瓜子嗑不出來，只好和瓜子肉一起嚼嚼碎，硬吞）。羊十九吞完後和翠蓮說：「翠蓮，我餓！」剛說完餓就開嗆，有時候嗆出一條天牛的鬚鬚，有時候嗆出一顆蜻蜓的眼睛。翠蓮忙說：「十九乖，明天我抓一盆麻雀回來！」結果第二天，翠蓮又對自己提高了要求，開始認真地斬蒼蠅、刺蚊子。

　　吃多了小昆蟲的羊十九拉屎乾燥質地又硬，像一顆顆小鋼珠，排到化糞池裡也不化，澆到菜地裡實沉沉地占了坑，把剛下的種子都給活活憋死在底下發不出芽來。而且羊十九還老做奇怪的夢，比如她老是想趴在樹上，插上一根吸管，吸吸這棵樹的枝葉，吮吮那棵樹的果子，喝飽了還要和周圍的朋友大聲評論「榆樹汁好吃！」「柳樹枝有點酸！」好像進入聒噪的知了模式。或者羊十九忽然能360度環視，好像進入了蜻蜓之眼。但人不能眼神太好，不然累死人。羊十九一走進party，前後左右的人都看見了她，她也在四個方位同時看見他們，同

時和他們打招呼，左右兩邊握一握手，然後伸到前後再握一握，接著同時開始四段交談。這就像搭起了一個麻將桌，每邊都在問她：「七條要不要吃啦？」「八萬我碰！」「九筒槓一槓。」再來一個「謝謝你哦，我胡啦！」羊十九每次做蜻蜓的夢，都累得要死，口乾舌燥，第二天早上還要被翠蓮捏鼻子，「昨晚大半夜的你又搓麻將是嘛！」

　　這裡要補充一點，雖然羊十九沒像翠蓮一樣從早到晚打打殺殺，她也有練劍。只是她練的劍在翠蓮看來都是花裡胡哨不實用的旁門左道。一大早，羊十九起床練「頂上一枝花」，就是用頭頂著劍，豎著紋絲不動。因為早上剛醒，大腦各神經還沒突突跳起來，還是木木的，所以這時候頂劍頂得最牢，像從頭中央長出八爪魚的吸盤一樣吸住劍。其實翠蓮還是滿好奇的，她總忍不住要去摸羊十九的頭頂，看看她是不是中間有個凹槽，剛好插上個劍柄。因為她自己趁羊十九不注意試了N次，都以失敗告終。其實訣竅在於心中守一念，氣沉下丹田。羊十九守的一念就是等下早飯的紅薯粥，翠蓮沒這麼容易滿足，她想著紅薯粥，又同時想到要夾點鹹菜配配，再敲個鹹鴨蛋更好了，最好鹹鴨蛋的蛋黃滋滋流油。想到這，劍就咕咚掉下來了。

　　羊十九另一個技能叫「翻雲覆雨手」，就是用一個拇指給劍柄一個推動力，然後讓整支劍呼啦啦地旋轉起來，前轉後轉左轉右轉，頭頂轉褲下轉都隨意。有時候轉得太溜，產生了向心吸力，眼見得袖子飄起來，衣角抖動不已，羊十九踮起腳尖。每次這時候，翠蓮總是路過順手拽她一把，「十九，你要

升天啊！你還年輕，不要著急哇！」其實私底下翠蓮也試過，就是掌握不了那種平衡感，轉兩下就掉。（這和咱在中學時候玩轉筆一樣，轉得溜的停都停不下來，轉得笨的就是啪啪地掉筆。畢竟是笨的多，所以當老師正面上課的時候安安靜靜，等他一轉身寫黑板就是啪啪的掉筆聲。我現在還記得那個凶凶的數學中年男老師砸了個粉筆頭，惡狠狠地威脅大家再聽見掉筆聲就讓那人把筆吞掉。後來大家被迫轉筆技能上了一個臺階。）

我覺得翠蓮和羊十九應該打一架，比比誰的劍法好。羊十九覺得肯定是翠蓮好，境界高，每次她仿佛在認真刺什麼，羊十九看了半天也沒搞清楚她究竟在刺什麼，神祕莫測。出大太陽的時候，翠蓮好像在斬光線，光線斷成一截截的，在半空中飄了一會兒又自己接好了。不過翠蓮澄清說自己是在斬浮在光線周圍的灰塵。那些長著點灰濛濛絨毛的塵埃隨心所欲地升升降降，總是誘惑著她，向她發出終極挑戰，讓她瞇著眼，小心翼翼地削著這些灰絨毛。灰絨毛看多了，後來翠蓮看什麼都長著毛邊。羊十九在咀嚼，翠蓮眼睛一瞇：「十九，你嘴上長毛了。」於是伸手就去彈。羊十九坐在燭光下剪指甲，翠蓮眼睛一瞇：「十九，你整個臉的輪廓怎麼糙得像草紙。」於是蘸了下自己的口水，往羊十九臉周刮一圈，把毛邊搓掉了。後來每次翠蓮把眼睛一瞇，羊十九就知道自己哪個部位又長毛邊了，乖乖地交給翠蓮處理。

下雨天的時候，羊十九又覺得翠蓮好像在斬雨。雨大的時候，翠蓮一劍劈過去，電光石火的，濺起一排雨碎碎。毛毛雨

的時候，就沒這麼好看了。翠蓮好像在找什麼，找到了才去削一下。翠蓮澄清說自己在找毛毛雨裡的毛毛。這毛毛綿得很，像蛛絲，和雨珠差不多顏色，不注意看還看不到。毛毛又像柳絮，包著蝦米一樣的黑眼睛。晴天它們待在樹上，等下毛毛雨了，它們就搭個雨珠下來玩，就像搭個透明熱氣球，等落地後又爬上樹再跳進個雨珠蕩下來。要是發現外面翠蓮虎視眈眈，毛毛就從這雨珠黏到另一顆雨珠，繼續坐熱氣球，反正滿天都是隨便坐。這就增加了翠蓮找毛毛的難度，但同時又增加了她的興趣。不幸被腰斬的毛毛被翠蓮裝進一個個玻璃瓶，瓶上貼上標籤，比如「驚蟄毛毛」、「穀雨毛毛」、「小滿毛毛」，她的目標是集齊二十四節氣的毛毛。但羊十九覺得翠蓮弄些空瓶子裝神弄鬼的，裡面啥都沒有嘛！有一天她去捉蝌蚪，臨時找不到瓶子，就順手拿了驚蟄毛毛的玻璃瓶，後來翠蓮發現了，氣得把小蝌蚪一隻隻捏死了，羊十九一晚上別過頭沒理她。

　　寫到這裡，我覺得翠蓮和羊十九應該為毛毛和小蝌蚪的事打一架，但又有點擔心羊十九打不過翠蓮，畢竟翠蓮看起來像個正兒八經精益求精的劍客，而羊十九更像個跑江湖玩雜耍賣藝的。不過，不打一架誰又知道呢？只是怎麼才能讓劍客和江湖賣藝的打起來呢？我們知道，劍客是比較清高的，比他差的他看不上，不屑打。比他好的，別人不屑和他打。反正劍客和劍客不怎麼打得起來。同理，翠蓮不屑和羊十九打，每次羊十九轉劍轉得好好的時候，她就用長長的蘆葦去撓她的劍，撓撓沒效果又去撓羊十九的臉，羊十九「哎喲」叫一聲，手頭轉

不穩了，翠蓮就撂下一個「哼」，大搖大擺地走了。當然江湖賣藝的也不怎麼打得起來，畢竟人家是才藝表演，做點無本生意，有錢的捧個錢場，做生意嘛就講究個和氣生財。同理，羊十九見翠蓮壓根想不起打架這種事，當她玩著頂劍遊戲，從左手頂到左肩，再從左肩拱到頭頂，又往右肩溜下來，立到右手，這時候一看到翠蓮出現，就高興地說：「是要喝粥了嗎？」

六

所以為了讓不屑打的劍客和想不到打的江湖賣藝的打起來，我得挑個事端。挑個事倒是不難，但最後能不能打起來還要看這二位配不配合了。一個大太陽的早晨，翠蓮和羊十九坐在山坡上吹風，順便擦個劍。羊十九邊擦邊哼哼：「我的劍兒真兒真個亮，咿呀咿呀喲！」翠蓮對唱一句：「我的劍兒那才叫個亮，哎呀哎嗞喲！」羊十九不樂意了，「你走開，反正我的劍最厲害！」翠蓮斜她一眼，「有種比一比？」這樣，兩句話她倆就要開打。這個版本的合理性在於，不論是劍客還是江湖賣藝的，都把自己的劍當寶貝，都聽不得別人看不起自己的愛劍，侮辱劍就是侮辱劍的主人。走江湖的哪有不珍惜自己名譽的？不過這版本很可能就此戛然而止，因為羊十九賤兮兮地說一句：「啊呀，我沒種，我不和你比。反正我的劍最厲害，嘿嘿！」翠蓮就編個小曲，「哎喲我滴媽呀，十九沒種喲！」兩人就繼續各自哼哼擦自己的劍，直到看到自己的眼睛在劍上一眨一眨的，又直到兩滴汗把自己的眼睛淹了，然後四仰八叉

地躺倒吹吹汗，涼蔭蔭地睡去了。

　　我又得重新給她倆挑個事。在第二個版本中，翠蓮和羊十九去山路口打劫，碰上兩哥們押送酒去汴梁。天氣太熱，水喝完了，他倆就開了一罈酒喝了個痛快。所以等翠蓮和羊十九攔住他倆的時候，都有點小醉了。翠蓮用劍指指他們，「喂，你們兩個，這麼多酒運哪裡去啊？給小爺留兩罈！」這兩哥們愣了一下，其中一個說：「眞是活見鬼，碰見黑白無常了！」另一個說：「咱就喝了小半罈酒不至於啊！難道剛喝的是假酒？這麼快就走來黃泉路了。」然後兩人堆著笑說：「黑白老爺隨便喝，不要爲難咱弟兄兩個就是了。」羊十九就大搖大擺地去抱酒。這兩人又嘀嘀咕咕地嘮嗑。一個說：「這黑白無常怎沒一根蕩來蕩去的舌頭吐外面？」另一個說：「對哦，勾魂鎖鏈也沒帶。」「看來眼見爲實，世人傳說的都是騙小孩的。」「那你覺得是這個白無常厲害點還是那個黑無常厲害點？」「我押黑的！」「那我押白的咯！」「你肯定輸，到時候叫你家人清明多燒點紙錢過來，我只收現金。」

　　翠蓮受不了這兩話癆，拿起劍在左邊男人的臉上晃了晃。陽光底下劍有個光斑，從他的印堂開始走，走到眉心、眼睛，再走到人中，停了下來。男人剛想說：「咦，怎麼不走了？」嘴還沒張，忽然聽到「嘶——」，風裡飄落一撮毛。他用手一摸，左邊嘴唇上的鬍鬚被剃掉了。剛想抗議，風裡又飄落一撮毛，右邊嘴唇上的鬍鬚也被刮掉了。這時他老實了，嘴唇閉著不想開，因爲嘴唇上的這兩撮毛陪了他大半輩子，這說沒就沒很不習慣。就像嘴忽然裸體了，沒罩了，有點涼颼颼的。如果

這時一開口，風怕是要從四面八方漏進來，牙齒要著涼。右邊男人替他說了：「啊呀，你的鬍子飛了。」剛想嘲笑兩句，諸如「鬍子剃了倍顯年輕啊」，還沒開口，忽然劍光一閃，聽到「嗞——」，然後感覺鬍子厚了一層，用手一摸，是鼻毛掉下來了。（這人鼻子短，鼻毛長出一截，估計在聞東西的時候都像在認真地刷東西，當然被他聞過的東西人家都不能吃了。）這男人也閉了嘴，因為他吸氣的時候少了鼻毛這層屏風，進來的空氣不再那麼溫柔細膩了。風力明顯大了一檔，而且帶點粗糲糲的糙感。這樣，空氣在他體內走一遭，他怕弄壞什麼零件。他似乎聽到自己嬌嫩的五臟六腑噗噗地長出老繭來，並且「嘎嗞嘎嗞」地被迫提速。

反正這兩男人都乖乖閉了嘴，只剩翠蓮和羊十九的聲音。「十九，你搞定了嗎？」「搞定！」羊十九用繩子綁在酒罈上，拎了兩罈過來，然後兩人拎回山上去了。路上翠蓮忽然問：「哎呀你說，他們押咱倆打架，誰會贏啊？」羊十九忙說：「誰押你誰贏！」翠蓮心裡喜滋滋的，面上卻活生生地把一個要蕩漾開去的笑容繃了回去，謙虛道：「不好說，不好說。咱要麼比試一下？」羊十九說：「比就比，哼！」（這兩人真要是比了，我不知道押誰好。照我真實的想法，那應該押翠蓮，但我怕羊十九再拿起筆寫羊二故事的時候會報復，她搞不好會讓羊二騎自行車的時候，騎著騎著輪子飛了。或者讓羊二上課在寫黑板的時候，手一伸一縮，胸罩扣脫鉤了，砰地往前拱起來。她肯定什麼事都幹得出！但我也不能押羊十九，因為會輸錢。押一兩塊錢我是沒問題，就當口袋漏了，押幾

十一百我就不樂意了，這至少少吃一兩頓飯了。）

翠蓮提議爲了讓決鬥更刺激一點呢，她和十九都要參與賭劍。這個就沒怎麼聽說過了，比如賭馬的時候，沒見過兩匹馬給自己下賭注的。因爲這太容易作弊了，只要買對方贏，然後自己站在原地摳摳腳趾頭就賺錢了。當然要是對方也這麼想，兩匹馬都在原地摳腳趾頭，那誰也沒得賺。翠蓮拿出一個銀錠子，羊十九翻箱倒櫃找了半天沒找到，只好把窗臺上自己用銀錠子雕刻的小銀船拿來了。這個小銀船刻了兩排小窗戶，每個小窗戶中間還刻了人頭、雞頭、鴨頭、豬頭，都在好奇地往外看。當時刻了一個月呢，羊十九可捨不得把這個輸給翠蓮。她就開動腦筋怎麼押才能保住這條小銀船。如果押自己贏，萬一打不過翠蓮，小銀船就是翠蓮的了。如果押翠蓮贏，打不過打得過都可以裝打不過，那小銀船就保住了。所以從屋裡出來的時候，羊十九就打定主意押翠蓮了。

而翠蓮還在那假裝糾結，她覺得作爲一個劍客，謙虛是美德，所以她誇羊十九：「啊呀十九你的劍玩得真溜！姐姐佩服佩服！」她把銀錠子在桌子上磕得梆梆地響，想了想，說：「我還是押自己吧，你千萬別往心裡去哦！」羊十九忙說：「不會不會，放心放心！」然後兩人把銀錠子往「翠蓮」的名字上一放，撩起袖子，拔出劍，就開打了。不過也有可能翠蓮回過神來，發現中了羊十九的圈套。她忽然發現，即使自己打贏了，她也只能拿回自己的銀子，由於羊十九也押了自己贏，那她也能拿回她的本錢，那打贏還有啥意思？如果自己打輸了，她倆就都賭輸了，這兩銀錠子就都不歸她們了。她倆就得

為這兩錠無主的銀子操心，時不時去看它們一眼，對它們不屬於自己而表示憂傷，許諾給它們找個好主子。所以有時候打劫打了一半，羊十九拿出銀子來，「大哥，送你銀子要不要？」這時候大哥總是一臉迷惑，搞不懂今天到底算倒楣還是幸運。當然他疑神疑鬼想收又不敢收，特別是看到羊十九的銀錠船，這不是毀壞錢幣嘛！要是被舉報可是要罰錢的！（就像現在拿人民幣折紙飛機玩，燒人民幣想看看燒的火焰會不會比普通紙紅一些，這都算犯罪。）反正送錢給陌生人是件很難的事，總有人覺得這銀錠子估計是假的，然後用牙齒咬一咬，發現是真的。又怕這背後有陰謀，天上怎麼會無緣無故掉銀子呢？所以翠蓮和羊十九的這兩銀錠子被咬滿牙印後，還是沒有成功送出手。要是翠蓮下賭注的時候，已經預見到這毫無賺頭的結局，她就完全提不起和羊十九打架的興致。她就拍拍旁邊的小板凳，說：「十九，咱不打了，坐到姐姐這邊來，姐姐給你講鬼故事好不好？」

七

　　要是翠蓮沒回過神來，也沒看穿羊十九的圈套，兩人就在大太陽的山坡上鬥起劍來。開打的時候，並沒有約好開打的口令，比如抱一抱拳，說一聲「請賜教」或者「那我就不客氣了」。所以兩人面對面站好的時候，手持劍擺了一個基本pose，然後僵了一會兒，仿佛期待旁邊冒出個裁判，吹個哨：「預備，開始！」等了一會兒，並沒有哨音，羊十九就用劍鋒去蹭蹭翠蓮的劍鋒，「嘿嘿」一笑，翠蓮也用劍鋒去蹭蹭

羊十九的劍鋒，「嘿嘿」一笑，然後兩人就劍鋒對劍鋒地聽聽哐哐地幹起架來。

　　翠蓮平時斬慣了小東西，面對這個龐然大物讓她有點不習慣，而且這龐然大物到處都是破綻，隨便刺哪都是易如反掌，這讓她隨便刺哪都沒成就感。幹了一會兒，翠蓮用劍拍拍羊十九的腰，「瞧這小蠻腰！」過了一會兒，挑挑羊十九的小衫，「瞧這小肚皮！」羊十九就知道翠蓮又擊中她要害了，只是放她一馬。就像貓捉了老鼠，放掉玩一會兒，捉回來再玩一會兒。羊十九有點不服氣，但又招架得有點吃力，就原地蹦躂起來，「嘿嘿哈哈」地給自己鼓勁。這時，翠蓮眼睛一瞇，像一隻蜥蜴，眼前的羊十九就被九宮格框起來了，每個格子裡像放了狙擊的瞄準靶心。她的靶掃來掃去，想找一個挑釁她讓她興奮的目標。她發現了羊十九牙齒上黏的一片蔥，它隨著羊十九「嘿嘿哈哈」的吶喊聲一會兒出現一會兒消失，一會兒綠一下，一會兒又綠一下。翠蓮從來沒有斬殺過像這種時有時無，故意和她躲貓貓的東西。（那是因為她沒有在夜裡斬殺過螢火蟲。翠蓮眼睛有點散光，晚上看星星月亮都繞著一圈一圈的光暈，像梵谷畫裡畫的。要是羊十九拿著小蠟燭在屋外走來走去，翠蓮就看見一個大光團飄來飄去，然後時不時伸手去摸摸，確定下胳膊大腿都還在，沒有虛掉。有時候摸了幾下沒摸到東西，就尖叫起來：「十九、十九，你在哪？」晚上樹上花上會飛些螢火蟲，翠蓮就會說：「十九，你看那棵樹又發光啦！」「十九，你看那朵花又亮起來啦！就叫它夜來光吧！」羊十九總是不忍心告訴她真相，就拍手說：「好哎好哎，夜來

光！」白天翠蓮肯定見過螢火蟲，不過她當是蚊子砍了。）

　　所以這時翠蓮有點興奮，加快了手中的劍，逼近羊十九的小嘴。羊十九也興奮了，加快了「嘿嘿哈哈」的吶喊，牙齒上的小蔥綠得更頻繁了，像三盞綠燈的交通信號燈來回切，這無疑加大了斬小蔥的難度。當翠蓮正要攻破羊十九的小嘴防線，羊十九忽然叫暫停，「哎呀，翠蓮，太熱了，我要喝口水！」喝完她重新操起劍「嘿哈」一聲，翠蓮發現那片小蔥不見了，心裡頓時空落落的，掃興得很（翠蓮後來想想，幸好沒斬小蔥，這力道可不好控制，一不小心把羊十九的門牙給磕下來怎辦？到時候講話漏風，「翠蓮」也叫不像樣了，得叫「吹蓮」，然後說「吹蓮姐姐嗑瓜紙」，端了一盆瓜子放翠蓮面前，再放一個空盤子在她面前盛嗑出來的瓜子肉。翠蓮想想嗑這麼大一盆瓜子就牙齒疼，不過看著羊十九咧嘴對她笑，露出兩排白牙齒中間鑿了兩個空缺，嘶嘶地冒著陰氣，她就只能埋頭給羊十九嗑瓜子彌補內疚感。完了端一盆沾著自己口水，亮晶晶拉絲的瓜子肉給羊十九，「乖，十九用大牙吃！」）

八

　　大毒日底下，四面八方的知了在斯拉斯拉地喘氣，草地上的蚱蜢時不時地出來蹦幾下，好像睡著後被燙醒了，再換個陰涼點的土上繼續睡。羊十九和翠蓮還在聽聽呀呀地幹架，頭頂上冒著兩叢蒸汽。羊十九押了翠蓮贏，翠蓮押了自己贏，但我忽然想起來，她們還沒商量怎麼才算贏。比武最直截了當的標準就是其中一個把另一個打趴下了，站不起來了，跪地求饒

了，就算贏了。當然到這種程度，輕的要麼淤青了，要麼流血了，嚴重的要麼殘廢了，要麼暴斃了。可以肯定的是，比武的這兩人不是親戚，也不是住在同一屋簷下的朋友。因為贏的人純粹在給自己找事。要是翠蓮把羊十九打趴下了，羊十九就往床上一躺，聲稱要靜心養養傷疤，臉上的、手上的、肩上的，因為肩上的傷疤被衣服擋著，羊十九為了控訴翠蓮慘無人寰的暴行，就把衣領拉下來，裸個肩膀，像現在流行的露香肩的時裝。

　　床上四仰八叉的羊十九就可以對翠蓮吆五喝六了。早上一睜眼，「翠蓮，要抱抱！」翠蓮拉了一半屎，只好跑過來抱羊十九起來歪在床頭。然後羊十九又說：「翠蓮，刷牙牙！」翠蓮正在刷自己的牙，拿起羊十九的牙刷，蘸蘸自己嘴裡的泡泡就塞她嘴裡鋸起來。接著羊十九說：「翠蓮，洗臉臉！」翠蓮正抹了自己的鼻涕，順手就把毛巾往羊十九臉上一刮，在水裡泛一下掛起來，這樣省水。只要羊十九臉上的疤一日沒好，她就能繼續理直氣壯地撒嬌，然後變得很黏人，幹什麼事都要和翠蓮一起。

　　翠蓮騎上小白馬出門上班，就是搶貨，羊十九就跳上小白馬和她背靠背。雖然說是背靠背，翠蓮小身板挺得筆直，羊十九就像一張軟塌塌的雞蛋餅攤在她背上。路上小白馬搖搖晃晃地走。（牠覺得剛才從屁股後面跳上來的東西重死了，老想回頭看看是什麼，結果翠蓮擋在前面，牠啥都看不見，就想顛顛看，萬一能把那坨東西顛下來。）羊十九的腦袋在翠蓮背上從左滾到右，從右滾到左，翠蓮總覺得背上的雞蛋餅一會兒捲

成一長條，一會兒又攤開成個大餅，一直在她背上的爐子上烙個沒完。「十九，你能不能打直坐？我快要熱死了！」羊十九說：「不嘛，要黏黏，我屁股上的疤還沒好。」翠蓮想不起來上次打架自己打到過羊十九的屁股（這也太沒職業操守了），也想不起來見過羊十九屁股上的疤（她負責為羊十九的傷口擦碘酒）。不過羊十九身上的疤是流動的，除了臉上這塊顯而易見的動不了，其他的就像雲，風吹吹就換地方了，當然風是跑在羊十九嘴上的。

翠蓮被羊十九黏著去搶貨，她明顯感覺到被搶的人向她投來同情的目光，只好解釋一下：「哎喲，家裡妹妹天生得了軟骨症的怪病，家裡為她治病家財耗盡，走投無路只能給大家添麻煩了。」羊十九這時就開始表演抽搐翻白眼。大家一看都表示理解，設身處地地想如果自己攤上這麼個妹妹，也好不到哪裡去，估計也會鋌而走險。於是紛紛幫翠蓮一起打劫自己的東西，一邊打劫還一邊推薦：「姑娘，這根新編織的麻繩你要不要帶兩根？下次把你妹妹綁你身上用得著，省得她掉下去！」（羊十九一聽渾身麻扎扎地難受，抽搐得更厲害了），或者，「姑娘，我這有個新編的大背簍，你妹妹要是抽搐得不停就可以把她塞進背簍裡，在裡面再怎麼抽搐也掉不出來，實在不行還可以蓋個蓋子。」（羊十九一聽，立馬不抽了，白眼還在翻，因為在想像蓋子封頂的時候，那窒息的感覺。）翠蓮把手悄悄伸到背後戳幾下羊十九，「十九，還不謝謝大哥大嬸，我替你收下了哈！」羊十九嘟著嘴巴，戳還翠蓮，「哼！」

在家的時候，羊十九繼續黏著翠蓮。她給翠蓮衣服後面

縫了一個摁扣的母扣，然後在自己衣服前面縫了一個子扣，這樣她走到翠蓮後面，扣對扣一摁，就釘在一起了，然後就可以死死地跟著翠蓮了。翠蓮向東，衣服拽衣服，羊十九就跟著向東；翠蓮向西，衣服拽衣服，羊十九就跟著向西，都不用翠蓮喊口令。翠蓮去院子裡，蹲下從雞屁股下面掏雞蛋，「咯咯噠，你過去點，讓我摸個蛋。」羊十九就被拽蹲下了。羊十九前面被翠蓮擋住了，沒地方摸蛋，她就把手伸到翠蓮屁股底下假裝掏蛋。「翠蓮，你過去點，讓我摸個蛋！」翠蓮直接一屁股坐地上，「不讓！」坐到羊十九的手上，痛得她哇哇叫。

　　羊十九覺得翠蓮太兇殘，於是她在自己衣服後面也縫了個子扣，扣對扣一摁，就釘在一起，她們還是黏一起，不過換成背靠背了，羊十九也不用縮在翠蓮後面猥猥瑣瑣了。比如翠蓮用大砧板切鹹肉，羊十九就在她對面用小砧板切辣椒，然後兩人中間的鍋熱上油，兩人就一起倒菜下去，一人一把鍋鏟，側著身子翻炒自己那半邊的菜。翠蓮去搆她那邊的鹽，羊十九就靠翠蓮背上賴賴；等羊十九去搆她那邊的醬油，翠蓮就翹個鍋鏟倒在羊十九背上：「快點啦，菜要糊啦！」

　　兩人釘在一起，去馬桶就不大方便。首先時間不好同步。羊十九想撒尿的時候，翠蓮不想。翠蓮尿急的時候，羊十九不急。翠蓮不想尿的時候就把扣子一拉，「十九你要尿就自己去！沒見過上茅房還要手牽手的！」翠蓮尿急的時候就顧不上解扣子了，一跑起來直接拽羊十九進茅房。等坐在馬桶上和羊十九屁股對屁股的時候，她才忽然叫道：「十九你來幹嘛！出去出去！」過了一會兒，羊十九說：「你怎還不尿啊？」翠蓮

說：「姐姐我尿尿就是沒聲音的，你管得著！」就起來解開扣子，把羊十九推出門外，安心地坐回馬桶上爽了一通。

　　要是翠蓮知道羊十九這麼黏人，像個用蒼蠅拍打不死的小蒼蠅，一直精力旺盛跟前跟後地哼哼，翠蓮就會仔細考慮下她倆鬥劍判輸贏的辦法，防止用力過猛把羊十九打趴在地，造成一系列不可挽回的後果。我覺得兩姐妹鬥劍沒必要太認真，比劃一下，嚇唬嚇唬對方，差不多就行了。所以可以定個誰第一個被嚇住，誰就輸的規矩。不過這規矩實行起來有點不好測量，是第一個睜大眼睛面露驚恐狀算被嚇住了，還是張大嘴叫一聲「啊呀我的媽」算被嚇住了？後面這句羊十九經常掛在嘴邊，叫做「啊呀我的媽翠蓮」，不帶標點符號，不知道的人以爲羊十九的媽叫翠蓮。平時羊十九會說：「啊呀我的媽翠蓮，我的拖鞋呢？」或者「啊呀我的媽翠蓮，我的指甲鉗呢？」但只要說「啊呀我的媽翠蓮，你這兩天變黑了啊」，翠蓮就會睜大眼睛面露驚恐狀。

　　翠蓮最怕和羊十九待久了，羊十九把「黑氣」傳染給她，然後一起黑著臉去路口打劫，被風言風語：「今兒個被兩黑妞打劫了，真他媽的背！雖然穿得一黑一白，但兩妞長得一樣黑哎！家裡估計不是挖煤的就是開染坊的吧！」這時候羊十九就很硬氣，用劍往山路邊的爛黑泥刮刮，再伸到男人的臉上，把劍上的正反面的泥往臉上糊糊，「哇，你怎麼整得像黑皮蛋似的。你要是眨個眼，我就把你眼睛糊上。你要是張個嘴，我就把你嘴巴糊死。還不安分就把你全身糊一層泥，戳在路邊曬成個雕塑，立個牌子『摸我轉運』，成天被來去的遊客摸。還乖

不乖啊？」男人就瞪著眼睛，撐著眼皮子不敢眨眼，安靜地點點頭。

這時候的翠蓮就很慫，沒去男人那啐一口，而是把手伸到羊十九的手邊，比了比，「十九，我還是比你白一點的嘛！那個騙子！」（這裡我就覺得翠蓮不夠女權。首先，兩個女人面對一個男人，要內部團結一致，不能內訌露出破綻。再者，你不能搞白人至上主義。雖然翠蓮並沒見過金髮碧眼的白種人，她見過的白人就是像她媽一樣，穿著白袍子在白牆前面一站，她好幾次都湊過去摳摳牆上唇形的髒東西，結果被她媽的嘴咬一口。但她從小就顯出了歧視黑人的潛質。她一直覺得她曬得黑乎乎的弟弟是沒洗乾淨，硬是把他按到澡盆裡用刷子從頭到腳刷了個遍。然後她可憐的弟弟就褪色了，渾身通紅了一個禮拜。由於被翠蓮威脅不能告狀，被禁吃了一禮拜的魚和肉，因為大家覺得他亂吃東西過敏了。

最後，女人一白一美麗是種男權文化的構建。直白地說，女人的白是要付出代價的。比如翠蓮的媽這麼白，是因為她每天在屋裡打麻將。她要是把麻將桌擺在太陽底下就不一樣了。當然她要是像男人一樣要跑出門上班，逛逛茶樓、酒樓，再逛逛花滿樓什麼的，更不一樣了。這時她就不單只有白牆那種乏味的白，她會添點茶樓的綠（綠茶）、酒樓裡的棕（黃酒）、花滿樓裡的紅（胭脂、口脂、蔻丹）。就像各種顏色的橡皮泥捏來捏去，最終會捏成一種叫做不知道什麼顏色的深色。所以深色的膚色是一種混合型膚色，歷經風吹雨打，路過聲色犬馬，是有故事又有趣的膚色。

寫到這裡，我咬咬筆頭，看看自己手臂的小麥色，很得意，希望羊十九下次寫羊二故事的時候一定要提一句：羊二一身亮油油的小麥色，聞著有股太陽底下曬熱的麥子香。不過光有麥香也未免單調了點，不夠有趣，還可以加點別的味道。比如我小的時候看到夏天麥子曬在河邊的路上，曬完太陽曬月亮，可以加點月亮的清涼味道。傍晚河水曬了一天大太陽，晃晃悠悠地蒸發著鹽味和水藻的腥味。麥子邊坐著老人家赤裸著上身，啪嗒啪嗒抽著老煙斗的煙，可以摻點飄來飄去的煙草味。當然還有經常來偷吃的麻雀，總是一邊吃一邊拉屎，屎間隔在麥子中間，也曬熱了，飄點小騷味。我覺得羊十九肯定沒耐心把羊二的膚色寫得這麼仔細，這麼有層次，她肯定一句話把我打發了，諸如，羊二麼長得和我一樣黑，或者羊二像顆烤熟的馬鈴薯，所以我就自告奮勇地替她寫了。

九

又回到鬥劍場景，剛說了要是翠蓮把羊十九打趴在地，那麼翠蓮就要被羊十九黏得尿都尿不出來。要是按照隨便玩玩嚇住對方為勝的話，那麼翠蓮不僅不經嚇，還在男人面前丟人。我覺得可以換種方法，比如打架的時候一方的劍被對方奪走，當然可以再奪回來，但如果超過三十秒還奪不回來，就判她輸。劍客的劍都被端走了，那還玩什麼？讓她玩她也沒臉再玩了嘛！我覺得這規矩不錯，而且這種奪劍的遊戲指不定誰會贏，畢竟羊十九雜耍玩劍的小伎倆還是溜的。

於是，大毒日底下，翠蓮和羊十九又重新拿起劍開始幹

架。知了還在叫，蚱蜢還在跳，翠蓮和羊十九都被自己的劍柄稍稍燙到，翹了翹手指，但她倆都故作鎮定地擺好pose，把劍指向對方。翠蓮是個出汗體質，一動就出汗，更別說這太陽就像一條線牽在她手裡，飄在她頭頂的氣球。這熱氣罩著她，就像理髮店裡燙頭髮的罩，翠蓮雖然沒見過這種燙髮罩，也不知道怎麼用，但她時不時伸手抓頭髮，給頭皮透透氣，抓了幾次，頭髮就回不去原來位置了，有的定在半空中，有的翹左邊，有的在右邊打了個捲兒。羊十九看著覺得很洋氣，放浪不羈的樣子，也去抓抓自己的頭髮，可惜軟軟的立不起來。

鬥劍的輸贏和翠蓮的出汗很有關係。翠蓮出汗是從鼻尖滲一珠開始的，然後滑落下來分叉成兩條。從小就這樣，每次她媽媽看見了以為是鼻涕，抽出手帕把汗珠擦掉，還逼她擤鼻涕，然後到衣櫃找了一件衣服給她穿上。這就活生生地給她捂出了易汗體質。翠蓮的出汗順序是這樣的，她鼻尖上冒出一滴汗，然後一群，呈三角形排列，像被框在三角架裡的撞球，等著被四面八方地打出去。兩腳底心各冒出一滴汗，然後一群，是不是也呈三角形就沒人知道了。反正翠蓮覺得黏黏的，像下雨天踩到一塊浮的石磚，濺了一腳的泥水。她就抬起腳甩甩，嚇得羊十九倒退兩步，以為翠蓮不僅動手還要動腳。翠蓮甩了兩下，把鞋子甩掉了，濕著腳印在地上踩了幾下，又擺開姿勢。

接著，翠蓮背上冒出一滴汗，然後背上就像漏水的船一樣，汗水蔓延，並且順著肩膀漫到了前胸。羊十九愣了一會兒，看見翠蓮的白色夜行服像被暈染似的，漸漸透明了，顯出

裡面小肚兜的輪廓。羊十九用劍指指翠蓮：「嘿嘿，翠蓮你穿著小肚兜呐！」過了一會兒，小肚兜的輪廓上浮出一隻貓咪，羊十九仔細一看，這不是胖橘嘛！於是噘起嘴插起腰，「翠蓮你個流氓，你穿我肚兜！」翠蓮低頭一看，肚子上躺著胖橘，紅著臉說：「十九你別小氣嘛，咱倆誰跟誰，你的就是我的！」羊十九想想這也有道理，做人是不能太計較。翠蓮也有分享東西給她。比如那條紅色的絲巾，不過是因為它皺巴巴了還抽了絲，翠蓮才覺得送給羊十九做眼罩剛好。比如那頂帽子，因為上面繡了三隻小豬，翠蓮覺得太幼稚，給羊十九剛好。不過不管怎樣，翠蓮還是和她分享東西的。

等半透明的翠蓮手心又冒出一滴汗，然後一群，翠蓮就開始手滑有點抓不穩劍。這回羊十九看清楚了，就鑽了個空子，往翠蓮的劍尾用力一撥，劍就滑脫了，羊十九就借自己的劍調戲起翠蓮的劍，拋上拋下，左轉右轉，然後輕輕一撥，把她的劍給順時針旋轉起來了。翠蓮很不服氣，被羊十九這小子撿了便宜。她站在旋轉的劍面前，把手往衣服上擦擦汗，伺機準備奪回自己的劍。這時一陣涼風吹來，翠蓮蔓延開的汗水都停頓了一下，抽搐了一下，往回縮了一步。

這風來自於羊十九轉的劍。於是翠蓮忘了奪劍了。她把白色夜行服一脫，單穿一件胖橘肚兜，在羊十九耍劍的前面蹲好。先抬個左胳膊吹吹，再抬個右胳膊吹吹，接著側個身，張開咯吱窩吹得毛毛東倒一片，再換另一側，吹得毛毛西倒一片。然後兩手撐在大腿上，把腦袋湊過去，「十九風車你加油哦！」羊十九心裡有點慌，生怕自己手不穩，出點什麼意外。

翠蓮顯然把羊十九轉劍當成轉葉片的風扇了。

　　這裡要補充一下，汴梁的高檔茶樓有水力發動的木頭風扇，轉起來帶點水汽，涼颼颼的，風扇當時還是個稀缺之物，沒有進入尋常百姓家。風扇本身不難做，也不貴，只是關鍵在於用什麼動力讓它轉起來。也有風扇重度愛好者在家裡一邊手搖風扇，一邊享受風扇吹的風，雖然冒出的汗總是比吹下去的多，但也算沾點機械時尚。當然也有開動腦筋讓別人代替搖風扇的，比如把風扇的搖柄裝在石磨中央，趕著驢子繞著拉一拉，慢就慢點，出來的是徐徐微風；或者把風扇搖柄裝在牛尾巴上，抓隻蒼蠅放在牛屁股上，牛尾巴就歡快地一抽一抽的，出來的風就是斷斷續續，時大時小，時有時無。這些辦法的缺陷在於必須在露天吹風扇，經常要頂著大太陽吹，吹到臉上的風總不免帶點驢騷味和牛屎味，原本的機械時尚立馬就土掉了。

　　所以大家喜歡去茶樓蹭風扇，就像現在夏天去逛商場蹭空調。茶資是根據座位離風扇遠近來區分的。以風扇為中心，畫個扇形，扇形內的茶資是扇形外的兩倍。但是有人覺得這定價不公平，雖然同在扇形裡面，吹到的風也不一樣。前面坐一個彪形大漢再坐一個招風耳，後面的就基本吹不到風了。於是店掌櫃的想出一個辦法，因為茶桌都是原木紋的，風多吹吹，這些紋理就會慢慢移動，像河裡的漣漪。前兩排的桌子因為吹得猛，木紋慢慢往後移，一段時間以後，就移出桌面了，桌子上就乾乾淨淨，取名為白板。稍後兩排風力沒這麼猛，木紋雖然後移了，還剩兩條圈圈，取名為二條，以此類推。於是大家報

個桌子的木紋數，按木紋多少付錢就公平了。

話說翠蓮在羊十九動力的風扇前面吹得不亦樂乎，哪管什麼打架的輸贏，賭銀子的事她倒是記得，她瞟了一眼在邊上陽光底下一亮一亮的銀錠子，心裡也一亮一亮地盤算著怎麼耍賴，她在心裡一人分飾二角：翠蓮說：「十九，你賭我贏，你看我輸了哦，那你的銀錠子歸我啦！」羊十九呆了一下，感覺有點不對勁：「翠蓮你個騙騙，你也賭你自己贏，那你輸了，你我的銀錠子都輸掉了，輸給誰不知道，反正沒輸到你兜兜裡。」翠蓮說：「十九你腦子壞啦？我明明是賭你贏，你見我啥時這麼不要臉賭自己贏了？」羊十九嘟著嘴：「翠蓮你就是經常不要臉地欺負我！」翠蓮憋住笑：「十九你最近是不是健忘？昨晚洗腳是不是忘拿擦腳布了？虧得你喊我一聲都懶得，一個人在那金雞獨立把腳甩乾，弄得地上一排水漬。」羊十九支支吾吾。翠蓮又說：「我考考你記性，你那根花花頭繩放哪了啊？」羊十九想了一會兒：「被窩裡。」翠蓮撩起袖子：「看，在我胳膊上哦！你早上塞給我叫我給你打辮子，然後又忽然肚子痛要拉屎跑了。」羊十九用腳踢踢地上的一根雞毛。翠蓮得意了，「所以你看你記性，自己老忘事還不相信我。我明明賭你贏，我騙你一個銀錠子幹嘛？我翠蓮是那樣的人嘛！」羊十九這下服帖了，撓撓耳朵，「好像是的哦，姐姐，那你拿去吧！」羊十九摸摸自己的銀錠船，抬頭看看翠蓮，又看看銀錠船，捨不得的樣子。翠蓮模擬了一番以上場景，賊賊地笑出聲。

羊十九一看翠蓮笑成這樣，就知道沒好事。她想停下來

去搖翠蓮，把她肚子裡的鬼搖出來，可是她停不下來，因爲翠蓮湊得太近，她怕劍哼嚓掉她頭上，更怕她的頭擦哼掉地上。所以她一邊轉著劍一邊往後退，想找個緩衝區停下來。然而她一邊退，翠蓮一邊進，遠看以爲她被劍吸住了，抵抗無效，被拖著走。這兩人之間的牽引力使得這兩把雌劍產生了微妙的變化。上次老伯遛劍的時候講了雌雄劍的故事，有一對相親相愛後來翻臉打架的，有一對相敬如賓保持一米死亡間隔的。誰也沒試過雌雌劍組合和雄雄劍組合，所以誰也不知道這兩種搭配會發生什麼。剛才羊十九和翠蓮你來我往的時候並沒發現什麼特別，不過現在羊十九覺得手上的劍有點軟軟的，有點黏滯，像顆牛皮糖，有點轉不起來。翠蓮的雌劍本來轉得跟風扇似的，現在像條從樹上掉下來的蛇，纏到羊十九的雌劍上，兩條雌蛇就開始膩歪，羊十九拿著劍柄，好像是搖棉花糖的大爺，一圈一圈地把兩雌劍給纏在一起了。又像路邊炸油條的大媽，用筷子捅著兩根細長麵團，在劈里啪啦的油泡泡裡把這兩條浮浮沉沉的麵團攪拌成一根粗壯的油條。

翠蓮吹不到風了，不高興地站起來，「怎這麼不要臉，黏得跟兩管鼻涕似的！」伸手去拽劍，拽了幾下都沒完全拽開，劍尖連著劍尖，就像小手指牽牽，情誼綿綿。翠蓮覺得心裡一陣麻酥酥的，不知道該去撓哪裡，就去撓撓咯吱窩。羊十九也覺得心裡一陣麻酥酥的，不曉得該去撓哪裡，就去撓撓屁股，「翠蓮，我今晚上要洗白白，癢癢！」後來發現這癢癢還不是沒洗澡的癢，原來這雌雌劍組合是會傳遞情緒的，特別是它倆開始膩歪的時候，像閨蜜一樣心靈相通，一傳一個準。翠蓮就

盤算著借用這種特性開發個遊戲和羊十九一起玩。

十

　　這個遊戲的名字就是猜猜我今天心情怎麼樣？其實翠蓮一點不好奇羊十九今天是啥心情，羊十九的心情早就嚷嚷得院子裡的雞都知道了。「翠蓮，我不高興，今天沒拉出屎來。」「翠蓮，我急死了，這片烏雲到底會不會下起雨來，我幫它擰擰水得了。」不過羊十九多數時候是高興的。「翠蓮，吃飽了，好開心！」「翠蓮，我昨晚夢裡把你一腳踢洞裡去了，結果你又從另一個洞裡冒出個頭來，笑死我了！」為了不讓這遊戲太沒懸念，一聽羊十九嚷嚷：「翠蓮，我……」翠蓮就一把將她嘴巴捂住，扔給她一把雌劍，然後兩人就一聲不吭，聽聽亢亢地幹起架來。一開始羊十九不習慣，老覺得剛被掐掉的話咕嚕咕嚕地要冒上來，不過看到翠蓮噓她，只好自己嘴巴嚼嚼，反芻一下。

　　這個遊戲做了幾次，翠蓮就知道她感到癢癢的話，一準是羊十九高興了。不過羊十九的高興也分幾種。她要是帶點微笑的高興，那麼翠蓮要麼在兩頰上或嘴唇上有點被帶毛毛的蘆葦蹭蹭的感覺，有點小舒服。這時翠蓮就會假裝猜不出來，「十九，你今天的心情有點神祕哎！」讓蘆葦的毛茸茸再刷一會兒。（我覺得這時候的翠蓮仰著臉像烤架上的肉，乖乖地冒著熱氣，等著被毛茸茸的刷子刷一層醬料。刷完甜醬再來刷一遍辣醬，開著毛孔等它慢慢吸收。）要是羊十九是那種有點亢奮的高興，翠蓮就覺得被蚊子叮了，而且是斑點蚊子，她就要

去撓。但亢奮是有突突的彈跳感的，這癢癢就會跑，像彈來彈去的跳蚤，剛還在耳朵後面，忽然就跑去腳的大拇趾和二趾的夾縫裡。這時翠蓮就會踢掉鞋子，一屁股坐地上，仔細地去搜那個癢癢的神經突節，一把捉住它，然後得意地對羊十九說：「十九，我抓住你興奮的那根神經了！這下你興奮不起來了吧？」

當然羊十九還有一種高興叫傻樂。這種彌漫式的直愣愣的快樂，翠蓮就覺得被泡在了汽水裡，身邊都是泡泡，一串串蹭著汗毛往上冒。冒著泡的汗毛左飄飄右蕩蕩，像綠色的水草。（雖然翠蓮的汗毛應該是黑色的或帶點深褐色，但浸在黃色的汽水裡就不一樣了，這汽水八成是檸檬味的，我以前上小學的時候放學穿過小巷子，經常數幾個銅板在小店的櫃檯玻璃上，叫老闆拿汽水，有玻璃瓶裝的，有冷凍成兩截長條的，也有凍成硬邦邦一大塊的，檸檬味、橘子味還有蜜桃味，我都愛。）顯然，翠蓮並不那麼喜歡被泡汽水，她翻個白眼，「又來！又犯病了！」這種癢癢介於有和無之間，似癢非癢，想撓又不知道從何撓起，於是就愣在那。翠蓮和羊十九面對面愣神。面前的好像是羊十九／翠蓮哎，啊呀，今天的陽光真好；羊十九／翠蓮好像對我笑哎，啊呀，這風輕輕軟軟的，那我也笑一個吧，嘿嘿，一隻小飛蟲被我笑跑了。

傻樂這種事，羊十九比翠蓮在行。沒辦法，這是天生的，羨慕不來。羊十九可以隨時隨地地往那一站，嘿嘿一聲進入傻樂狀態。姿態隨意，有時候走著走著忽然停下來看著天，有時候摳鼻子摳了一半，手一彈停在半空中，有時候準備坐到板凳

上，蹲了一半屁股停在半空中。時間也可長可短，短的等一片雲飄過，她就動了，好像村裡的電視信號接收器，一片厚厚的雲就能把信號擋了，電視就變波紋或雪花點抖來抖去。長的話估計五六天那樣子，和月經期差不多，有段時間翠蓮幫羊十九紀錄「傻樂期」，「十九，這個月你的傻樂推遲了好幾天了，你不會有事吧？」或者「十九，你的傻樂提前了啊，要不要喝點中藥治一治？」做遊戲的時候，翠蓮從羊十九那傳染的傻樂持續不了多長時間，笑著笑著就忽然清醒了，罵一句：「十九你個傻子！你個呆瓜！你腦子又壞掉啦！」然後拿起劍去碰碰羊十九的劍，又被浸到汽水裡，又開始冒泡，又恍恍惚惚地嘿嘿笑起來。

我覺得翠蓮和羊十九這個雙雌劍的遊戲就是沒頭腦和不高興在一起找樂子。羊十九要是感到有點痛感，那八成是翠蓮在生氣。要是翠蓮是假裝生氣（她喜歡表演，沒遇見羊十九之前，經常在鏡子前表演喜怒哀樂，然後戴著喜的面具去爹娘面前扮乖巧，戴著怒的面具去家裡狗狗小黃面前扮猙獰，「你不把這盆青菜吃完就餓死你！」戴著樂的面具去和丫鬟嗑瓜子，聽聽隔壁哪家新納了一個妾，哪家男人賭錢輸掉了褲衩用手擋著前面溜回家。「呸」吐一顆瓜子殼，「前面有什麼啊？」就是哀的面具她戴不來，總覺得不合臉，通常「唉」一聲，「我這一輩子哪！」然後不知道接下去說什麼，忽然想起來晚上的烤豬蹄很好吃，還剩一個蹄子在菜櫥裡，就啥面具都沒戴跑去吃夜宵，要是翠蓮戴上生氣的面具，這個她熟門熟路，一噘嘴，一翻眼，鼻子一噴氣「哼」，羊十九就會有痛感，因為是

假裝的生氣，羊十九的痛感也是假的。假痛是一種什麼樣的痛？大概就是醫生給你擦了酒精，拿起針筒，忽然邊上的人找她聊天，而你因爲緊張不敢看針筒，早早把眼睛挪開看向窗外，一個人齜牙咧嘴地叫「啊呀啊呀我的媽痛死了」，左胳膊一個勁地抽搐到左手掌合都合不起來，醫生斜你一眼：「小朋友，針還在阿姨手上，阿姨天都沒聊完，你自個兒給自個兒打上啦？」然後左手掌倏地就合上了，不痛了。

　　羊十九也這樣。翠蓮假裝生氣，雌劍傳雌劍，她就痛得嗷嗷叫。有時候左腳底板好像踩到尖石子，爲了緩解痛感，右腳使勁地跳。翠蓮問：「你右腳抽筋了嗎？」羊十九說：「沒有啊！」忽然就不痛了。因爲慣性還多跳了兩下，就奇怪自己跳來跳去幹什麼。有點不好意思，就掩飾道：「啊呀，今天早上我去摸雞蛋，旁邊的公雞勾著左爪子，杵著右爪子一直跳，跳一下掉一根雞毛，很凶的樣子。我這不給你學個樣子。」翠蓮說：「那你怎沒掉毛？」「哼！」

　　有時候翠蓮假裝生氣，羊十九就忽然肚子痛。腸子叫得像下水道管，一下「轟咕咕」在左邊通通，一下又跑去右邊「轟咕咕」，這「咕咕」的連環氣體還要衝動地找個孔釋放出來，讓羊十九很難爲情。她看到樹下有一堆曬焦的樹葉，就趴上去打起滾來，來回地碾著乾樹葉，發出「嘎嗞嘎嗞」的斷裂聲，再給自己配個音「啊啊啊——」把自己耳膜叫得一鼓一鼓的，不讓翠蓮注意到「轟咕咕」的背景音。翠蓮蹲下來看看羊十九，「要不要去解決一下？馬桶在老地方哦！」羊十九忽然不痛了，因爲慣性多打了兩個滾，拍掉滿身的碎葉子，站起

來。「哼！最近流行的健身操，上次劫了一份《汴梁晚報》，上面就在介紹這種打滾瘦肚子的方法，我就試試靈不靈！」說完去彈彈翠蓮的雙下巴，捏捏她的小肚子。翠蓮趕緊吸一口氣，全身的肉都緊了緊，向中心收了收，不再晃蕩，憋著氣尖著嗓子說：「瘦子翠蓮！」

　　羊十九一屁股坐草地上，「翠蓮，你別假裝生氣了，累死我了。來，笑一個，小美人！」拔了一根狗尾巴草插在她頭髮上。翠蓮歪著嘴巴「哼」，白眼還沒完全翻上去，就蕩出個燦爛的笑容。好像沒人叫過她美人哎！（她老媽打小叫她小饅頭，大概因為她長得白白胖胖，發粉放得有點過的樣子。當然如果生她那會兒她老媽吃過棉花糖的話，白軟Q彈的那種，也許會叫她小棉花糖。吃過麻糍的話，糯糯地黏牙，也許會叫她小麻糍。這些名字都比饅頭好聽，但不巧的是，生她那天，她老媽胃口大開，一個人吃了一籠白饅頭。）雖然翠蓮知道，不管叫什麼，只要不叫美人的近義詞，都是怕她驕傲，但第一次聽這個詞，還是激動得雞皮疙瘩都起來了。

　　羊十九有點慌，她不過是隨口一說，翠蓮還當真了。她有點好奇翠蓮這種飄飄然的幸福感感覺起來會怎樣，就拿起自己的雌劍去試試。結果她著急，拿雌劍直接去碰碰翠蓮的笑臉，翠蓮臉上還端著笑容，嘴裡卻奚落道：「十九，你丫拿體溫表測體溫啊！來碰這裡！」拿雌劍碰碰羊十九的雌劍。羊十九忽然覺得全身熱熱的，太陽曬得她睜不開眼睛。她躺在沙灘上，潮水蕩一下撩一下她的腳丫，再蕩一下撩一下她的屁股，最後就把她蕩到海裡去了。她一邊蕩在海水裡，一邊悠閒地吹泡泡

糖。吹一個飛走一個,她又開始嚼一顆新的,反正她嘴裡就隨時會冒出個新泡泡糖,像個自動販賣機。飛走一個,羊十九就會吹一個更大的。正吹著,忽然遊戲出局了。羊十九連忙去碰碰翠蓮的劍,「快來笑一個,小美人!」然後她就接上了,可以繼續吹那個大泡泡,吹到比她自己還大個,把自己給噗地裝進去。「翠蓮,我現在躲在一個大泡泡裡面!」「你挪過去點,讓我也躲一下!」翠蓮就和羊十九並排躺草地上,雌劍黏著雌劍,兩人都擠進了大泡泡,在海上蕩來蕩去。於是這個猜猜我今天心情怎麼樣的單機遊戲,只能我猜你的,你猜我的,忽然聯網了,成了雙人互動的遊戲。「啊呀,我坐在鯨魚的噴頭上了,你快來!」雌劍黏雌劍,聯網進入,「來啦來啦!屁股往右邊挪挪!這噴頭有點生鏽哎!」「啊呀,我裝在袋鼠袋子裡了,你快來!」「來啦來啦!哎喲,這袋子被我一腳踩漏了!」「啊呀,我黏在鱷魚牙齒上了,你快來!」「那你自己慢慢黏!」

十一

寫到這裡,我似乎把羊十九和翠蓮和雌劍的故事講得差不多了,我倒是沒想到她倆不但練成了獨特的劍法,而且還發明了奇怪的遊戲。她們此時就沉迷在自己發明的遊戲中,兩人抱著兩把雌劍像抱著兩管煙斗,燒著大麻煙,講著彼此的幻象,又跑去彼此的幻象裡面。我覺得這日子過得也太悠閒了,兩個女孩翹翹腿玩玩遊戲,不去殺人也不去放火,總感覺不夠流氓。雖然她倆也上班,時不時地去搶個貨,剛開始還有新鮮

感，還想操練當眾喝停車隊的霸氣，鍛煉當眾搬別人東西的臉皮，再順帶切磋切磋劍術，後來把米缸填滿了把酒窖塞滿了就心滿意足了，就懶在家玩遊戲。「翠蓮，送快遞的又來了，要不要去拿一下？」她們管路過運貨的叫送快遞的。「咱米缸有米嗎？」「有！」「咱酒窖有酒嗎？」「有！」「那急什麼？改天再拿咯！」「唪嚓」剪掉一個腳趾甲。

這樣下去，女流氓的故事就變成了田園姐妹的故事。估計過個幾十年，翠蓮和羊十九不再去拿快遞（一把年紀也拿不動了），改成採菊東籬下了。「老翠啊，我採了五朵了，哎喲，我的老腰！」「老羊啊，咳咳，等我比你多採一朵我們就回家炕上歇息去。我怎老花越來越厲害了，好幾次累得半死拔出來的都不是菊花，要麼是個路標，要麼是面旗，真當要氣死！」這樣一比，應該還是女流氓的故事更有趣一些。但是怎麼激勵她們回到擴建女流氓俱樂部的宏圖偉業中去呢？

當時流行的勵志故事是宋江男流氓集團。翠蓮和羊十九上山之前都沒聽過梁山的英雄事蹟，所以得讓她們在山中歲月略有耳聞。有一天拿快遞的時候，碰到一個來自山東的大叔。他一看被兩個劫匪攔住去路，就操起山東話嚷嚷：「老兄，俺山東人，宋江是我大哥，大家都是一個系統的，行個方便嘛！」羊十九一臉懵逼：「啊？山東在哪？宋江是誰？咱是哪個系統？」山東大叔也愣住了，其他不知道也就算了，竟然連大明星宋江都沒聽過。「江湖人稱及時雨宋公明宋大哥啊，帶著一幫弟兄替天行道！」於是羊十九腦子裡就冒出個老法師，腦門上貼著「替天行道」四個字的符，口裡念念有詞，「阿彌陀

佛，善哉善哉，老天老天快下雨，我還有一幫小弟跟著我混飯吃呢，你不下雨我就領不到銀子！」

後來羊十九每次去打劫完了都會順便問一句：「你認識宋江嗎？」被搶的人都拼命點頭：「認識認識，他是我大哥！」或者「黑三郎啊，我老朋友！」或者「水泊梁山頭把交椅啊，他上次說要給把交椅我坐坐，被我拒絕了！」不過不管怎麼和宋江攀親，羊十九反正是不認識宋江的，不認識就不用給面子，該搬什麼貨就搬什麼貨，就算宋江本人來也一樣，最多加一句：「哦，你就是那個宋江啊！嘖嘖！」羊十九腦子裡的宋江越來越立體，由原來的老法師變成黑臉戴金條的黑幫老大。面黑，估計不怎麼洗臉；一夜暴富，在風景不錯的湖邊造了個大寨子，裡面擺了一百零八張竹子做的搖搖椅，宋江坐第一把搖搖椅，小弟坐剩下的，也搖一搖。有時候會為前排擋住了過道風起來打一架，要換座次，打架厲害的一方就換座成功。羊十九對這個躺椅上的宋江越來越感興趣，因為是大家都認識他，像個celebrity，大家都是他粉絲。羊十九不打劫的時候，閒著沒事也去攔下個車隊，就想和領隊的聊兩句關於宋江的八卦，就像粉絲內部的互動。

翠蓮就看不上羊十九追星，待在家剪腳趾甲。（腳趾甲是這樣的，你剪得越勤快，它長得越快，好像在和你較勁。翠蓮原來一兩周剪一次，後來三天就把襪子戳破了，現在每天都要剪。每頓飯後還要翹個腳檢查下，擔心它趁上面吃飯的時候自己在下面偷著長。後來發現檢查還不能定時，不能被趾甲算到，要突擊，要抓趾甲偷長抓個現行，要趁其不備揪住它剛冒

的尖尖，給它一個下馬威。跟腳趾甲鬥很需要時間，好在翠蓮最不缺的就是時間。）有一天中飯吃了一半，翠蓮正在院子裡把腳扳到鼻子底下，仔細檢查大拇趾。羊十九在她翹著的腳趾中間冒出來，「翠蓮，咱們整個像宋江那樣的流氓團夥好不好？」翠蓮的回答和她檢查大拇趾的結果很有關係。要是大拇趾趁她吃中飯的時候偷偷冒出一截，翠蓮就有點小惱火，有點煩躁，一邊擦呀一邊說：「咱就是流氓團夥，人少是少點，你一個就夠我忙了，再來幾個我剪趾甲的時間都沒了！」要是大拇趾安安靜靜的，乖乖巧巧的，翠蓮摸一摸就放下來了，然後抬眼看著羊十九，「宋江那種和咱有啥不一樣嗎？」

　　羊十九搬個小板凳坐在翠蓮邊上，「很不一樣哦！他們有搖搖椅坐的就有一百零八個人，基本都是男人，經常殺人放火，名聲倒很好。聽說他們的故事被一個叫施耐庵的寫成小說，好像要出版了，不過最近上面審查得嚴，要再等等。」翠蓮說：「啊呀，誰來寫寫咱倆的故事啊？老娘也想出出名！（羊二唄，寫得這麼賣力都看不見！改明兒出版了給翠蓮寄一本去，讓她高興高興。）可是咱這小破房子裝不下這麼多人啊，我可不要和這麼多妞一起排排躺！」羊十九說：「要不讓她們自帶帳篷吧？或者再造幾間房，反正山頭多的是！」翠蓮又說：「哪裡去搞這麼多搖搖椅啊？咱們的小板凳還是搶的人家小孩子的玩具，路過運貨的誰會運桌子、凳子。」羊十九想想也是，有點小失望，畢竟整個宋江集團最讓她心動的就是搖搖椅了，經常在腦子裡想像把宋江踢下去，自己躺在搖搖椅上，慢悠悠地打著扇，慢悠悠地哼著小曲，看著一隻蒼蠅慢悠

悠地停在翠蓮的鼻子上，就看看不想趕。每次這樣想，羊十九就會前後扭幾下屁股，想把底下的小硬板凳給搖起來。翠蓮總是「啪」一腳把她的小板凳給踹直了。

羊十九背一直，說：「沒搖搖椅就算了唄，省得排什麼座次還要打架。咱倒有很多麻繩，可以編很多吊床，兩棵樹之間一吊，照樣可以搖一搖！這兒最不缺的就是樹。」翠蓮想像了一下，一排女流氓一人一個吊床，蕩得很嗨，蕩得小樹幹直哆嗦。一個「啪」摔地上，拍拍屁股的灰爬起來，大著嗓門喊：「終於把這樹蕩倒了，來，老娘再換一棵！」於是這個搖一搖的休閒變成了一個叫做看誰把樹蕩倒的遊戲，最後變成看誰蕩倒的樹多的競技。於是有的娘們一早睜眼牙都沒來得及刷就拴吊床蕩起來，有些更是晚上不回屋睡覺，在吊床上做夢都在拼命蕩。翠蓮看看旁邊的小樹苗，有點替它們擔心。不過，她忽然覺得當下要操心的是，「十九，我們上哪找那麼些女人入夥？」

這是個實際的問題。宋江集團大多數是犯了朝廷案子的男犯，宋江就帶頭殺老婆。要不是因為自己綠帽子戴得不合腦殼，一時衝動操起菜刀，他還在文吏職業生涯中混完科長混處長，他才不屑到黑道混頭頭。這男犯遍地都是，通緝的、越獄的、發配中間逃跑的，隨便舉個小旗寫著「男犯團」，像旅行社帶隊的扯著擴音器喊幾聲「男犯集合啦」，在人多的地方轉幾圈，到天黑總能組上一個小散團。女犯就不一樣了，去哪找女犯呢？當年羊十九看著翠蓮像女犯，拉去法場行刑，她看呆了，因為女犯行刑可是一件稀罕事，值得空城空巷的，特別是

有點姿色的，大家追著囚車就像現在追著豪車看明星，可能還要更激動一點，因爲知道這輩子就只能看一眼了。現在明星電視網路哪都能看，死了還能在忌日蹭頭條。

其實女犯也是多的，只是很少能順利搭上囚車在大家眷戀的眼神中驕傲的被當眾斬頭的。不是說她們犯的都是偷雞摸狗的小案子，不至於償命，而是很多女犯受不了身體侮辱，比如裸露打板子，被牢頭姦淫，先找面牆一頭碰死了。有些公堂或牢房的牆因爲女犯撞得多了，東一塊血跡，西一塊血斑，乾脆刷成老豬血的顏色。當然老豬血上還點綴些白斑紋，因爲總有那麼些第一次撞牆沒經驗的，用力過猛，把腦子也迸出來的。所以紅加白剛好，省去每次洗牆的麻煩。如果女犯撞牆的撞牆，斬頭的斬頭，那還有逍遙法外的女犯嗎？有是有，比如宋江集團就有三個女人。不過即使逍遙法外的女犯也不是太逍遙，因爲她們總得配個對象。集年輕美貌勇武於一身的一丈青扈三娘本來落得單身自在，也被硬塞個秤砣一樣的王英，想飛都飛不起來。梁山的女流氓即使獨占一個搖搖椅，旁邊也拴著一個一起搖搖的老公。好像不給女人這艘船拋個錨掛在岸邊，過一個晚上，她就順水漂走了，讓人不放心。

其實女流氓俱樂部要招人得找游離態的女人。游離態的女人指的是遊走在父家和夫家之外的無家可歸的女人。大致能想到的就是尼姑、女俠和女乞丐。尼姑雖然出家，但進了庵，庵裡規矩不比家裡少，算不得太游離。女俠和女乞丐倒是四處晃蕩，沒人管（當然入了峨眉派和丐幫的除外）。不過翠蓮覺得這兩種都不大適合女流氓俱樂部的風格。要是一女俠在路口攔

下一個車隊，車隊的人問一句：「你憑什麼搶我東西？」女俠就愣在原地，臉臊得通紅。等一通臉火退掉，人家車隊早不見了蹤影。女俠出手必須得有個正當理由，不像流氓比較隨意。要是有人敢問翠蓮：「你憑什麼搶我東西」翠蓮會說「姑奶奶今天高興」或者「姑奶奶今天不高興」。高興不高興都要搶，你怎的了？要是有人問羊十九，羊十九會撓撓頭皮，說：「我也不知道哎！你碰巧有我要的東西？大哥你別小氣嘛！」

　　要是翠蓮、羊十九和女俠一起去搶車隊，只見翠蓮和羊十九像趕集一樣，拿點這個搬點那個，只是最後不用付錢，拍拍屁股走人。而女俠就一直跟在她倆屁股後面給人賠不是，「對不起對不起，我家兩妹子還小不懂事，大家都不是壞人，多擔待多擔待哈！」還順手把羊十九的玩具偷偷還回人家小孩子，減輕點內疚感。於是大家本來開開心心地出來搶貨，回去的時候都有點掃興，就像大家一起去商場血拼，老有個人勸你這個不要買，那個不划算，最後只買了紮頭髮的頭繩，還是打了八折。羊十九還有點小煩躁，「剛才明明拿了那隻布娃娃，掉哪裡去了啊？我得回去找找！」

　　女乞丐也不大適合流氓文化，因為比起挑貨她更愛硬通貨——銀子。如果女乞丐和翠蓮、羊十九去搶貨，剛攔下車隊，女乞丐就上前掏出個小碗，「這位官爺，賞個銀子唄！」翠蓮和羊十九趕緊上前把她的小碗塞回兜兜裡，「我妹剛燒製了個新碗，就喜歡到處現，嘿嘿！」等羊十九專心地去挑貨的時候，女乞丐坐在路邊抖抖腳，她覺得這些破爛貨到底不實在，世上最實在的東西就是牙磕不壞的銀子。想著想著又爬起

來，去被翠蓮刀架脖子的男人面前，掏掏袖子和衣襟，看看兜裡有沒有碎銀子。翠蓮沒看懂她在幹嘛，覺得光天化日之下摸男人總不是太好，就對女乞丐說：「妹子，咱劫財不劫色。這男人回去估計還要嫁人呢，不能壞了他的大好前程。」女乞丐一邊說：「哎喲，不能壞不能壞！」一邊順了幾個碎銀子到兜兜裡的小碗裡，「哐噠噠——」，像丟了幾個骰子，她每每聽到這銀子掉碗裡的聲音，就像賭徒聽到骰子碰撞的聲音，心裡格外踏實。

這樣看來，游離態的女人諸如女俠和女乞丐都不適合加入女流氓俱樂部，那找誰入夥呢？翠蓮看看羊十九，腦子裡想著怎樣才能找到一百個羊十九一起建功立業。（翠蓮似乎高估了幾何倍數增長的羊十九的效果。如果一個羊十九只會吹泡泡，那麼一百個羊十九聚在一起也只會吹大點的泡泡。不會有一個變異的羊十九跳出來很嚴肅地宣布，從今天起，我們女流氓俱樂部要和宋江集團一樣，招兵買馬勤練兵。）這時羊十九看看翠蓮，不知道翠蓮在看一百個羊十九，但是她覺得她肯定被複眼盯上了。每次飛來一隻蒼蠅在她身邊嗡嗡嗡，她就感覺自己出現一層層的疊影，然後得站起來蹦兩下，把溢出來的疊影震回去。羊十九站起來蹦兩下，忽然說：「翠蓮，咱去劫花轎吧！」

當年拉翠蓮上山，羊十九就是這麼幹的。我覺得這是拉女人上山入夥的唯一辦法了。如果沒合適的游離態的女人，那就創造游離態的女人唄！就在從父家往夫家送的半路上，這個交接儀式過程中，劫了準新娘放生。這時翠蓮收回一百個羊十九

的想像，她看到自己，看到別的形形色色的新娘。每次從小長大的玩伴坐上大花轎，她就去拍人家屁股「啪——」：「早去早回，不然我把你養的小兔子毒死！」「你敢！看我明天就回來揍你！」不過翠蓮毒死好幾隻兔子後，她的小夥伴都還沒回來揍她，讓她渾身難受。要是她的小夥伴和她一樣坐轎子被劫上山，那這山頭就熱鬧了。

　　翠蓮一拍桌子，「咱就劫花轎！」她這麼一拍，女流氓的雙飛故事就要結束了，即將開啟眾樂樂模式。不過眾樂樂能不能樂起來還有個技術問題，怎麼確保劫花轎劫對人呢？並不是每個女人都像翠蓮一樣頭從轎子頂探出來要跳轎的，更多的是屁股黏在轎子上，拆了轎子拽出來，還啐你一臉罵：「我的王子待會兒就來救我，你們這幫磨鏡黨！」羊十九沒聽懂，「大姐，我們有時磨磨剪刀、菜刀，家裡鏡子亮堂堂的，不生鏽，用不著磨啊！」翠蓮也沒聽懂，「你就吃飽撐著，等著到夫家磨棍子吧！每天磨死你！」一腳把女人踹回轎子叫人抬走了。

　　我覺得劫花轎的技術問題得好好考慮考慮，不然劫得一肚子氣。本來開開心心地掀開花轎的簾子，結果被劈頭蓋臉地臭罵一頓，還得放下簾子退貨，吃力不討好。在解決這個技術問題之前，我覺得還可以在雙飛模式裡再停留一陣子，因為「磨鏡黨」這仨字似乎給雙飛模式提供了另一種可能。我對這種可能性充滿了好奇，所以我要重新構想一下翠蓮和羊十九的雙飛故事。如果她倆沒有遇到出門遛劍的老伯，她們後來打劫的時候手裡就沒有劍。她們既沒有練劍，也沒有發明雙雌劍看看你今天心情怎麼樣的遊戲。在這個新故事裡，她們的路子會更

野，比如她們會動手自製各種奇怪的武器。她們的關係也會更野，翠蓮也許會愛上羊十九，或者羊十九會愛上翠蓮，再或者同時愛上對方？這個我現在不好說，誰知道呢？

第四章

一

在這個重新開始的故事裡，這個夏天更加炎熱。因為炎熱，當遛劍的老伯路過的時候，翠蓮和羊十九雖然還是覺得他是賣西瓜的，但也不想冒著被太陽燙死的風險去搶西瓜。她倆歪在樹蔭底下，想像著西瓜從馬車後面滾出來，一個接一個，壓過石頭和鳥屎，一門心思地滾到她倆面前，然後主動地「垮塌」一聲裂成兩半。這時，翠蓮和羊十九還是歪著，懶得伸手去捧瓜吃瓜吐瓜子。於是西瓜還得自覺地把瓜肉再裂成N塊，然後原地旋轉N圈，把自己打成西瓜汁。不過在想像自己喝上這透人心脾的西瓜汁之前，這兩人已經相繼進入午覺的夢鄉。

即使沒寶劍，翠蓮和羊十九也會在以後的劫貨中搶得一根棍子、一把菜刀、一把鐵耙什麼的，或者實在沒有，自己做一個彈弓、一臺投石機或者幾個煙霧彈什麼的。相比正兒八經的寶劍，路子就有點野。比如煙霧彈，羊十九就做得很粗糙也很簡單。她用一節一節的毛竹筒，裝上辣眼睛催淚的氣體。比如，翠蓮生個火嗆死了，她就趕緊去裝一竹筒煙；翠蓮切個洋蔥哭死了，她就趕緊去裝一竹筒洋蔥氣，另一隻手順便給翠蓮擦擦淚；翠蓮燒艾草驅蚊，她就趕緊去裝一竹筒艾煙，另一隻手順便把翠蓮脖子上的蚊子打掉。

等家裡堆了幾排毛竹筒，她就去抓幾隻烏鴉，把烏鴉爪

子上繫根線，線的另一頭綁在竹筒蓋上，等車隊靠近的時候，她就蹲在路邊林子裡放烏鴉。幾隻烏鴉帶著幾隻竹筒飛，竹筒的另一端都牽著線，線都收在羊十九手上的風箏捲軸上。等烏鴉飛到車隊上空時，她就不放線了。烏鴉自顧自飛，竹筒蓋就被牠扯開了，竹筒掉地上就開始滋啦滋啦冒煙。這時翠蓮就殺過去，趁大家在抓瞎的時候，搬點東西就走。第一次沒經驗，翠蓮殺過去的時候，發現自己也在抓瞎。等她打完噴嚏擦完淚看得清的時候，車隊的人也看得清她了。後來她就給自己縫了塊紗布眼罩，雖然戴著看啥都霧濛濛的，但至少眼睛熏不到。隨著煙霧彈越放越多，林子裡越來越多的烏鴉腳上都掛著竹筒蓋，牠們也嫌煩，但沒那麼容易踹掉，就只好掛著飛，像一串串烏鴉風鈴。羊十九有時候坐在院子裡曬太陽，天上忽然掉下來個竹筒蓋，那就是哪隻聰明的烏鴉一腳踹掉的。

這個鐵鏽色的夏天，到處飄點焦味。翠蓮和羊十九在房子門口扇個扇子乘涼，總覺得房子是個大爐子，自己扇著爐子的風口，像兩個鍋爐工。本來汴梁是北方，夏天吃兩根冰棍，喝幾碗冰鎮酸梅湯就能扛過去。今年特別，又炎熱又多雨，溫帶植被長著長著就變成了熱帶雨林。本來去年還是小針眼的松樹，夏天熱不住，嘩地伸出大手大腳來，一來風就手舞足蹈地給自己扇風，一下雨就大葉子兜起水涼快，沒錯，它變成了芭蕉。本來去年還是棵梨樹，擋不住紫外線的暴曬，結的小白梨子每天紅一點，最後一個個都漲紅了臉，腫得兩三個梨子那麼大。掛不住還沒來得及進入秋天，就提前熟透掉地上了。沒錯，梨子變火龍果了。我們現在叫它火龍果，但翠蓮叫它紅飯

團。翠蓮一邊吃一邊說：「這肯定不是梨子！我覺得它像個捏好的飯團，就叫它紅飯團。我一頓摘兩個紅飯團就管飽。」翠蓮懶得開伙，誰都不想大熱天的生起個比太陽還燙的爐子，一邊炒菜一邊滴汗進去，炒出來的菜總比平時要鹹一點。每每這時，羊十九總要抱怨，「翠蓮，你今天汗又放多了！」現在一到飯點，翠蓮就跑去紅飯團樹下搖一搖，一邊搖一邊喊：「十九餓死鬼開飯啦！」按這兩人的飯量，一人一頓兩飯團，一天一共就八個飯團，一棵火龍果樹搖兩天就禿了。吃完一棵，再去找下一棵。

　　找到一棵，先數一數有幾個飯團，再除以四，就得出夠吃幾頓。然後用一張草紙寫上二頓或三頓，貼在樹幹上，相當於宣布主權，這些本來小鳥、小松鼠、野雞一起吃的糧食就變私糧了。只是為了保鮮，讓它在開吃之前繼續掛在樹上。不過這草紙上的字除了翠蓮和羊十九沒人看得懂。有時候小鳥叼走一個飯團，小松鼠抱走兩個，野雞踢走一個，臨走之前，看草紙的黑墨筆畫覺得好奇，不知道好不好吃，就啄了兩嘴，三就變二了。等翠蓮過來開飯，數一數，也剛好對上數，一個也不少。

　　等火龍果吃完了，就走林子裡找別的果子。這些果子之前都沒見過，只能論個頭。翠蓮看到芒果就說「我一頓四個」，看到木瓜就說「我一頓兩個」，看到香蕉就說「我一頓六根」。結果那頓飯後翠蓮一直霸著馬桶，羊十九急得去外面地裡拉野屎。熱騰騰地拉完，剛想刨點土蓋起來，發現已被頭頂的烈日烤乾，踢兩腳就碎成土渣渣了。有一天翠蓮看到樹上高

高掛著的菠蘿蜜，一時估計不出一頓的飯量，翻個白眼，「這馬蜂窩能吃嘛？」羊十九說：「長得像帶刺的大冬瓜，估計把刺拔了就能吃。」

等羊十九一箭把菠蘿蜜射下來的時候，她發現這表皮的釘子一時半會兒拔不動的。因為這滿身的釘子，她又不能抱著走回家慢慢拔，也不能放馬背上馱回家（小白馬那細皮嫩肉），只好用根麻繩把菠蘿蜜綁個結實，一路拽回家。羊十九拽到半路，衣服濕得黏肉，她停下來，兩手交叉一扯，就把衣服脫了，露出橄欖色的上半身。「翠蓮幫我拿一下。」就把衣服扔給翠蓮。翠蓮木了一下，衣服掛在了她頭上。（為了讓羊十九的身體出現在翠蓮的凝視下，我可算費勁心機。不僅讓涼爽的汴梁出現了十日凌空般的盛夏，還活生生地造了一個熱帶百果園，最後搬出了碩大的菠蘿蜜給羊十九創造了展現肌肉線條的機會。其實何必這麼大費周折呢？早在吃香蕉的時候，一剝香蕉皮，羊十九就開始脫衣服，「啊呀，翠蓮，不知怎的，就想脫衣服。」或者更早一點，當夏天還沒有熱起來，連續下了五天雨，羊十九摘的荷葉傘老是漏水，每天淋得落湯雞回來晾衣服，等到第五天脫了濕衣服發現第一天晾的還沒吹乾，羊十九就光溜溜地在晾衣繩下站了一會兒，覺得光溜溜挺好的。風吹在她裸露的身體上就像吹在上面晾的衣服上，讓她輕快地要翻飛起來。翠蓮這時就出來收衣服，「沒看見雨都飄到衣服上了啊？」順便把羊十九也收進屋裡去了。）

但雨中涼涼的身體和大熱天的身體又不大一樣，涼涼的身體像一本正經的雕塑，只可遠觀不可近玩。大熱天的身體每

個毛孔都張開著，蒸騰著一點汗漬漬的小熱氣。這是一種開放的，呼吸著的身體，彌散著尋找另一個身體的呼應。所以當翠蓮從罩頭上的羊十九的衣服縫隙瞇眼看著羊十九的時候，她有點害羞，因為這原始的你呼我應。如果不是這茂盛雨林中羊十九茂盛的身體，翠蓮才不會不好意思，再說了，平時她又不是沒看過。

比如羊十九背上癢癢撓不到的時候，翠蓮一邊看小人書一邊伸進羊十九衣服裡面幫她到處撓撓。等羊十九抱怨翠蓮撓得不夠認真，翠蓮就放下書，把羊十九的衣服一掀扣在她頭上，仔細地找那個讓她癢癢的地方。找到一個被蚊子咬到的包，就沾點自己的口水，塗在凸起的包上，像在貼郵票。貼完用大拇指用力摁兩下，把蚊子包摁摁扁，然後用指甲鑽幾下，把包鑽成個九宮格。每當這時，羊十九就抽搐兩下，捂在衣服裡悶聲悶氣地哼哼唧唧，一時指甲鑽的痛蓋過癢癢，爽得很。羊十九背上的肉緊致得很，沒有多餘的贅肉，翠蓮用拇指戳戳，不會陷下去個肉坑，回彈很好。不過翠蓮的注意力很快就轉移到自己身上，叉開手掌放在羊十九背上，嘿嘿笑起來：「十九，我真白！白得像貼在你背上的白皮膏藥！」羊十九「哼」地把罩頭上的衣服猛地兜下來，兜住翠蓮的手，「小白膏藥你別撕啊，再貼會兒唄！」

除了背，羊十九的胸翠蓮也是見過的。羊十九躺在大木桶盆裡泡澡的時候，翠蓮老是要進來尿尿。她一坐在馬桶上，就拿眼瞟羊十九。羊十九剛還覺得自己是朵泡發的白木耳，晶瑩透亮，給自己唱個水寶寶的歌。現在翠蓮一尿尿，忽然覺得翠

蓮占了個小馬桶，自己占了個大馬桶。翠蓮在小馬桶尿尿，自己就在大馬桶泡在她熱辣辣的尿裡，心情頓時不好了。剛剛在熱水裡泡脹的雙乳，像兩隻鼓起腮幫子的泡泡魚，現在就漏氣了，只剩兩顆噘起嘴的小豆點。翠蓮尿完就來趴在澡盆邊緣，透過蒸騰的熱氣打量羊十九：「嘿嘿，十九，我的胸比你大哎，想不想比一下？」羊十九翻個白眼：「你走開！」把旁邊的澡盆蓋子拽過來，蓋在自己頭頂上，吸一口氣潛到熱水裡。後來羊十九泡澡前先把馬桶搬到外面，在門上貼了封條，上面寫著「偷看是小狗」，再進去泡發晶瑩的白木耳。翠蓮就換做時不時從窗戶外走過，走過去說一聲「路過——」，走回來說一聲「路過——」。有時候忽然從窗戶那探進頭來，在一團裊裊的水蒸氣裡睜著眼喊道：「十九你泡好了沒啊？手指頭都要泡皺了！」

今天前面後面一起看了，翠蓮一反常態，有點害羞。陽光透過樹葉子灑在羊十九赤裸的上半身，橄欖色的背上映著樹影和光斑。樹葉抖一抖，背上的樹影就抖一抖，樹葉上的毛毛蟲爬來爬去，背上毛毛蟲的影子也爬來爬去。要在平時，翠蓮一準要去摁住羊十九背上的毛毛蟲影，不讓它動彈。可是今天，翠蓮咬咬自己的手指甲。

她覺得羊十九的身體很好看。原來女人不穿衣服的線條這麼美。腰身那像柳條一樣，被風一吹一蕩就凹進去了，又一蕩從胸前凸出來了。翠蓮伸手到後腰，手背貼著想像的曲線來回蹭，好像也是柳條的線吧？不過貌似缺陣風？像直直地掛曬的手擀麵（誰讓肉肉都堆在這裡了？手擀麵就是實沉實沉的，像

速食麵那樣起點小捲捲都不行）。不過翠蓮覺得自己究竟有沒有羊十九那種曲線很難說，畢竟沒有親眼所見。家裡的兩個銅鏡都太小了，照不了半身。有一個只要翠蓮一瞪眼，睫毛就跑鏡子外面去了。另一個稍微大點，但要裝下翠蓮整張臉也是不可能的。平時翠蓮拿起來照半邊臉，然後想像一下另半邊也差不多這樣，就扔下鏡子走了。有一次，腋窩底下不知長了啥，翠蓮拿這鏡子照了照，忽然看見鏡子裡一顆乳頭和一圈乳暈直愣愣地盯著她，像個惡魔之眼，嚇了她一跳。她想看看另一隻惡魔之眼是不是也盯著她，挪左挪右也沒把這一對乳頭裝進這面鏡子。放在兩乳之間的時候，只見一條山澗，至於兩邊山的形狀如何，翠蓮雖然可以從高空向下俯視，但她也好奇從側邊看會是怎樣的風景（這只有借羊十九的眼睛了）。

羊十九赤裸著上身，拽著一根繩子，繩子後面拴著一個菠蘿蜜，菠蘿蜜刮著地上的雜草，乾枯的樹枝樹葉，刺啦刺啦地響。「翠蓮，你說這刺冬瓜是甜的還是苦的？別是酸的吧？酸的就給你吃！」翠蓮沒答應，羊十九覺得奇怪，如果發生翠蓮不搭話的事，要麼是她被噎住了，要麼是她嘴巴騰不出來，在嚼豆子或者在嚼泡泡糖。羊十九朝後一看，發現翠蓮在脫衣服，領口卡到腦袋了，呼哧呼哧地要掙脫出來。一對乳房脹得紅紅的，憋著勁，憋出小米粒的汗珠，又憋了會兒，這些小汗珠就聚在一起，變成一大顆，亮晶晶地罩在乳頭上，像罩著小蜜蜂的琥珀。因為上頭在揪衣服，雙乳就上下地一震一顫，像一陣大風吹過掛著的兩葫蘆。在羊十九腦子裡，這兩個葫蘆就彼此「哐嗒哐嗒」地撞來撞去，風吹日曬地變硬了，變成兩個

葫蘆絲，羊十九吹一個，翠蓮自己吹一個，吹個什麼曲子好呢？羊十九一時沒想出來，因爲有點臉紅。平時翠蓮的乳房都躲在肚兜下面，雖然羊十九有點好奇，因爲翠蓮每次傃穿她的胖橘肚兜的時候，她總覺得這個胖橘要神氣一點，臉更大了，特別是左右兩腮幫子鼓鼓的。每次羊十九抬手要摁胖橘凸出的兩耳朵（兩乳頭），都被翠蓮「啪」地打掉，「幹嘛啊，自己沒啊！」

　　羊十九剛從吹葫蘆絲的想像裡回過神來，去幫翠蓮拽一把，翠蓮忽然從衣服底下冒出來了。這樣兩人都光著上身，眼睛光溜溜地看著對方，嘿嘿地笑起來。害臊什麼的好像沒必要，你有的我也有，我有的你也有。雖然不像中間擺了個鏡子，但也差不了多少。（翠蓮抗議：「誰說的，差遠了好嘛，我去泥地裡滾一圈也滾不到羊十九那種顏色，我的胸拔了氣嘴漏了氣也漏不到羊十九那種size。」）兩人走近仔細瞧瞧，翠蓮覺得羊十九有股少年味。這時羊十九握起拳頭，展開兩臂，吸了口氣，用力一握，「翠蓮，你看我的腱子肉！厲害吧？來摸摸！」（她指的是肱二頭肌，但那時候沒這個名詞，腱子肉是從她老媽吩咐傭人買牛腱子那學到的。）翠蓮翻個白眼，不過在翻白眼的間隙她看到了羊十九胸上面的一塊肉，緊繃繃的，就拿手去戳，「這塊肉硬硬的哎，和你奶的質地不大一樣。」說著又往下摸奶，「這就軟軟的，好好摸，我再摸一下。」羊十九本來還想炫耀一下，自從勤奮練伏地挺身，就長了兩塊胸腱子，結果被翠蓮這麼一摸再摸的，嘴裡只剩「嘶——」，怎麼說呢，怪舒服的。她看著翠蓮，就像貓貓看

著小主子，別停啊，你繼續摸唄！不過小主子看重禮尚往來，「你也來摸摸我的！」

我不知道貓貓摸小主子應該怎麼摸，是用小爪子撓還是用腳底小肉墊刮刮。不過摸奶這事羊十九是個熟練工，小時候經常幹。老媽來餵奶，她要一邊吮吸一邊用小手摸老媽的奶，一邊還用小腳蹭另一個沒吸的奶，像在踩泵。因為相國夫人的奶水不足，羊十九就發現她蹭得勤快點，泵裡流出的奶水就會多點。後來相國夫人沒奶了，找了奶媽。奶媽的乳房最不缺的就是奶水，小羊十九剛開始還照常用小手使勁摸一隻，用小腳使勁蹭另一隻，噴湧而出的奶水差點沒把自己噎死。後來學乖了，喝的時候安分地喝，喝完再兩手兩腳鉗著奶媽的乳房掛一會兒，像隻無尾熊一樣。奶媽的乳房是長條形的，毛孔粗大，抓著不容易溜下去，不像相國夫人的光滑的小球。小羊十九抱得緊緊的，覺得這是她所有快樂的源泉。奶媽的乳房隨著心跳一起一伏，小羊十九貼得緊緊的，也隨著一起一伏。本來小兒的心跳要快一些，掛在奶上就慢慢和奶媽同步了，所以乳房是她寧靜的港灣。

不過這個奶媽可遭殃了，本來奶重掛到肚臍眼，想著羊十九喝掉輕一半能回彈，恢復身材，結果被羊十九掛來掛去，垂到了腰上，像兩條又老又粗的絲瓜絡，血管橫布，於是敞開胸脯向相國夫人申請了工傷，要了一筆撫恤金，回家堅持倒立了半年，絲瓜絡倒也縮回去了。（奶的重塑能力還是大的，不然現在也不會老和女人推廣按摩豐胸這些。如果天天揉捏揉捏，總能變大的吧？如果按花的形狀去揉捏，比如用一個花的

模具扣住奶，說不定能揉出一對玫瑰花胸。如果按冰淇淋的形狀去揉捏，用做冰淇淋的模具扣住奶，說不定能揉出一對熱騰騰的冰淇淋胸。）

不論是老媽的還是奶媽的乳房，羊十九都愛。後來不喝奶了，就經常要丫鬟抱抱。一抱，就要貼在小姐姐的奶上蹭一蹭。（還好那時候大家裡面就只穿件小肚兜，如果羊十九蹭現在戴胸罩的小姐姐，蹭的就不是奶了，要麼蹭海綿，要麼蹭到鋼圈，體驗就沒那麼好了。）很多丫鬟喜歡羊十九蹭奶，麻酥酥的，很舒服，就爭相來抱羊十九。所以羊十九一會兒被抱起，又被放下，立馬被另一個小姐姐抱起，整天就是上上下下，運動量很大，就像店裡大家試用的按摩儀。

在乳房堆裡長大的羊十九，並沒有如弗洛伊德老人家所願，把對乳房的依賴轉移到「陽具妒忌」，然後順理成章做個正常的異性戀。羊十九才不妒忌那玩意兒，雖然她是家中最小，沒看過弟弟穿開襠褲蕩著小雞雞到處跑，她也遠遠見過她哥哥扯著半截筷子撒尿。不過她覺得這不過是不同器材的撒尿表演，哥哥和她的生理構造應該差不多。看到馬桶外面灑的尿，羊十九就去和羊十八說：「你別扯筷子撒尿了，對不準，你就自己撒得了！」所以在羊十九眼裡，小雞雞不過是個礙事的道具，真身是和她一樣的女性身體。她這種女性本位主義使得她從小就對男性產生了深深的同情，雖然生下來差不多，但男生長大就沒長出乳房。這是小羊十九最顯而易見的觀察，男生缺了兩塊肉，也就是弗洛伊德老先生嘴裡的lack。

羊十九剛生出來的時候很可愛，肉肉的，眼睛愣得像彈

珠，家裡排她前面的十八個哥哥姐姐都想抱她玩。但發現一個規律，哥哥抱不是哭就是拉屎拉尿，姐姐抱隻有羊十七和羊十四會出現這種現象，後來分析了下就這兩姐姐還沒發育，胸是兩小荸薺。於是那陣子相國府裡流傳最廣的一句話就是：「要是有胸就好了，有胸就可以玩羊十九！」發育的姐姐們就很神氣，故意把奶聳得高高的，有的把褙子的腋下多縫了幾針，收緊了點，顯出胸的輪廓。有的把肚兜挖了個深V，露出乳溝，然後喊一聲「去玩羊十九啦！」沒胸的就生出對奶的妒忌。羊十八爲了能抱羊十九玩，悄悄地把蒙驢眼的眼罩的兩塊布裡塞進了鴨毛，繫在自己的胸脯上，成功地讓羊十九乖乖躺在自己懷裡。於是大家就排隊過來羊十八這裡借。「十八弟，那個罩借一下！」「什麼罩？」「胸罩！」（所以胸罩這個詞宋朝就有了，不用等幾百年後的西洋舶來。當然材質和樣式還是有區別的，最關鍵的是胸罩那會兒是給男人戴的，戴上裝女人。羊十八肯定不能理解後來爲啥胸罩換給女人戴了，女人還用裝女人嘛？我也不能理解，好好一對奶要罩起來，罩成兩個圓滾滾的球，勾人眼球，但又不能沒羞沒臊地勾，不能凸個點擠眉弄眼地招呼，像個杏花樓的。所以胸罩的藝術在於誘惑和潔身自好之間保持平衡。）因爲胸罩就一個，經常會斷供。「啊呀，十二哥剛借走。」因爲大家借得勤快，胸罩的鴨毛掉得七零八落，有的黏羊十九頭髮上了，有的黏自己身上了。等最後就剩兩層布了，又得重做。總之沒有真胸好用。

　　翠蓮和羊十九面對面站著，光溜溜，羊十九比翠蓮高一點，所以羊十九深色的乳頭俯視著翠蓮淡棕色的乳頭，「哎

嘛，這麼巧，你也出來透透氣？」「是啊，大熱天在衣服裡要悶出痱子來！」和羊十九身體的少年味不同，翠蓮的身體有種成熟女人的味道，豐腴，有種蜜桃成熟的芳香。羊十九想起小時候那些小姐姐們。咬一口會果汁四溢，鮮甜鮮甜吧？羊十九伸出手去，像摘桃子一樣去摸翠蓮的乳房。桃子的尖尖也在她的手掌下一擦而過。翠蓮嘴裡情不自禁地發出「嘶──」一聲，怎麼說呢，怪舒服的。

還沒等翠蓮下令說「換右邊的奶」，她就看到剛摸過的左邊的奶有五道煤灰色的印子，不用說，這是羊十九的爪子印，剛剛她在拖菠蘿蜜搞得手上髒兮兮的。羊十九連忙說：「不好意思啊，翠蓮，我幫你擦掉。」刮來刮去，再加點自己的汗和翠蓮的汗，像糊個水泥牆，然後翠蓮左邊的奶全黑了。翠蓮叫一聲：「十九，把你的爪子挪開！」自己在旁邊泥地裡刮蹭了幾下，上來就把羊十九兩個奶抹抹黑，羊十九立馬就展開了報復。什麼少年味、蜜桃味都不重要了，一會兒就變成了煤球味。等兩人打鬧完，一起去拖菠蘿蜜的繩子的時候，兩人都抖著一對黑奶在嘿呦嘿呦地賣力。（我這樣寫，熱帶雨林剛萌動的一點欲望的味道，就在四隻黑爪子的揮舞之間，悄悄散掉了。但欲望這東西嘛，像蒲公英，來一陣風，說不準又在空中浮浮沉沉，毛毛絨絨，撩撩騷騷了，誰知道呢？）

二

衣服是這樣的，脫了就穿不回去了，特別是這個大夏天。不穿衣服的直接好處就是不用洗衣服。洗衣服是翠蓮和羊十九

126

總想逃掉的任務，每次要靠剪刀石頭布來決定哪個倒楣蛋去河邊洗衣服。有一段時間羊十九晦氣，出剪刀就遇到翠蓮的石頭，出布就遇到翠蓮的剪刀。於是垂頭喪氣地端一盆髒衣服來河邊，把衣服泡在皂莢粉裡，不想搗，也不想搓，坐在河邊冲冲腳。她想了個辦法，衣服一件綁一件，最後一件綁在她腰上，然後跳進河裡去游泳。一串衣服像一根長尾巴跟在後面，一會兒哪件袖子從左邊漂出來，一會兒哪條褲腿從右邊漂出來。看著整條就像浮在水上的大蜈蚣，羊十九就是蜈蚣頭。她跟白鵝學的游泳，屁股一扭一扭的，後面的衣服走的就是S型路線，和蜈蚣扭來扭去的毛手毛腳走起來一個樣。等羊十九游暢快了上岸，這串衣服也差不多在水裡蕩乾淨了。

羊十九洗的衣服沒多大毛病，除了皺。綁結地方的皺也沒辦法，晾曬了也只是變成乾巴巴的皺。所以碰到羊十九洗的衣服，翠蓮和羊十九經常一邊說著話，一邊順手在對方的衣服上biang起來，像扯拉麵。翠蓮一邊扯一邊說：「十九，下次洗衣服絞水時別這麼用力哇！再絞兩次不是皺了，是要爛掉了！」

既然不穿衣服了，那褲子也可免去。北宋那時候大家流行穿脛衣，就是給兩條腿穿衣服，也就是開襠褲，這樣解手方便。穿在褙子裡倒也不會走光，但自從翠蓮和羊十九脫了上衣，就成天看到對方撅起的屁股蛋。一會兒羊十九彎腰去地上撿個東西，一個大屁股就高高地綻開了；一蹲在地上玩泥巴就像塌著左右兩瓣屁股在拉屎。不過這兩個動作羊十九都還滿喜歡的，因為沒有原來外面一圈裙子，底下就憑空多了一陣風，

涼爽爽的。她就時不時地翹一翹，蹲一蹲，讓風吹一吹陰部，蕩一下毛毛，親一下陰唇，然後有一縷風升到肚子裡面，給五臟六腑都通了通風，整個人就像喝了冰汽水一樣遍體清涼。可是不穿開襠褲照樣能爽，兩條腿還不用捂著，於是羊十九索性就脫了褲子，從頭裸到腳。

翠蓮看著光溜溜的羊十九，馬上覺得自己的開襠褲熱得受不了，像根火柴擦著火柴盒要燒起火來了。於是她三下五除二也把褲子脫了，像急著要跳下水游泳似的衝到羊十九面前。她拿眼溜著羊十九下面。「十九，你那的毛毛沒我的多！」羊十九一看，果然，翠蓮那一叢毛髮像燙過的頭髮，蓬蓬的，又濃又密，而自己的像幾天沒洗頭，頭髮貼著頭皮，看起來少了一半。她不服氣，用手指去攪了攪，如果手指是捲髮棒就好了，可惜不是。攪之前毛毛向左擺，攪之後，毛毛往右擺，體積還是原來的那一撮。

雖然有點羨慕，羊十九還是想點別的辦法讓自己的陰毛好看一些。她探了兩朵黃色雛菊，勾在毛毛上，像一蓬頭髮上一左一右戴了兩個花髮夾，還沒走到翠蓮跟前炫耀，就被風忽的吹掉了。於是羊十九又去樹林逛了一圈，連藤揪了一長串喇叭花，把它繫在腰間，把一朵最大的喇叭花正對陰毛掛著，其他花兒就散落在腰側或屁股。本來喇叭花是要做陰毛的裝飾，比如像一根花型的簪子，但顯然它太大了，有點喧賓奪主。自己在那神氣地吹喇叭，毛毛反而成了裝飾喇叭的穗子。翠蓮看了覺得挺好，不過她覺得和她蓬鬆的毛毛更配，「十九，借我戴一下！」羊十九就解了給她。翠蓮為了不顯小肚子，故意繫

得鬆了，結果喇叭花垂到了毛毛下面，翠蓮笑起來，「我那裡想吹喇叭哎！」羊十九也覺得好笑，故意說：「那裡是哪裡啊？」翠蓮說：「羞羞的地方。」

羊十九記得她老媽也這麼叫。她很小的時候，穿著開襠褲，一個人躺在床上玩腳趾頭。玩得正開心，她老媽走進來就說：「啊呀，羞羞！」因為羊十九蜷個身子，陰部朝天綻放。羊十九覺得這詞特逗，從牙縫中間吹這個疊音，咯咯地笑。相國夫人卻急著想找個東西把羊十九的羞羞遮起來，讓羞羞消失不見。她看到羊十九枕邊的奶嘴，拿來扣在羞羞上，羞羞就變成了小雞雞，相國夫人欣賞了下，覺得不錯，畢竟小雞雞怎麼朝天翹都不丟人，翹得越高以後官做得越大。不過羊十九兩腿一蹬，小雞雞就掉了。相國夫人又想用尿布把羞羞堵上，不過羊十九那時候已經不會尿床了，而且天氣很熱容易出痱子。相國夫人想了一下，改用一條薄透的絲巾。只是這絲巾大家都愛，來抱羊十九的姐姐今天抽去綁頭髮，明天抽去綁布娃娃的脖子。所以羊十九還在床上玩腳趾頭，羞羞朝天綻放，相國夫人只好裝沒看見。

這麼說來，這羞羞在羊十九看來，是一點不需要害臊的，反而是別人看來要難為情，所以長在羊十九身上的羞羞其實是別人的羞羞，這怎麼聽著都有點彆扭。羊十九就和翠蓮說：「我們給羞羞換個不害羞的名字吧？」翠蓮看一眼羊十九的羞羞，「你看你的羞羞都躲在毛毛後面，它不出來露個臉，我怎給它取名呢？」羊十九低頭看一眼自己的陰部，果然只能看見一小叢毛毛，鑲嵌在肚子和併攏的雙腿之間，像一個三角形的

茅草房，深陷在大山裡。羊十九跨開腿，她再往下一看，陰毛也往下一探，發現自己懸空了，正底下的大山不見了，像在三角形的茅草房裡早上醒來，推開窗一看，底下就是萬丈深淵。但不管這茅草房深陷在大山裡還是在懸崖上，它都大門緊閉，一副隱居勿擾的心態。

羊十九說：「我的羞羞不喜歡出來玩。」翠蓮說：「我的也是。」羊十九蹲下來拔根狗尾草，想去逗逗翠蓮的羞羞，逗它出來玩。正拔著，翠蓮叫一聲：「十九，你的羞羞門開了，探出一瓣肉肉！」翠蓮要看個仔細，就蹲下來。這回輪到羊十九叫一聲：「翠蓮，你的羞羞也開門了哎！」於是兩人就托著下巴，蹲在地上看彼此的羞羞。

翠蓮說：「你的羞羞長得真不怎地，像貓貓在舔毛，吐了一小截舌頭。你的羞羞就叫小貓舌吧！」被叫小貓舌以後，羊十九的羞羞忽然想舔點什麼，可是它又嘗不出什麼味道。想表演個呲舌、捲舌、翹舌，羊十九試了下緊一緊又鬆一鬆小貓舌，卻紋絲不動，不免有點沮喪：「這小貓舌一點用都沒，也不聽我指揮。」翠蓮在原地扭了扭屁股，又前翹後撅，果然小貓舌一點反應都沒。「這估計是撒尿用的。咱撒尿總不會往天上撒，也不會左澆澆右澆澆。小貓舌就鏽在一個方向了，懶得動了。」羊十九湊近一點，「翠蓮，你這不叫小貓舌，你的比我大，像吃個梨，啃到個大核了。而且比我紅，跟我上次看到兩瓣肥嘟嘟的花蕊一樣。那花蕊看著勁兒特別大，我都怕上面採蜜的小蜜蜂採著採著就被花蕊一圍吞到肚子裡去了。我用手去戳它，都怕花蕊咬我一口。你的羞羞就叫霸王花蕊吧！」

翠蓮一聽，覺得很神氣，「小貓舌你給我乖乖的，小心我咬你！」羊十九趕緊站起來「小貓舌把門關上，不和你玩了。」

羊十九這麼一站，小貓舌和霸王花蕊的互動就掐斷了。不過這並不著急，兩個光溜溜的女人像剛從地裡探出來的苗苗，還頂著一點土，新新鮮鮮的，好奇地看著對方的身體，也在對方的眼中看著自己的身體。她倆究竟能不能成為磨鏡黨，我現在還不好說，畢竟才發現彼此的小貓舌和霸王花蕊，並沒覺得特別好看。（為了鑒定這個判斷，我專門找了個鏡子照了照。這種事求不得人，要是找個女性朋友幫我評價下我的私處，她估計就瞄一眼，然後委婉地說，這裡好不好看有什麼要緊，關鍵是好不好用，自己摸起來舒服就好。要是找個男性朋友幫我評價下，他八成不敢說不好看，也許還會誇它一朵花，因為這樣我就不太好意思直截了當地說他們兩腿之間的東西醜得像鼻涕蟲。正因為我沒見過鼻涕蟲長得啥樣，所以這只是個比喻，表示醜得世上沒對手。沒朋友幫忙，我就自己照照鏡子，畢竟鏡子客觀一點，不會看到我的私處一驚一乍的。第一眼看，「嘢，就長這樣嗎？」看一會兒，「好吧，就這樣湊合吧！」至於現成的比喻，諸如生蠔或鮑魚，我倒是不能直接聯想。畢竟在兩腿之間夾這種打著摺子扭著身子的軟體動物覺得怪怪的，還不能蘸醬醋碟。）

她倆也不知道小貓舌和霸王花蕊有啥用，除了撒尿。也許隱約知道那裡能下個崽子什麼的，但看到眼前的實物以後，還是覺得下崽子的口子開在別處吧，這個也太小了。至於開在哪，她們就不關心了，估計要生的時候自動會在肚子上裂開個

口子，像個西瓜熟得透透的砰地沿著自己的瓜紋裂開一條。（在這方面，我肯定懂得多一點，至少初中生物課上會教人體解剖圖，學過陰道這個詞。但是也只是簡筆畫小人邊上一個箭頭標注陰道，至於它長得像下水道還是羊腸小道還是人行橫道，我反正是沒搞清楚。因為老師沒布置實操作業，比如找找你的陰道，找到算一百分，沒有此類的激勵，我也就懶得去搞清楚。不過即使老師忽然腦洞大開布置了這個作業，我估計也只能拿五十分，沒找到也不能算我零分，因為我知道大概在哪個位置。這真不好找，即使羊十九洗澡的時候，搓小貓舌碰到陰道口也不會想到叩個門，探進去看看啥情況。萬一細皮嫩肉的戳破了，漏尿了就不好了。至於搓小貓舌的癢酥酥麻酥酥，好像有時候會有這事，不過羊十九覺得這也沒什麼特別，她搓咯吱窩、腳底板也這樣，有時候搓兩下就把自己搓得嘿嘿笑起來。等下次想找樂子了，就又去這幾個地方撓撓。她管這些叫解悶穴。所以羊十九也是探索自己身體的，只是多在泡澡的時候，而不是上課讀課本。沒有一張人體解剖圖教給她一個科學的身體觀，吶，你長得和這副白骨一個樣，她的身體想像就更隨性、亂七八糟、更沒譜一點。）

三

翠蓮和羊十九開始赤條條地在這茂盛的雨林裡穿來穿去，托這吐著芯子死命曬的太陽的福，兩人都深了一個色度。一個白嫩嫩的現在暈了點微紅，一個橄欖色的現在暈了點微棕。因為翠蓮總是拿羊十九做標準來衡量自己的膚色，所以也沒覺得

自己黑了，就樂得隨便曬。雖然赤條條很涼快，又省去洗衣服的麻煩，但有一點不好，就是坐下來不舒服。一屁股坐在草地上，屁股就被小草麻扎扎地頂著，小草也是卯著個勁，剛才我站著吹風挺好的，憑什麼空降兩瓣肉球壓扁我？羊十九原本穿裙子、褲子的時候，隔著幾層布，坐在草地上沒覺得小草有脾氣，現在總覺得屁股底下嘁嘁地在醞釀一場顛覆行動。所以她得保持坐得四平八穩，要是動一下，那個移動部位的幾根草就騰地直起腰身，宣告主權了。再要把它們壓下去，就又得被麻扎扎地戳一通。

所以當羊十九和翠蓮都光溜溜地坐在草地上的時候，儘管上半身動個沒完，一下給自己扇風，扇一會兒，又說：「啊呀，翠蓮你熱不熱啊，我給你扇扇！」一下趕自己面前飛來飛去的小蟲子，趕一會兒又說：「啊呀，十九你別動，腦門上一隻花斑大蚊子，讓我來！」但下半身牢牢地吸著地，紋絲不動，絕不給一根草騰起來的機會。本來羊十九放屁的時候，屁股會稍微撅一撅，根據氣流方向，撅的方向也適當地調整，向左向右或向後。現在借不了體位的便利，只能靠自己再加點暗勁。於是羊十九的屁都實沉沉地侵入到草皮底下去了，並沒飄到空氣中嫋嫋不絕。但因為加多少暗勁不好控制，經常會沒羞沒臊地響。翠蓮就要斜羊十九一眼：「草皮子坐起來舒服點了吧？」「為甚麼？」「草被你震趴下唄！」其實剛好相反，羊十九的屁入土，和土裡的水一結合，倒成了氮肥。凡她喜歡坐的位置，那裡的草總能比周圍的高一截，好好的狗尾巴草長著長著又呼啦開出一朵花，蜜蜂都爭著來採，因為沒嘗過狗尾巴

133

花啥味道。這和旁邊凹進一個坑的草皮形成鮮明對比，那是翠蓮喜歡坐的，這就證明翠蓮比羊十九重很多。（翠蓮：「誰說的？這只能證明我屁眼緊，不像十九那樣隨便放屁！」）等夏天過完了，草地上放眼望去，都是這種芳草豐美和凹坑的組合，像長了癩子。要等一陣風過來，長一截的草吹拂過旁邊的凹坑，遮了這禿的一塊，整個草地看上去才勻稱了，才看起來舒服。

除了扎屁股的問題，還有私處的問題。一坐下，兩腿一跨開，小貓舌和霸王花蕊就自覺地半掩著門，往外探頭探腦，常常和門前搖擺的小草小花或是路過的甲殼蟲互動一下。小貓舌雖然不會自己伸出來舔花花，但花花會趁一陣風黏在小貓舌上。有時候是蒲公英，有時候是小雛菊，風吹來吹去，它們黏一下小貓舌又晃開去。小貓舌就黏上點蒲公英的白毛毛或者小雛菊的黃花瓣，羊十九覺得癢癢，低頭一看，「翠蓮，我的小貓舌又吃花花了！」要是甲殼蟲爬上來，羊十九一激靈（癢癢裡帶點麻），把甲殼蟲摳出來，放在指甲蓋上，「翠蓮，我的小貓舌像蜥蜴，還會吃小蟲子！」等有一次，一隻蚱蜢亂蹦亂跳地踩在了小貓舌上，那個毛刺腿勾得羊十九鑽心的痛。她惡狠狠地把蚱蜢捏在兩指頭中間，揪起來，「翠蓮，這死東西要吃我的小貓舌！我要把牠肢解了！」

翠蓮的霸王花蕊就沒這麼活潑，很少沾花惹草，因為翠蓮總是背對著風，先伸手探探風向，再一屁股坐下來。所以她的霸王花蕊也穩穩當當，在一個避風港。雖然也是半掩著門，但對外面的世界沒有好奇心，就像叉著手靠在門上發個呆，看

看羊十九演戲（要是它有嘴，還得一邊看，一邊嗑個瓜子，「呸」個瓜子殼）。

其實要解決坐下來的各種麻煩也不難，最方便就是把一大塊厚棉布攤在草地上，兩人在上面隨便滾隨便坐，再不用怕被草皮麻扎扎地戳。但是家裡沒這麼一塊布，以前搶過，但時不時撕一長條下來做塊抹布，搭個圍巾，縫個月經墊，現在剩的寬度都不夠坐翠蓮半個屁股（翠蓮：「那還是夠的，不信你量量。」），所以翠蓮和羊十九決定去搶匹布。

那天下午翠蓮和羊十九手拉手去路口搶一匹布。下坡路上，兩人蕩著手蹦著步子。翠蓮忽然停下來，說：「十九，我們忘了穿黑白無常流氓服了。」羊十九繼續蕩翠蓮的手，「怕啥，不扮黑白無常照樣搶東西。」翠蓮甩了羊十九的手，「我是說咱啥都沒穿！」羊十九這才想到翠蓮穿白色流氓服的時候，除了臉和手，其他部位都罩在衣服裡。這樣一想她就很熱。不過翠蓮覺得幹一行就得像一行，職業裝必不可少，光著身子去上班會讓人產生誤會，會覺得你不是去搶劫的，而是別的職業。（至於什麼職業是光著身子，翠蓮一時也說不上來。也許是要飯的吧？但乞丐的標配是衣衫襤褸，各種破洞拉絲補丁，外加很多口袋。光著身子要飯就沒兜兜裝。也許是妓女吧？但也沒見過哪個妓女光著膀子去召呼客人：「來呀來呀！」一來防止那些用眼睛揩油的看看飽，不參加付費項目；二來讓參加付費項目的少了一份自己動手寬衣解帶的參與感。所以其實妓女穿得比誰都多，光是肚兜就至少三件。不過那些穿了十件的也不見得生意比別人好，因為等裡裡外外脫完，時

間也差不多到點了，嫖客也沒搞清楚自己是來嫖的還是來剝筍的就被老鴇喊：「大官人，下次再來啊！」）

　　反正出於敬業考慮，翠蓮拽著羊十九回家穿衣服。等套在黑色夜行服裡面，羊十九就開始張大嘴喘氣。因為忽然穿衣服，皮膚一下沒適應，像被壞人捂了嘴巴，套了麻袋，窒息了。全身的換氣孔只剩鼻子嘴巴。羊十九一喘一頓地說：「翠—蓮—我—憋—死—了—」翠蓮就拿了一把剪刀，在羊十九的夜行服上剪了一條條的橫槓，羊十九就從原來漲紅臉的氣球，被人剪了氣嘴線，「噗」地排了氣，立馬不喘了。她低頭看看，覺得這些參差不齊的洞，挺洋氣的，很潮。「翠蓮，我也幫你剪剪。」於是在翠蓮的白色夜行服上剪了一條條的豎槓。這樣兩人站在一起，一陣風吹來，都是洞洞的夜行服，翻飛得像兩面從戰場上撿回來的破旗。裡面的身體呼之欲出，一個現著一豎槓一豎槓的白肉肉，一個現著一橫槓一橫槓的棕肉肉。站著看她倆看一會兒就頭暈，總感覺面前合成了一個又一個加號，逼你做算術。

四

　　站了半天沒個人影路過，翠蓮和羊十九就坐在路邊陰涼的地方休息。羊十九沒事就玩起了自己黑色夜行服的洞洞。她開始專心地撕一撕橫槓，給兩隔壁的橫槓牽個線搭個橋。「呲——」兩條小槓就變成了一條大槓。原來一條小槓裡乳頭若隱若現，像眯了一隻眼睛，現在變成一條大槓，這乳頭就忽然睜眼瞪著看人。羊十九覺得挺神氣地，在另一邊也撕通一條

大槓。這樣她的兩乳頭就一起瞪著看人。如果能配對眉毛的話，一定是劍眉，配張嘴巴的話，一定會說：「去去去，沒看過你大爺嘛！」羊十九轉身挺著胸對著翠蓮，翠蓮沒好氣地瞪回來：「二傻子！」

　　真巧，二傻子是我稱胸前兩點的名字。有時候照鏡子，特別是穿淺色衣服，感覺整個胸和肚子獨立成第二張臉，兩個乳頭透點棕色，就像兩眼球凸出，得了甲亢似的。我有件緊身速乾T恤，就在這兩眼球中間偏下，設計了一彎排汗小氣孔，我往鏡前一站，就看到凸眼咧嘴傻笑的小人在我肚皮上，然後我也跟著傻笑。所以每次我穿著那件T恤去健身房的時候，感覺像多帶了個二傻子，時不時有想和它說說話的衝動。比如我會拍拍肚子和它說：「哎，你進健身房都不用刷卡得啊？」或者「剛有個男人盯著你看，會不會對你有意思？」

　　有一次，和二傻子去健身房看到我學生，學生個子矮，剛到我脖子，眼睛平視剛好和二傻子大眼瞪小眼。我明顯感覺到它害羞了，果斷兩手叉起來幫它擋一下，借勢訓起學生來：「不好好念書，來健身房做啥子？」學生懵了一下，「報告老師，來健身。」我說：「小小年紀健什麼身？回教室去。」然後抱著手，繃著臉，大步走開。誰知現在的學生可沒從前的好嚇唬，還每天多一兩個，後來乾脆組團來健身，搞得我不敢大方地帶二傻子出來溜了。只好給它套上黑色T恤，瞎了它的眼，然後在鏡子前耐心地撫平它，讓它稍安勿躁，靜心休養，別凸頭凸腦的。有時候它有小脾氣，鬧小性子，我沒轍，只好操起海綿夾層的罩把它罩起來，限制它的活動空間，把它關小

黑屋，熱死它，不給它開排風扇。然後我就自己出去啦，假裝它沒跟來，恨不得逮個人就說：「你看我沒『點』哎，你呢？」

其實我心裡覺得挺對不住二傻子的，所以沒事的時候我經常給它放風。我也知道它很無辜，它也就這麼自然然長了，就像樹上的果子成熟了，總得有個凸點。比如我們買柳丁，據說要挑開眼的。有時候那眼開得賊大，凸出個好大一個瘤子，據說這種又甜又多汁。為什麼呢？因為它是母的。看來大自然中母的就愛凸點。至於母果子為啥比公果子好吃，我就不知道了。反正我是沒嘗出來，但每次就是要買有凸點的，大概是潛意識裡想安慰安慰二傻子吧，給它找個伴。可有時候找個母柳丁不太容易，把人家水果攤上的柳丁翻個遍，撂下一句：「媽的，都是公的！」又奔去隔壁水果店翻。這幾家被我翻過的水果店的柳丁總是比其他店提前一禮拜爛掉，老闆都不待見我了。後來我再去買柳丁，柳丁堆裡插的紙板牌子寫的不再是「三塊一斤」，而是「我是公的！」。

最近我看到溫情漫畫奧特曼與小怪獸，就覺得小怪獸那一排愣著的眼睛怪親切的，那不是一排二傻子嘛！所以我決定給我的二傻子更名為小怪獸，比二傻子洋氣很多。這也證明了我對它的更多期許。它除了凸頭凸腦地傻樂，還應該學會睞個眼睛打量人，瞪個眼睛嚇唬人，斜個眼睛嫌棄人，瞟個眼睛勾引人。小怪獸大致知道看主子的眼色行事，當然了，總有看走眼的時候。比如上次我在健身房偶遇學生的時候，我明明是斜個眼裝作嫌棄他的樣子，我的小怪獸卻瞟個眼勾引人家，幸虧我

擋得快。

話說翠蓮和羊十九左等右等車馬不來，就背靠背打了個盹。正睡得香，羊十九的腳被什麼砸中，掙扎著醒來發現腳邊兩串銅錢，旁邊轎子裡的女人一撩布簾子：「拿去扯塊布做兩身衣服吧，破成這樣，可憐見地的！」然後布簾子一合。翠蓮和羊十九還睡眼惺忪，木愣愣地盯著這塊跟著轎子上上下下抖動的布簾子。「翠蓮，這麼一大塊布！」「是哇，還厚厚的很有質感哎！」本來她倆是帶了搶布的傢伙，羊十九背了她的小弓箭，翠蓮拿著她的長鞭。（在這個故事線裡，她倆可以有各種武器，除了寶劍。雖然她倆可以拿著劍進入不同的故事，但很容易因為砍殺了同一隻烏鴉或麻雀，忽然跌落回上一章故事的時間軸，又開始每天吃烏鴉、麻雀和天牛的日子。）

本來翠蓮和羊十九想得很簡單，先由羊十九一箭射中領隊的帽子，沒帽子的射頭巾，沒頭巾的就擦著頭皮射過去插在髮髻上，趁著大家愣在原地仰望這支箭的時候，翠蓮一鞭子過去，在一匹布上繞饒三圈，用力一收，兩人抱起布就撤。那時候大家還圍在領隊的身邊幫他拔箭，還頭湊頭地在念箭尾上的字。（羊十九每支箭的箭尾都寫字，有的是「來打我啊」，有的是「我是你爹」，有的乾脆署名「我叫羊十九」，生怕別人找不到人報復。）這支箭寫的是「瞅啥呢」，大家瞅完嘰嘰喳喳地表示很生氣。

不過現實是翠蓮和羊十九坐在路邊，一動沒動，托著下巴看著轎子上晃來晃去的破簾子，不知如何下手。顯然鞭子和弓箭都對它無能為力。比較可行的就是逼停這轎子，上前一把扯

下布簾子，然後對轎子裡大驚失色的女主人道個歉，「啊呀，不好意思，認錯人了！」捲起布簾子走人。女主人驚魂未定，要等羊十九翠蓮團夥消失有一會兒了，才發現坐轎子的視野開闊起來了，前面有什麼山有什麼路看得一清二楚。呼吸更順暢了，並且時不時來一陣涼風，打個噴嚏什麼的。不過當她翹起個二郎腿，開始摳鼻屎的時候，忽然覺得自己這個轎子的空間沒那麼私密了。似乎不大好意思張牙舞爪地摳那坨和鼻毛黏得死牢的乾鼻屎（她摳著摳著，慢慢地輕柔起來，優雅起來，翹起了蘭花指）；也不大好意思揉搓著不規則的濕鼻屎捏成一個小球，再pia的一彈。隨著轎子的一顛一顛，她似乎看見兩邊抬轎人竄上竄下的小半個後腦勺。她這才發現，「我去，簾子呢？」

　　不過以上情境也只是我的設想而已。事實上，翠蓮和羊十九並沒有拽下簾子跑回家，那簾子還在轎子上一顛一顛的。事情是這樣的，翠蓮對羊十九說：「我們拿了那個大姐的銅錢哎，再去搶人家的簾子不大好意思吧？」羊十九說：「我也覺得，要不然我們用她的錢去買她的布？」於是兩人一黑一白地出現在轎子左右的兩個窗口邊，同時叫一聲大姐。女主人眼睛不知該看哪位，只好往前看，用餘光同時瞄定左右兩位。「我們想扯你的簾子做衣服！」兩人一人一串銅錢遞上去。「小妹妹，門簾是粗布，穿身上磨皮膚，再說不夠做件衣服。」翠蓮沒好意思說墊霸王花蕊，就說：「那我拿來擦腳！」羊十九覺得大姐聽不懂「小貓舌」，就說：「我拿來擦屁股！」女主人也不往前看了，先轉左瞪翠蓮，再轉右瞪羊十九，說：「神經

病！」吆喝起轎就顛走了，顛著翠蓮的擦腳布和羊十九的擦屁股布。

五

　　沒有找到厚棉布墊屁股底下也沒關係，總可以用別的代替，只要功能相近就行了。翠蓮在林子逛一圈，就找到芭蕉葉、美人蕉葉和箬葉等各種寬大光滑的綠葉子，她統一叫做「霸王花蕊墊」。她在腰間繫了一根線，穿過一張美人蕉葉，葉子掛在身後，走起路來，葉子一下一下地拍著屁股。「十九，你看我後面的綠尾巴！」等翠蓮停下來，把綠尾巴扯到襠下，這就叫夾著尾巴，但她不逃跑，她原地坐下來，霸王花蕊舔著滑溜溜的美人蕉葉，蔭涼蔭涼的，像吃一顆清涼薄荷糖。羊十九看著翠蓮很羨慕，也去摘了一張芭蕉葉。為了比翠蓮的看著高級一點，她把芭蕉葉捲了起來，放在大石頭下壓了一會兒，等她把芭蕉葉繫線上掛在屁股後面的時候，葉子是捲著的。她一走動，捲著的葉子就打開一截，她一停，打開的一截又重新捲回去，這樣一開一合像個彈簧舌，伸伸縮縮很活潑，不停地做鬼臉。這樣一比，翠蓮的霸王花蕊墊就很呆板，沒精打采的，像吊死鬼的舌頭，長長地伸在外面。翠蓮不服氣，轉身用自己的綠尾巴去刮蹭羊十九的，不讓它上躥下跳。刮蹭了幾下，直接用手去拽，「哎喲，十九你等我一下嘛！」順手把捲毛拉拉直。不過她很快就發現不用這麼費勁，只要等羊十九坐一會兒起身，這芭蕉葉墊就自然平整了。羊十九的小貓舌是個天然熨斗。所以羊十九剛捲完小貓舌墊，套在腰間，

翠蓮就拉著羊十九坐下，「十九，來，坐，俺和你說個事。」
或者「十九，來，坐下一起嗑瓜子！」

　　等兩人站起身，並排走的時候，就都拖著長長的綠尾巴。
有時候來一陣亂風，這兩條綠尾巴就開始眉來眼去，勾勾搭
搭，相互碰一碰，貼一貼，時不時地交纏一下。當風往左吹，
兩條綠尾巴就一起向左翻飛，羊十九的尾巴就蓋到了翠蓮屁
股上，翠蓮摸一摸屁股，「十九，你丫尾巴別亂甩好吧！」羊
十九就去把尾巴扯回來。當風往右吹，兩條綠尾巴就向右翻
飛，羊十九的尾巴飛到半空中，翠蓮的尾巴就蓋到了羊十九的
屁股上。羊十九覺得癢癢，看也沒看就伸手去後面撓，撓完
說：「啊呀，翠蓮，我的尾巴掉了！」轉身一看，發現掉的是
翠蓮的，連忙說：「不好意思哎，翠蓮！要不我的尾巴先借你
用？」

　　寫到這裡，我發現我把翠蓮和羊十九寫成了一對小恐龍，
拖著長長的尾巴在汴梁城郊的山頭上晃來晃去。這大概是因為
我床頭坐著個綠色的小恐龍公仔，滴溜著一雙眼睛，翹著個大
尾巴。我一寫不出來就抱它起來，捏一捏、摁一摁，或者用牙
嗑一嗑，咬一咬，總能靈光一現，奮筆疾書個幾行。於是，潛
移默化的，腦子裡的翠蓮和羊十九有時會和小恐龍產生疊影，
齜著牙對我笑。明明是兩人拿著剪刀到野地上去剪點馬蘭頭，
我就寫成了兩隻叫翠蓮和羊十九的小恐龍伸著脖子去搆銀蕨，
銀蕨樹太高，小恐龍脖子短了一截，於是叫翠蓮的小恐龍就踩
在叫羊十九的小恐龍背上，大嚼了起來。她牙齒間距太大，小
葉子的銀蕨就漏下來，叫羊十九的小恐龍在下面也大嚼了起

來。本來寫的是兩人去採花，掛在腰間的細繩上做裝飾，結果寫成了兩隻小恐龍餓了去吃花花。叫翠蓮的小恐龍專門吃黃色的花花，連吃了幾天，她就變成了黃恐龍。叫羊十九的小恐龍專門吃紅色的花花，連吃了幾天，她就變成了紅恐龍。後來她倆決定不挑食了，各種顏色都吃點，就慢慢變成了印象派的那種彩色的斑點。叫羊十九的小恐龍經常要去摸摸叫翠蓮的小恐龍，怕她是顏料畫的，斑斑駁駁的，一晃眼就像波紋一樣散開了。摸完以後她還要看看自己的爪心，怕黏了點顏料下來。下雨天要給叫翠蓮的小恐龍打把荷葉傘，怕她淋雨褪色就不好看了。

　　這樣看來，叫羊十九的小恐龍對叫翠蓮的小恐龍很是著迷。兩隻小恐龍之間的友誼開始有點小曖昧。可是小恐龍皮太厚太糙，不會嬌羞地紅起小臉蛋。叫羊十九的小恐龍只會抬起自己的小爪子踩踩翠蓮的爪子，用腳趾頭在她的腳背上刨一刨，然後歡快地搖尾巴。要是叫翠蓮的小恐龍沒啥反應，還在想著吃個啥顏色的花花讓自己更好看一點，叫羊十九的小恐龍就不樂意了，就用額頭去頂翠蓮的額頭，假裝自己是隻角龍。叫翠蓮的小恐龍一被頂，就扔掉花花，鐵著額頭，拽著叫羊十九的脖子，憋著勁頂回來，喉間還咕嚕咕嚕地發出自帶回音的低吼。

　　等兩隻小恐龍頂了一會兒，叫羊十九的小恐龍覺得頭上的角要折了，就軟下來，要求暫停。她倆捂著各自的腦門，「啊啊」地散了一會兒疼痛，然後瞧見彼此額頭正中兩大塊凹下去的灰斑，在五彩繽紛的皮膚上格外顯眼，八成是剛剛用勁太猛

了。叫羊十九的小恐龍覺得翠蓮的灰斑太難看，就去找了幾朵不同色的花花嚼嚼，嚼得舌頭像個調色盤，溢出點紅的綠的在嘴邊，像偷吃了五顏六色的蛋糕。然後她伸出長舌頭在叫翠蓮的小恐龍額前舔來舔去，像一把刷子在刷牆。叫翠蓮的小恐龍翻著眼看上面的舌頭，黏稠稠的一來，她就閉一下眼。來來回回幾次後，叫翠蓮的小恐龍額前又恢復了五顏六色，只是看著和周圍皮膚還有區別，大概是因為口水太多，新刷的總掛了點花汁在流動。叫翠蓮的小恐龍感覺不是左邊臉有東西爬下來癢癢，就是右邊臉哭了。

　　不過她不怪叫羊十九的小恐龍，她也滿喜歡她的。她也想把她額頭上的灰斑填填滿，又懶得去嚼各種花，就說：「十九，你舌頭伸一下唄！」叫羊十九的小恐龍乖乖伸出舌頭，像等醫生用小木棒撬舌頭看扁桃體。結果叫翠蓮的小恐龍伸出舌頭去羊十九舌頭上下左右地舔了個遍，刮完顏色去刷她的額頭。刷了一會兒，她說：「十九，你別抖個沒完，我顏色都刷不上了。」只見叫羊十九的小恐龍在打冷顫，上下牙齒咯咯噔噔的，尾巴尖尖像個失控的指南針，上下左右地亂指，嘴裡還吭哧吭哧地喘著氣。等她被叫翠蓮的小恐龍按住，慢慢平靜下來，她瞇著眼，仰起頭，張大嘴巴：「翠蓮，還要舔舔！」

　　叫羊十九的小恐龍忽然講出這沒羞沒臊的話嚇我一跳，果然小恐龍腦子比較簡單，溝通起來比較直接。要是退回到人模人樣的翠蓮和羊十九，當羊十九說「翠蓮，還要舔舔」，準是翠蓮用麥芽做了糖，戳了根小棍子，成了棒棒糖。她怕羊十九

多吃牙痛，就把棒棒糖鎖在一個鐵盒子裡，每天分給她兩根的配額。羊十九總是惦記她的配額，早上一睜眼就去刷牙，管翠蓮要到了她的棒棒糖，再銜在嘴裡去拉屎拉尿洗臉餵雞。小雞沒見過世面，看見她嘴裡叼著一根木棍似的東西，半截對著自己，就歪著個頭去啄它，不知道好不好吃。等羊十九自己的舔完了，就看著翠蓮吃，還說：「翠蓮，還要舔舔！」她是想舔翠蓮的，她自己的另一根配額要留到睡前吃。

兩人一起舔一根棒棒糖，就容易舔到一起去。起先是不容易的，因為棒棒糖又大又厚，一人舔一邊，各有各的地盤。後來棒棒糖越舔越小了，越舔越薄了，就有時候舌周圍黏到一下，口水拉一根絲，又分開了。「翠蓮，你黏我！」「是你黏我的好嘛！」當棒棒糖中間舔得有點透明的時候（大家都喜歡舔中間），翠蓮和羊十九同時下嘴，就能感覺到棒棒糖另一面滲透過來的對方舌尖刮蹭的力量。「十九，你再舔，棒棒糖要破了！」「讓我再舔一口嘛！」當羊十九成功舔破棒棒糖，舌尖從中間圓洞鑽到翠蓮這邊的時候，她就「嘿嘿」地得意地笑，只要翠蓮放掉棍棍，剩下的甜甜圈棒棒糖都歸她了。

可是翠蓮不放手。這樣看起來像是翠蓮拿個圈圈套住了羊十九的舌頭。「你舌頭好吃嗎？」說著像舔棒棒糖一樣去舔羊十九的舌尖。羊十九腦子嗡的一聲，舌頭卡住了，卡在棒棒糖中間，忘了要縮回來。翠蓮舔完羊十九又繞她舌頭舔了一圈棒棒糖，「你舌頭沒棒棒糖甜哎！」說著張嘴嘎嘣咬碎了剩下的棒棒糖，拌著糖碎碎一起輕輕嚼著。羊十九也從翠蓮舌頭上吮點糖碎碎到自己嘴裡嚼嚼。如果當場有第三個人在，比如羊二

在，就會判斷翠蓮和羊十九在親親。但又時不時聽到她倆嘴裡嘎嗞嘎嗞的聲音，怕是她倆第一次親親沒經驗，用力過猛（兩個人都漲紅著臉，鼻子嘶啦啦的，呼吸有點急促），咬碎了嘴裡不該咬碎的東西。牙齒？舌頭？讓人慌兮兮的。

嘎嗞聲停了一會兒，羊十九說：「翠蓮，我好熱啊！」翠蓮把手當扇，「我也熱死了！」羊十九拿起翠蓮另一隻手玩了下指甲，「你嘴唇好軟啊，像塊蒸糕。」說著摁了下翠蓮大拇指上的小肉墊，像在測試翠蓮嘴唇的彈性，好像翠蓮全身上下都長滿了嘴唇。翠蓮笑笑地說：「你的舌頭糯糯的，黏黏的，像塊麻糍哎！」然後翻過來扣住羊十九的手指捏捏，測試下糯不糯，好像羊十九全身上下長滿了舌頭。羊十九說：「翠蓮，我喜歡和你親親，你比糖還好吃！」翠蓮小臉一紅，說：「十九，你還想不想再親一下？」這次沒有嘎嗞嘎嗞的糖碎碎，羊二托著下巴看翠蓮和羊十九抱在一起親親，吮吸著彼此的舌頭，像在太陽底下吮吸著冰棍，急切切的，生怕慢一口底下就化了滴到手上（當然了，滴到手上也要吮吸上來）。

羊二看了一會兒，覺得小朋友就這樣，猴急猴急的，一腔激情。她歪著腦袋看著，突然想吃冰棒。小時候最喜歡吃橘子味的金三角、巧克力脆殼的紫雪糕，還有牛奶味的娃娃雪糕（這個最容易化，剝開是根笑臉，吮幾次就腫了眼睛歪了嘴巴，哼哼唧唧了）。不知道翠蓮和羊十九各自吮吸的是什麼味的？羊二覺得老盯著翠蓮和羊十九親親不是很好，就從口袋裡掏出個小彈珠，在桌子上滾來滾去，玻璃彈珠壓過粗糙的木紋，從左到右「咕嚕嚕──」。羊二右手一攔，「咕嚕嚕」就

停了，然後就聽見兩小朋友喘息的聲音、吮吸的聲音、砸吧嘴的聲音。羊二又開始「咕嚕嚕——」從右到左，左手一攔，又是一波親親的聲音。這都不知道是吃了幾根冰棍了，還在那砸吧砸吧的。小朋友就是這樣的，要是媽媽不在家，可以一天吃完一箱冰棍。吃得嗖嗖地冒冷氣，脖子僵得連媽媽回來了都轉不過去打招呼，開個自來水洗手「哇」的被燙到。把自己吃成了一根雪糕。

不過貪吃冰棍冒冷氣也只是沒冰棍吃的羊二說的風涼話，事實上翠蓮和羊十九親得熱火朝天，兩人頭上各自升騰著兩叢蒸汽。兩叢蒸汽慢慢地匯成一朵雲，一會兒下了點雨。翠蓮前額的汗珠掉到睫毛上，羊十九看見了，就從翠蓮的嘴唇挪到她眼睛上，舔掉了汗珠，像舔掉了一滴眼淚，都是鹹的。「啊呀，翠蓮不哭不哭！」羊十九前額的汗珠直接掉到鼻孔，翠蓮想沒想就伸舌頭接住，不過她立馬就後悔了，「十九，你這流的不是鼻涕吧？」羊十九連忙用嘴把翠蓮的嘴封住，咯咯笑著輕咬她的舌尖。

羊十九覺得親親這件事真是美妙，怎麼沒有早點發現。她抱著翠蓮，兩對乳房緊緊地貼著，她揉一揉身子，貼得更緊一點，就想把自己這塊麵團揉到翠蓮身體裡，揉不到一整塊至少也要掛住，就像麻花中的一根掛住另一根，難解難分。羊十九和翠蓮嘴對嘴，就覺得兩人接通了，自己肚子裡冒個泡就會咕嚕嚕地通過嘴嘴搭的小橋跑到翠蓮肚子裡去，然後兩人一起冒泡。這種同步的感覺真好，羊十九說：「翠蓮，我好喜歡你！」翠蓮說：「十九，我也好喜歡你！」羊十九說：「我要

我們做一輩子的好朋友！」翠蓮說：「好的啦，你個傻瓜！」
然後羊十九就滿足地墜入黑暗（她喜歡閉著眼睛親親）。她含
著翠蓮的舌頭就像含著整個翠蓮，所以一會兒是翠蓮在羊十九
嘴裡，一會兒是羊十九在翠蓮嘴裡，兩人都在潮濕的黑暗裡被
舔得濕漉漉的，像剛出生毛還沒乾的小狗狗。等兩人睜開眼睛
看著彼此，羊十九看到自己在翠蓮的瞳孔裡發呆，翠蓮也看到
自己在羊十九的瞳孔裡往外看，兩人都捨不得閉眼了。她倆在
底下親親，她倆的小人在上頭親親。看得久了，小人也看糊
了，就閉起眼睛想像著她倆的小魂坐在頭頂親親。

　　等砸吧砸吧的親親聲加進來間歇的肚子餓得嘰嘰咕咕的聲
音，兩人笑得咬不住舌頭了，只好停了。翠蓮摸摸嘴唇：「都
怪你十九！我嘴巴都腫了！」羊十九趕緊上去嘟起嘴給翠蓮吹
吹，像吹涼一碗麵，但發現吹出來的氣絲絲的，不順暢，被堵
住似的，然後一摸自己嘴唇，「翠蓮，我嘴巴也腫了！」於是
兩人腫著個嘴唇，像相互鬥氣嘟嘴，去山下井裡汲了一桶水，
頭湊頭地把嘴唇浸到涼水裡，消消腫。一邊浸，一邊吐幾圈泡
泡，像兩條大嘴巴金魚。她倆的嘴唇燙得很，浸了一會兒，這
一桶涼水就溫熱了（夏天在水池裡涼粥也是這樣），又得從深
井裡汲一桶涼水上來，繼續浸。

六

　　自從第一次親親以後，羊十九就愛上了她和翠蓮之間的
這個小遊戲。她時不時地就捏捏翠蓮的手，眼睛笑得瞇成一條
線，拽著翠蓮的胳膊左右晃，「翠蓮，要嚼糖糖！」羊十九管

親親叫嚼糖糖，因為親親和嚼糖糖的效果差不多，有嚼頭，嚼完心裡甜滋滋的。每天早上醒來，羊十九眼睛沒睜就叫一聲「翠蓮」，翠蓮要是「哎」一聲，她就在床上來回滾兩圈，「要嚼糖糖！」要是沒哎的話（去樹林裡採芭蕉葉去了，去掏雞蛋了，或者坐在馬桶上使著勁嗯嗯，叫不出來），羊十九就再瞇一會兒。

晚上睡前，羊十九就湊到翠蓮那邊，用腦袋蹭蹭翠蓮的脖子，「要嚼糖糖！」翠蓮就摟過羊十九，兩人嚼一會兒。羊十九就睡得很開心，有時候半夜做了個夢，咯咯地把自己笑醒，聽著身邊熟睡的翠蓮在磨牙，就一手撐起半邊身子，借著銀色的月光，用手輕輕地摸一摸翠蓮綻放的眉毛（我睡覺有時候眉頭緊鎖，起來眉心一條豎紋。而翠蓮相反，睡覺時眉毛比白天散得開，像兩縷雲煙一東一西地飄，或者兩艘烏篷船一南一北地搖。這樣的話，翠蓮早上起來也許要找下昨晚跑走的眉毛，可能在頭髮裡，可能在耳朵後面，把它們拽回來舖舖好），摸摸翠蓮的睫毛，讓它們往上翹。翹在鼻孔外面一抖一抖的鼻毛，還有嘴唇四周沒長成鬍子的嘴毛，在月光下銀亮亮地豎著。「毛茸茸的翠蓮」，羊十九俯下身親了一下翠蓮，傻笑一會兒，貼著翠蓮的脖子窩睡去。翠蓮也不磨牙了。第二天起來和羊十九說昨晚夢裡有人扔軟糖到她嘴裡，嚼都不用嚼，入口即化，真省心。

除了睡前醒來要嚼糖糖，翠蓮和羊十九能在任何場合嚼糖糖。因為天氣熱，她倆養的幾隻羊咩咩都臉漲得通紅，兩隻羊角都「嘭」地開了蓋子「咻咻」地冒著蒸汽，像燒滾水的

茶壺。羊十九就去剃羊毛。剃了一半，翠蓮過來嚼糖糖，羊十九一扭頭，一嚼，拿剃刀的手一抖，小羊就「咩——」地大叫一聲跑了。翠蓮覺得奇怪，「羊咩咩這麼容易害羞的嗎？」等小羊跑了一圈回來，才發現背上剃了一半的毛那裡血淋淋的一道口子。

翠蓮在給兩隻鵝拌糠飯，拌了一半，羊十九過來嚼糖糖。翠蓮嫌手髒，懸空翹在身體兩邊，嘴巴湊上去親親。兩隻鵝看呆了，也撩起翅膀，學著兩主子的樣子，你啄我一口，我啄你一口。牠們也覺得這個新遊戲挺好玩的，不過因為牠們不會伸舌頭（我反正沒見過，即使曲項向天歌的時候，也沒見過哪個得意地把舌頭捲進捲出的），這個遊戲非但沒產生愛情，反而徒增了敵意。你啄我一口重了，我還你一口更重，你來我往幾次就打起來了，開始呼翅膀踢腳丫了。當然即使牠們有靈活伸縮打捲的舌頭，也很可能會打起來。一隻鵝咬住另一隻的舌尖，向後仰仰頭，把舌頭扯得又長又薄，再突然鬆口，對方的舌頭就像捲尺一樣「倏」地彈回去了，縮成了舌根那麼一小坨，得自己拉一拉，才能歸回原位。

我就想說，舌戲多種多樣，翠蓮和羊十九那種愛情的舌戲並不那麼容易玩得起來。玩家得先產生叫愛情的一種情感，不然親親的時候總有點三心二意：他／她晚上吃醃菜了嗎？酸酸鹹鹹的。醃菜加辣椒了吧？牙齒裡吮出個辣椒籽，我都成他／她的牙籤了。所以缺少愛情化學反應的親親少點樂趣，有時候像在相互剔牙，有時候像在做口腔清潔，口水是清潔劑，舌頭是抹布。如果說女孩子和女孩子約會，三個月了還停留在談

論你家的狗狗我家的貓貓，培養感情，而男同志已經換了幾任炮友，這不能說女人性解放不夠，而只是女人更貪心，需要更深層次的愉悅。抹布再多，抹幾次都只是保潔的活，洗潔精再香，抹不出棒棒糖的味道。

翠蓮和羊十九去攔車隊打劫的時候，也時不時嚼個糖糖。羊十九把刀架在男人的腦袋上，翠蓮在挑貨。「哇，十九，這裡有幾盒胭脂哎！」翠蓮開心地打開口脂，雙唇在上面刮了幾下，然後跑到羊十九這兒嚼糖糖。這男人看呆了，正想問你們兩個女人在光天化日之下幹的這叫啥子，忽然把話咽肚子裡，因爲他看到翠蓮和羊十九親完，本來一張臉一張嘴巴，現在每張臉上都張著閉著一排嘴唇。嘴唇都帶著點毛邊，糊著點鮮血。在那天的通紅的夕陽下，每個嘴唇都像咬了自己的舌頭一樣淒厲（這口脂八成是杜鵑做的，有一種日夜哀鳴、枝頭泣血的悲壯）。

男人心頭一緊，覺得自己的身體從上到下開了幾個口子，被幾張嘴唇呲溜呲溜地吸著血。後來男人下山後逢人就說：「我那天在那山上碰到兩個女吸血鬼，不僅吸我的血，還相互吸。吸到變成兩隻鯿魚一樣扁平，被一陣大風刮跑了，我這才撿了條小命連滾帶爬地逃出來。」男人就是這樣的，喜歡胡思亂想。一會兒把女人想成小金魚，隔著玻璃缸看一看，餵一餵，高興了撈起來看牠撲騰兩下；一會兒把女人想成一個氣球，輕飄飄的空洞洞的，沒什麼腦子；一會兒又把女人想成一雙惡狠狠的高跟鞋，要一腳踩爛自己的小雞雞。其實女人自己玩得好好的，根本沒想進入男人的想像。翠蓮也不知道自己變

成了吸血鬼，對著男人齜牙笑，周圍的嘴唇都顛顛倒倒大大小小地笑起來。羊十九說：「啊呀，這麼多嘴唇都要嚼糖糖，嚼都嚼不過來啦！」說著伸出紅舌頭挨個把翠蓮臉上的唇印舔了個遍，然後砸吧砸吧嘴巴，對男人說：「哇，你做的口脂真好吃！加了點啥料？」男人也不知道，「我媳婦做的。」（我覺得好吃的話可能是加了櫻桃吧！一到櫻桃上市的時候，一顆顆甜甜的深紅好吃得停不下來。吃完後留點果汁在嘴唇上，一來看起來氣色好得很，二來隨時舔舔，甜一下嘴。）

翠蓮和羊十九挑了一些香粉、眉粉、胭脂、口脂、蔻丹，和男人說：「幫咱謝謝你家媳婦哈！」就像抱著一堆小玩具跑回山上去了。翠蓮和羊十九覺得很新鮮，是因為她倆都沒怎麼用過粉啊、脂啊這些。羊十九剛開始當流氓的時候，還經常掏出個炭筆在眉心點一下，把兩截眉毛連一連，表示我很凶的！後來這一下也懶得點了，凶不凶，老娘都要你的東西！你就借我用一下好不好嘛！就是我不嚇你，我就賴你一下。雖然她沒怎麼用過脂粉，卻是在脂粉堆裡長大的。她姊姊都是早上起床化一個精緻的妝容，羊十九仗著自己最小，一會兒蹭蹭大姊的臉，蹭點珍珠粉下來，偷吃一兩口口脂，刮點小姊姊的丹蔻。到晚上姊姊的妝掉得差不多的時候，羊十九臉上倒是上了各色的妝。

這樣說來，古代的妝就是比較浮，根本用不著卸妝水。碰到大風天下雨天，要是姑娘一捂臉「啊呀——」，不是裙子飛起來了，褲衩露出來了，而是臉上的妝吹沒了，淋沒了，又得重新化過，麻煩得很。所以姑娘家都不喜歡在大風天下雨天

出門，不得已要出門見人的，要麼把脂脂粉粉揣兜兜裡，快到別人家門口前一百米，讓丫鬟支個小鏡子，臨時在弄堂裡化一個。或者戴個密密的竹絲做的網罩，叫「護妝罩」，像現在擊劍運動中的那種，擋風擋雨。走到別人家的時候，把網罩一摘，就像掀起紗布，底下一籠熱氣騰騰的大包子。早上化的妝還是新新鮮鮮的，就是網罩兜久了，積了點熱氣，散一散就好了。雖然說越細越密的護妝罩效果越好，但它不方便看清路。戴護妝罩走路的體驗很特別，整個世界都被竹篾條橫橫豎豎地切割了，像一個多重目標的狙擊面，移動一下腦袋就重新瞄準，就差喊一聲：喂，前面的不許動！當然看得清的世界在竹篾條之間的格子裡，被竹篾條擋住的就看不見了。如果迎面走來的人剛好和一根竹篾條一樣粗細，也就是說剛好被擋住了，姑娘就大大方方地撞上去。所以行走的護妝罩有點像現在街上橫衝直撞的電瓶車，大家都躲得遠遠的。

　　翠蓮也沒怎用過霜兒、粉兒的。她老媽倒是天天擦，雖然粉都不一定有她白，所以擦粉對她來說更是一種戒不掉的習慣，就像每天必須吃三頓飯拉一坨屎。有天小翠蓮跑進老媽的房間要抱抱，她老媽就舉起她放在自己大腿上，繼續抹粉。粉屑飄飄蕩蕩地落在小翠蓮的頭上，像黏了一頭的頭皮屑。小翠蓮扭來扭去抓粉屑玩，她老媽就順手給她小臉上用粉撲撲了幾下，小翠蓮覺得臉上有異常，伸長脖子想要看鏡子裡的自己，卻怎麼也搆不到，就只能望著她老媽的一張白臉盤踞在鏡子裡。她一生氣就哇地哭了，淚水蘸蘸香粉就像米湯到處流。

　　這裡要解釋一下，香粉米湯是宋朝女人常有的尷尬。掛

了點香粉米湯的女人要麼是哈欠打個沒完，要麼就是哭了。哭了的話，米湯一道道地流，哭完用手蘸點眼淚鼻涕，左眼右眼搓一搓，左臉右臉刮一刮，也就勻稱了，也沒一道一道的印子，當然妝也泡湯了。打了哈欠的就沒這麼乾脆，眼角泛了點淚光，眼周抹了香粉的就泛點香粉米湯，米湯乾了就析出鹽漬堆在眼周，太陽一照還帶點晶瑩，像被蚯蚓爬了一圈留下的鼻涕乾。打完哈欠的一般都懶懶的，發點愣，想不到要去眼角抹抹，打完一天的哈欠，鼻涕乾就累積了一副白色眼鏡框。雖然宋朝已經有眼鏡這種東西，不過那時候還只是老花鏡，用手拿著，而不是架鼻子上。即使不管這種叫眼鏡，但和戴眼鏡的叫法還是一樣的，頂著米湯圈圈的姑娘還是被叫做「四隻眼」。

為了不被叫「四隻眼」，姑娘們儘量在化妝之前把一整天的哈欠打完。每個人先數數自己大概每天打多少個哈欠，取個平均值，設置為自己的哈欠指標。早上起來後打完這個指標，再開始梳妝打扮。沒湊夠數的，就故意張大嘴，半推半就地打幾個。因為打哈欠都集中在早上，每家每戶又都有化妝的女人，所以汴梁城街坊里弄早上都是「啊哈——」、「啊哈——」的哈欠聲，此起彼伏。像清晨那一波公雞打鳴，這家喔喔完對門接著喔，一會兒隔了幾條街的又來遙相呼應。因為打完一天都不準打了，大家都很珍惜每個哈欠，每個都打得足足的，眼睛一閉，嘴巴一張，不管不顧的吸一大口氣，「啊哈」一聲，慢慢地吐出來，拖一個長長的尾音。（有些人的尾音是哎——，有些人的尾音是哎呦喂——，音階還時高時低，像唱戲似的。）冬天的時候，每個哈欠都升騰著一團熱氣，里

弄就被暖煙籠罩了，早上走在街坊裡就很暖和。沒經驗的報曉人就容易被迷惑，一邊敲著梆子一邊喊著「晨起有霧，天氣回暖」，信以為真的人就穿少了衣服，等出了街坊去上班的路上就凍得牙齒咯咯地響，「回暖你個屁，老子感冒找你算帳！」

當然，打哈欠這種事雖然經過訓練，也不可能完美控制。有時候早上把一天的哈欠指標都用完了，但化完妝後又想零散地打幾個。這時能憋的就憋一憋，比如咬一咬嘴唇，噘一噘嘴巴，把它嘩啦開出一朵花的衝動給壓一壓。或者趕緊找一找窗外的太陽，對著刺眼的陽光看兩眼，打兩個噴嚏，把哈欠的那團氣換個方式給排一排。要是憋也不行，排也不行，還可以去店裡買一種叫「哈欠嚼嚼光」的糖，樹脂做的，味道不怎地，像樹葉，但可以嚼上一天，讓嘴巴一直有事做，不會閒下來想打個哈欠解解悶。不過因為成天嚼樹脂糖，汴梁城的女人咬肌就日漸發達，慢慢地臉型就發生了改變，從原來的瓜子臉變成了國字臉，嗓門也粗了，因為咬字咬得更有力了。汴梁的男人就覺得納悶了，本來老婆為了保持美麗的妝容管住自己的哈欠，多麼守婦德的事，怎麼反而越來越醜了，越來越男人了？（當然，男人問這話的意思不是自我檢討男人是醜的，而是女人像男人就醜了。比如男人大腳丫穩重，女人大腳婆就醜了，要踩壞婆家的地板，也就是要踩壞婆家的運氣。男人曬得黑黢黢的是勤勞能幹，女人一黑，眼睛再大、嘴唇再小也還是白搭，黑女人娶來怕是將來奶水也是黑的吧？）

因為翠蓮和羊十九化妝都不大熟，她們決定先找誰試試手。翠蓮去院子裡逛了一圈，選中一隻俊俏的小羊。「十九，

你把羊咩咩的臉擺正！」然後左手一盒眉粉，右手一支毛刷，
給羊咩咩畫眉。毛刷是羊毛做的，翠蓮畫一會兒眉，把毛刷從
羊咩咩眼睛上面拿下來蘸眉粉的時候，羊咩咩盯著毛刷看，
覺得自己的毛被拔了，但又沒覺得哪裡痛，就疑惑地看著羊
十九。羊十九兩手框著牠臉，也疑惑地看著牠，「翠蓮，羊咩
咩竟然不長眉毛！」但當翠蓮畫好兩道彎彎眉的時候，羊咩咩
這副眉眼忽然有點人模人樣。羊十九有點不自在了，放了羊腦
袋，不大敢去摸摸，順便揪個羊尾巴什麼的。她怕人精附身的
羊咩咩忽然講人話，教訓起來：「摸啥子，揪啥子，自己沒有
嘛？真的是！」

　　等這羊咩咩回羊圈，其他羊看到牠嚇得退後一步，看看羊
十九的臉再看看羊咩咩，以為這兩人合體了。翠蓮忽然叫道：
「十九，你倆長得有點像哎！」羊十九連忙說：「哪有哪有！
牠是小白臉，我是大黑臉！」不過羊咩咩不是這麼認為，牠們
肚子餓了就聚集在畫了眉的小羊身邊，咩咩地叫牠投食（本來
是叫羊十九的），早上一大早又圍在畫了眉的小羊身邊，咩咩
地叫牠放大傢伙兒出羊圈逛逛。畫了眉的小羊覺得莫名其妙，
牠又沒鑰匙，牠就想做一隻跟在人家屁股後面的普通羊。後來
下了幾場雨，把牠眉毛沖走了，牠的願望才得以實現。

七

　　羊十九要給翠蓮化妝。翠蓮說：「化唄！」吃飽飯躺在靠
背竹椅上，心裡想著如果化成鬼樣，撲點水，洗把臉就沒了。
羊十九拿最大號的毛刷往翠蓮臉上刷上香粉，刷得厚了點，翠

蓮本來就白，眉毛又淡，這會兒閉著眼睛，整張臉像被冬天清晨的白霧遮了，抹平了，要隱去了。羊十九連忙給翠蓮嘴唇上描上口脂。這紅彤彤的顏色開在翠蓮的臉上，像雪地裡忽然冒出來一朵紅梅。羊十九覺得真好看，她又用筆描了幾下。翠蓮不知道自己這麼好看，吊兒郎當地，嘴也沒抿緊，透點小縫，吹點熱氣。羊十九就湊上去啄了一口，想著紅梅已經印到自己嘴唇上去了，笑得像個偷花賊。翠蓮一睜眼，「傻子，印歪了。」說著把羊十九的臉扳扳正，正中地啄了一口。雖然是蓋印章，但原版的雪地紅梅到了羊十九這裡就變了。紅梅掉到泥地裡了，因為她的臉是淡褐色的。但不管掉哪裡，她倆各自撅著同一瓣紅梅，都很滿足。

宋朝化口紅和現在不大一樣。雖然我最後一次塗口紅大概是幼稚園演出，那時候的標配是眉心一點紅，兩腮兩坨紅，再加一彎滴血紅唇，但身邊見到的張口閉口的唇只有色號上的差別，並沒有形狀上的差別。而汴梁城那會兒流行的是啄紅，上唇一小點，下唇一大點紅，或者顛倒一下。反正上下一樣大小或者乾脆上下一起填滿紅色的被視為土包子，沒品味。填滿這種事在中國畫裡是最忌諱的，如果宣紙正中畫了一艘小船，再在四周都勾起波浪線，布滿角角落落，這張畫裡的小船就漂不起來了。這些波浪線就像網罩把小船罩在中間，再壓個大秤砣。同理，兩瓣唇塗個滿滿的，蓋住唇本色，就悶得很，活潑不起來了，像一扇頂天立地的朱紅漆刷滿的大門，關得嚴嚴實實的，一隻蒼蠅進出都得刷門禁，這樣親起來就很不方便。

如果在汴梁城撞到女人塗滿口紅，仔細看一看，就會發現

她唇周長了一溜水泡，塗滿是為了遮一遮。或者發現口紅邊緣毛毛糙糙的，這女人肯定是買了廉價的口脂，固不牢，在家點了啄唇妝，出門後就慢慢化開，像摻了太多水的墨汁，寫一橫一豎慢慢化成毛毛的一個球。而啄唇妝就比較隨性生動，富有創意。有時候上下各點一點，成了麻將牌中的兩筒，斜著點三點就成了三筒，上下各點兩點就成了四筒，以此類推。這樣女人去打麻將的時候就可以搞小動作，比如去之前化個妝，上下各點四點，是個八筒；想告訴對方自己要吃四筒，就把下嘴唇一抿，只剩上面四點；想要碰七筒，就用舌頭往上一舔，遮掉一個點。後來麻將桌定了嚴格規矩，防止作弊，就是化口脂不能用點，要麼不化，要麼塗滿。估計現在的滿唇口紅的習慣是當年麻將桌上流傳下來的。

翠蓮和羊十九收穫的一堆脂兒、粉兒中，有種叫花鈿的東西。花鈿現在已經沒見人用了，失傳了，現在小朋友上臺演出在額前點一紅點，估計是填補下原來花鈿位置的空缺。大人如果額前也點一紅點，要麼是妖精變的，要麼是為了填補下小時候沒機會上臺演出的遺憾吧！羊十九選了一個小紅魚的金箔花鈿，蘸了點自己的口水，把它黏在翠蓮的眉心。翠蓮兩眼往上一翻，「十九，你貼的啥圖案？」剛問完，小魚花鈿就倏地掉到了鼻尖。翠蓮兩眼往下一對，定在自己的鼻尖上，像瞄準一隻停在那的蒼蠅，要伸手去打掉。羊十九說：「啊呀，別動，小魚喜歡游來游去！」說著伸出舌頭舔了舔花鈿，讓它吸收更多的口水，貼得更牢一點。「你見誰花鈿貼鼻子上了？」翠蓮不高興了。羊十九說：「我二姊！她有時候在眉心、鼻子、下

巴各貼一個花鈿，佛的萬字元。她每次上火就貼這麼個陣法，清涼去火。」翠蓮說：「你姊姊肯定是眉心、鼻子、下巴各長了一顆痘要遮起來，矇你吶！」說著在一盒花鈿裡翻來翻去，找了一條綠色花鈿往羊十九鼻子上一摁。口水蘸得有點多，花鈿軟塌塌的，浸在口水裡，失去了鉑金紙的光澤。不過這綠魚見了水倒是活過來了。羊十九擠擠鼻子，這魚就開個腮張個嘴，魚鰭招招。「這魚還跟我使眼色！」翠蓮湊過去，用自己鼻子上的紅魚堵上去，瞎了綠魚的眼。翠蓮用鼻尖蹭蹭羊十九的鼻尖，嫩嫩的，Q彈。（這讓我想到每次吃麻辣兔頭的時候，兩鼻孔上的一點連著點小脆骨的嫩皮我都要細細啃掉，不知道翠蓮鼻尖彈彈羊十九鼻尖有沒有這種脆嫩口感。）

　　這樣紅魚和綠魚就張大嘴親上了。（魚魚親嘴我倒是經常見。早上去上課前，我都蹲在學校小河邊啃個麵包，順手揪幾片扔到河裡。雖然沒有紅魚、綠魚，土黑鯉魚倒是不少，忽然扎堆出來搶麵包，但是眼神不好，大家在麵包屑邊上張著土黑大嘴吞來吞去，就是吸不準。所以經常聽到bia唧，兩條魚吸到一起去了，或者bia唧唧，三條魚吸到一起去了。三張嘴親起來就有點漏風，麵包屑就被吹了一下，蕩得更遠了。）

　　紅魚和綠魚不僅正面嘴巴親親（鼻尖蹭蹭），還要側過身子，左魚鰭和右魚鰭拉個手，右魚鰭和左魚鰭牽牽（兩邊鼻翼蹭蹭）。一邊親，紅魚和綠魚底下的兩張嘴巴就開始閒聊。「小綠魚，你吐泡泡到小紅魚嘴裡了。」「沒有！」「怎麼沒有，小紅魚都被泡泡噎到了。」「魚兒親親就是這樣的，你吐一個泡泡到我嘴裡，我吐一個泡泡到你嘴裡。」（那這樣親一

會兒，魚兒各自肚子裡都是一串串的泡泡，脹成原來的兩個那麼大，沉浸在愛情的泡泡裡暈乎乎的。分手後就一個個泡泡從尾巴往外排，瘦得很快。所以如果在河裡撈起來一條胖魚，牠肯定是隻戀愛中的魚，如果是一條瘦魚，八成是剛分手了的。撈到瘦魚就放牠回河裡好了，不然煮了魚湯喝滿腦子都是另一條魚離去時那決絕的眼神，哭得像自己剛分了手。）

　　翠蓮在旁邊籃子裡掏啊掏，掏出塊手帕：「乖，鼻涕泡擦擦，別披噗披噗了。」羊十九「哼」地揚起臉，鼻子鑽到翠蓮的手帕裡，擤了幾個泡泡出來，等著翠蓮用手帕捏她鼻子，把泡泡都捏破，讓手帕充分吸收，然後把鼻涕那一面翻過來蓋起來疊疊好。等著被擤鼻涕的羊十九沉浸在小羊十九的狀態，樂呵呵地看著老媽給她戴圍兜接口水，或者瞪著兩腿看著丫鬟給她換尿布。這些暖暖的棉布擦過肌膚的感覺真好，帶著點女人淡淡的香味。不過翠蓮手帕的情緒並不穩定，經常是羊十九連打十個噴嚏，掛了兩條亮晶晶的鼻涕去找翠蓮，翠蓮丟塊手帕過來蓋住了羊十九的臉，「自己流的鼻涕自己擤，你姐姐我在剪指甲呢！」或者看著羊十九驕傲地掛著鼻涕，她對著太陽也打幾個噴嚏，掛上兩條亮晶晶，然後托著下巴和羊十九看對眼，「十九你先幫我擦，我再幫你擦唄！」

　　花鈿大家經常不止貼一個，就像喜歡紋身的人都有點癮，今天在左手臂紋隻兔子，右手臂對稱的地方就會很癢，總想紋隻狼。於是兩手臂交叉抱在胸前的時候，狼總是齜牙咧嘴，兔子總想逃，這樣兩手臂就不能平衡，抱不牢，一會兒就滑落。人體總是充滿著對稱，當然有些部位是奇數的，比如雞雞上紋

個大象頭，那就不好配對，找不到第二根，實在要找，可以在尾骨那紋個大象屁股，這樣前後呼應，對接也更有立體感。

　　羊十九隨手找了幾個花鈿貼在翠蓮的額頭、兩頰和下巴。隨手找的就有各種可能性。比如貼的都是雞啊、鴨啊、羊啊這些圖案，再加上鼻子上的魚，那就是過年的一桌菜，翠蓮的臉就是個刷著原木色兩頭圓的餐桌。有了擺盤的眼光，會發現如果換成鳥啊、蛇啊也可以是一桌菜，沒啥動物在中國人眼裡會覺得不適合擺盤的。如果貼的是龍啊、鳳啊、花兒這些不能吃的，翠蓮的臉就讓人想起小時候學校門口做糖畫的老爺爺攤上的小轉盤，轉盤上一圈的圖案，你一撥指針，它停在龍上，老爺爺就用滾燙的糖澆一條黃澄澄的龍給你吃。

　　爲了避免淪爲餐桌或小轉盤，羊十九隨手找的花鈿既有能吃的也有不能吃的。她給翠蓮額頭上貼了一朵四葉草，左臉頰一隻蝴蝶，右臉頰一朵紅蓮花，下巴那兒一隻小黃鴨。貼完後，她覺得自己鼻尖上的小綠魚要去跟這些花鈿打招呼認識一下。於是她用鼻尖蹭蹭翠蓮額頭，並自帶故事情節，「小魚餓了，吞幾口浮萍。」然後移到翠蓮左臉頰蹭蹭，「啊呀，浮萍上歇了隻蝴蝶！」翠蓮歪著臉蹭回去，「我的蝴蝶要咬小魚兒！」羊十九說：「我才不怕！牠在扇翅膀，我蹭點牠的風。牠一邊扇一邊掉香粉，蝴蝶香可真香！」羊十九蹭了點蝴蝶花鈿的金粉在鼻子上，又移到翠蓮右臉頰上的紅蓮，「我拱一片蓮花瓣下來，頂在頭上當小陽傘，夏天不怕曬！」翠蓮說：「你走開，別打我花瓣的主意！你都已經曬這麼綠了！」羊十九又移到翠蓮下巴的鴨子花鈿刮了刮又頂了頂，「撐著我的

小陽傘撞見一隻笨鴨。」翠蓮得意地說：「笨鴨抬起鴨掌一腳踩，這飄來飄去紅紅綠綠的啥玩意兒！」

　　羊十九嘴上說「討厭」，心裡覺得花鈿故事的遊戲真好玩，下次貼不同的花鈿還可以重新講一個。羊十九看著翠蓮，愣著神，化完妝的翠蓮有沒有更漂亮羊十九說不上來，畢竟她也是隨便化化，不過翠蓮的臉顯然更有趣了，可以隨時變成有故事的小人書。這樣想著，她就嘿嘿地伸出手指去劃劃翠蓮臉上的香粉，蘸點自己臉上。又抹抹自己嘴巴上的口脂，在翠蓮鼻子下面畫了兩條紅，「啊呀，翠蓮，你流鼻血了！」這以後羊十九經常拉著翠蓮要幫她化妝，每天一睜眼看見翠蓮的臉就像看到一張攤開的畫布，羊十九的紅色印章已經蓋上去了，就等著她動筆了。為了創作方便，她削了幾根細細的竹筒，把口脂裝進去做成類似現在管狀的口紅，還調了不同的植物的顏色，比如牽牛花的紫、青草的綠、太陽花的黃，所以不止是口紅，還有口紫、口綠、口黃。有時候她在翠蓮嘴巴下面畫一叢青草，「翠蓮餓了嗎？張嘴吃點草！」一會兒在她眼角畫兩坨眼屎，翠蓮每次路過家裡的鏡子，老是情不自禁地要去搓一搓眼睛，一搓是平的，嚷嚷著又上羊十九的當了。有一天羊十九心血來潮給翠蓮下半張臉畫了一條淡藍色的河，嘴唇就像河裡的一彎小紅船，又在小船邊上畫了一隻黃色的船槳。這樣翠蓮吃飯的時候，船槳一動一動的，像在河裡划船。嚼糖糖的時候，翠蓮嘴巴吮啊吮，船槳也在划啊划。於是羊十九親親的時候不說嚼糖糖了，改叫：「翠蓮，划船船嘛！」翠蓮說：「划一下唄！飯後運動。」這樣，兩人親親就有了水霧的味道，有

了水聲潺潺，有了月落烏啼，有了烏篷船。吹滅一盞打漁燈，跌入涼涼的夏天夜晚。

八

就像我在前面說的，羊十九第一次給翠蓮化妝的時候，手藝還不好，也沒有管狀口紅，就用食指在翠蓮臉上戳來戳去，酒窩那點了兩點紅，畫了兩管鼻血，又畫了幾撇鬍子。翠蓮被羊十九看來看去，自己又沒鏡子，不知道她在搞鼓什麼，有點不耐煩，就拉起她的手一拽。翠蓮坐著，羊十九站著，這一拽，沉浸在再畫點什麼的羊十九就沒站穩，撲到翠蓮懷裡了。為了讓她倆更親近些，我踹了一腳靠背椅的一條腿，這樣她倆就結結實實地抱在一起滾到草地上去了。為了讓她倆抱得舒服一點，我在翠蓮倒地之前把她今早掛腰間的芭蕉葉尾巴擼擼平，她就剛好倒在滑溜溜的芭蕉葉上，省得被麻扎扎的草戳背戳屁股。羊十九倒在她身上，後面的芭蕉葉尾巴霍地把她蓋住，這樣翠蓮和羊十九就被兩張碩大的芭蕉葉包在中間。像一個大蟶子，肉肉躲在兩扇長長的綠色的蟶子殼之間。有時候羊十九的一隻腳和翠蓮的一隻腳伸在外面，就像蟶子的兩根動來動去的長耳朵。上面一瓣蟶子肉顏色深一點，像蘸了醬油。下面一瓣肉質豐美一點，懶懶地吸滿蟶子殼。（翠蓮：「又說我胖！」）

羊十九把頭埋在翠蓮脖子裡，原本開蓋的蟶子殼就合上了。羊十九覺得和翠蓮躲在綠蔭蔭的被子底下，自己給自己造了個祕密角落，就悄悄地喊：「翠蓮——」拖個長音。翠蓮也

壓低聲音「哎——」，又添了兩字「傻子」。羊十九最喜歡翠蓮叫她傻子了，就像現在的女人喜歡男人說她們性感、嫵媚、撩人，兩者講完的效果都差不多，原本腦袋裡還在轉著發條，聽完乾脆停了，就咕嚕咕嚕地甜蜜地冒泡了。當然，性感還是要維持的，傻子就可以不管不顧地放空，歪個頭流個哈喇子，兩眼望向虛空，傻子不能聰明，聰明起來就對不起「傻子」這兩個字。傻子的狀態就是本能的狀態，羊十九的本能就是一會兒抱緊翠蓮，一會兒鬆一下湊去嘴巴嚼糖糖，一會兒東摸西摸，一會兒又用腳拇趾去夾翠蓮的腳拇趾，嘴裡說：「拉勾勾！」總之羊十九全身都很興奮，熱得出汗。

翠蓮把羊十九摟到脖子上，定在那，不准她毛手毛腳地亂動。羊十九定了一會兒，開始蹭蹭翠蓮的脖子，伸出舌頭來舔舔。翠蓮的脖子白白嫩嫩的，滑滑溜溜，羊十九就像在舔一塊芝士蛋糕，帶點鹹味，因為太陽一曬，翠蓮就出汗。後來羊十九發現早上的翠蓮鹹味要淡點，下午就鹹起來了，傍晚洗澡前最鹹了。有一次翠蓮鹹得像筍乾，曬了好幾個日頭，析出白色的鹽粉，嘗起來沒有筍乾鮮，還帶點汗酸味。羊十九下不了口，嚷嚷抗議：「翠蓮，你三天沒洗澡了，不好吃！」當然洗完澡就淡了，還帶點澡豆粉的清香。羊十九靠在床頭和翠蓮說著話，說兩句就順嘴去翠蓮脖子上舔一舔，嘗嘗味道。這個養成了習慣。有幾次翠蓮脖子上停了隻蚊子，羊十九忘了要用手去拍，兩眼一瞄準，直接伸舌頭過去，像隻熟練的壁虎。

羊十九舔完芝士蛋糕，繼續往下舔翠蓮的乳房。這裡舔起來更軟了。羊十九嘗著翠蓮，腦子裡都是舌頭嘗過的好吃的

東西。汴梁那時候還沒有果凍啊、棉花糖啊這些零食，不然羊十九就會砸吧著嘴說：「翠蓮，你長了椰子果凍哎！」「翠蓮，我喜歡你的牛奶棉花糖！」現在羊十九腦子裡想到的是豆腐腦。相國府廚房做豆腐腦的時候，廚娘一掀木桶蓋，白色蒸汽熱騰騰地漫過廚房，小羊十九站在蒸汽裡蒸了一會兒，整個人也嫩起來，和木桶裡的豆腐腦一樣在嫩嫩地顫抖。她總是用小木勺顫悠悠地舀起一大塊豆腐腦，在它要破碎之前倏地把它吞進肚子。連續吃了幾天豆腐腦後，小羊十九就覺得手腳嫩嫩的軟軟的，凳子上坐一會兒就溜到凳子底下去了。相國府一家子圍著一大張桌子在吃飯的時候，吃著吃著小羊十九就不見了。大家都說這丫頭最近是越來越皮了，飯吃一半就跑出去瘋，要好好調教調教。羊十九在桌子底下豎著耳朵聽，把說她的壞話和嗓音匹配一一記在腦子裡，日後一個一個去搗蛋。連續吃了幾天豆腐腦後，小羊十九的腳變得軟綿綿，走路變得沒有聲音，大家都被她嚇到。她走到三哥面前，看他讀小黃書，三哥「嗷」地一聲叫。她走到四姐跟前，看她繡繡球，四姐「嗷」地一聲叫。她走到胖橘面前，看牠尿完刨貓砂，胖橘嚇得「喵」地一聲叫。那陣子府上流傳著「幽靈羊十九」的傳言。為了不被幽靈羊十九嚇到，哥哥姐姐偷偷地給羊十九的鞋掌了塊鐵，給她衣服後面繫了個鈴鐺，這樣幽靈羊十九就變成咔咔咔加滴零滴零的二重奏的羊十九。

　　羊十九輕輕地吮了下翠蓮的乳頭，雖然這個質地和乳房不大一樣，像蛋糕上點綴的櫻桃，或者豆腐腦裡的堅挺的榨菜，但羊十九第一次下口還是輕輕的，生怕它化掉了。（翠蓮：

「老娘這個可是真材實料，又不是蠟像，熱熱就化掉！」）後來羊十九探索了各種玩法，比如趴在翠蓮肚子上對著乳頭吹吹，像吹涼一個剛出籠的大包子。如果乳頭平平地歪在乳房上，羊十九就揪一撮自己的頭髮在上面來回掃一掃。翠蓮「嘶——」地一聲，「癢癢哎！」羊十九用鼻尖去拱一拱，讓乳頭打起精神來。如果它像翠蓮一樣只是斜她一眼，還是懶懶的，她就舔一舔，嗛一嗛，吮一吮，把她小時候掛在奶媽乳房上吃奶的伎倆都施展出來。

　　羊十九第一次吮翠蓮乳頭的時候，翠蓮哼哼唧唧的，怎麼說呢，有種涼涼的，撓來撓去的，勾人的舒服。兩隻手在羊十九熱熱的後背不停地撫摸。翠蓮也想伸舌頭吮點什麼，可是羊十九的頭總是不上來。要是人不只一張嘴就好了。要是嘴唇開滿身體就好了。翠蓮和羊十九乳頭貼著乳頭，四張嘴唇就忽然綻放，先齜牙笑一笑表示禮貌，看對眼就舔一舔親一親，沒看對眼就凋謝了，等下次貼緊的時刻再浮現。翠蓮和羊十九肚臍眼貼著肚臍眼，也浮起兩張嘴唇，只是這兩張嘴唇帶點肚臍眼的螺紋，還有點深邃陷在肚皮裡，舌頭得伸得長，親到一起要使把勁。翠蓮左肩和羊十九右肩的兩顆黑色凸起的痣貼上了，也浮起一對嘴唇，只是嘴唇很小，像啄人腳上死皮的小魚的嘴，而且是黑色的，像塗了煙熏妝，但也不妨礙兩嘴唇啄一啄，嗛一嗛。

　　翠蓮和羊十九陰部的毛毛貼上了，就像她倆本來睡在兩個枕頭上，睡到半夜，羊十九就滾到翠蓮枕頭上去了，頭碰頭，頭髮就拉拉扯扯的，兩叢陰毛也拉拉扯扯的。如果陰毛會浮起

嘴唇，那會像兩叢吊蘭，掛了星星點點的白邊黃蕊的蘭花嘴唇，在風中零零亂亂地親一親。親親的聲音就像夜晚放煙花，一叢煙花綻放完往下掉落滋啦滋啦的聲音。（為什麼會是這種聲音我也不知道。也許是這兩天秋乾物燥，我晚上脫衣服的時候，線衫往上擦過頭髮，都是電光石火滋啦滋啦。這聲音怎麼聽都帶著滿滿的愛意和激情。那翠蓮和羊十九頭髮擦過頭髮也滋啦滋啦吧？毛毛擦過毛毛也滋啦滋啦吧？）

羊十九的小貓舌和翠蓮的霸王花蕊也想親一親，它們本來就是兩瓣嘴唇，但是它們雖然貼得很近，卻碰不到一起。彼此就像藏在隔壁樹杈上的鳥窩，雖然離得很近，但中間隔著樹杈，礙手礙腳的。如果兩個鳥窩有新孵的小鳥，也是在各自的巢裡探著個小腦袋看著對方，有時候一起伸個舌頭叫啾啾，有時候一起抬頭看看上面樹葉滴下來的雨水，有時候嘰嘰喳喳：「喂，你到我家來玩好嗎？」但學會飛之前牠們只能待窩裡，隔著樹杈對對眼，瞅瞅穿過樹杈的過堂風。有時候羊十九叉叉腿，小貓舌就撩起門簾往外舔舔，啥都沒舔到，就懶懶地打個哈欠，呼出一口潮潮的暖暖的海腥味。霸王花蕊嗅一嗅，覺得和自己的味道很像，是自己人。它就像個老煙鬼進了個鴉片館，在一個抽著自己喜歡的煙味的煙鬼旁邊躺下，叫了一份同樣口味的鴉片，也開始噴一樣味道的煙。這兩老煙鬼抽煙的節奏剛好相反，一個吐一口，陶醉一下，另一個吸一口，陶醉一下。這樣就不知道吸了自己的還是對方的煙，陶醉的是自己的還是對方的味道。

翠蓮抱著羊十九說：「你聞著像一串海帶哎！」（翠蓮老

媽喜歡吃海帶，一泡就是一缸，有時候廚房放不下，就放在洗澡間。洗澡間熱氣蒸騰的時候，海帶的腥味也瀰散開來，翠蓮常常泡著泡著就用手去水裡撈撈，看看自己泡在浴缸裡還是海帶缸裡。）翠蓮閉上眼睛，想像著一串叫羊十九的海帶，黏黏的、滑滑的，繞著自己的咯吱窩、乳房和大腿纏啊纏。海帶上還長著像小吸盤的腳丫（翠蓮是不是想到了爬山虎？），有時候踮起腳尖輕輕地踩在她胸上，有時候吸在她咯吱窩蕩一蕩，一邊纏繞一邊嘬一口吮一口。羊十九抱著翠蓮說：「你聞著像一朵水母哎！」（其實羊十九想說的是海蜇，一到過年家裡就有人大老遠的送海貨，一盆一盆地泡起來。羊十九喜歡去玩透明的海蜇，拿起來啃一啃，廚娘就說：「腥的，泡兩天才能吃！」可是羊十九就是喜歡這股腥味，常常趁廚娘不注意嚼兩口，比過年飯桌上只有醬醋味的好吃！）羊十九閉上眼睛想像著一朵叫翠蓮的水母，軟軟的、波動的，把自己罩住，一會兒把她攬在花瓣中心，一會兒把她裝進一個水泡裡呼地吐出來。吐出來的羊十九也變成了水母。兩朵透明的水母就在深藍色的海水裡一開一合，一呼一吸，一亮一滅，遙相呼應。

九

蟶子睡著了。牠睡著了就有點不要好了，殼歪歪的，也合不上。羊十九的頭枕在翠蓮胳膊彎裡，趴著，芭蕉葉歪在背上。風一來，芭蕉葉就一翻一翻的，露出半個羊十九，睡得後背一起一伏，底下露出半個翠蓮，睡得四仰八叉。我在等她倆醒來。在等的時候，我就踢踢小石子，想想這兩人是怎回事。

翠蓮和羊十九，嚼糖糖，搖搖船，全身開滿嘴唇，所以她們是磨鏡黨吧？不過她們也就兩人，也沒想到要去汴梁城聚集所有在一起嚼糖糖，搖搖船，全身開滿嘴唇的女人，一起建個黨，飄個鏡子旗，在旗下一起喊個口號：「我們是女人，我們愛磨鏡！」然後積極地給圍觀的路人發傳單，傳單剪成圓形，是鏡子的意思，正面畫著一個女人向左努努嘴親親，反面畫著一個女人向右努努嘴親親，把這傳單舉起來往太陽底下一照，正反面的女人就剛好親到了。傳單上還寫了字，「請加入磨鏡黨，爲實現磨鏡權而奮鬥！」「認識自己，看清磨鏡的自己」「我磨鏡，我驕傲！」「517，汴梁磨鏡日，磨磨更健康」傳單底下還有一排小字，寫了汴梁磨鏡黨組織的地址，聯繫人：翠蓮和羊十九。

傳單發出去很多，但上門來找組織的基本都是男人。汴梁城那陣子沒怎麼出太陽，就沒啥人看到傳單正反面的女人剛好親上。男人就想當然覺得這努嘴的女人是想親自己，而且正反面的兩女人都想親自己，一個親左邊臉頰，一個親右邊臉頰。而這種在大庭廣眾之下這麼直截了當的女人八成是妓館的，所以他們覺得是汴梁新開張了一家妓館，可能是爲了標新立異，取了個和杏花樓、尋芳閣不一樣的名字，或者是促銷一種新的cosplay玩法。不管是哪種原因，他們都想來這家叫「磨鏡」的妓館體驗一把。

當然來找組織的人中間也有個把女人，她們左手拿著面銅鏡，右手拎著個磨盤，是正經來學磨鏡手藝的，她們想著靠手藝掙點錢，就不用嫁男人或靠男人。這樣說來，她們的目標和

羊十九翠蓮的磨鏡黨是一致的。可惜羊十九和翠蓮也不懂真的鏡子怎麼磨，否則汴梁街頭不僅有女人提茶瓶賣酸梅湯，女人賣包子（啥餡兒都有，包括孫二娘的人肉餡），還有女人騎在銅鏡上，吭哧吭哧地磨著自己的倒影。

　　但如果不是磨鏡黨，她倆卻又做了磨鏡的事，而且彼此都很享受。不過計較磨鏡黨身分是現代的事，如果愛磨鏡，就要亮出自己的身分，驕傲地說出來。先說給閨蜜聽，再說給父母聽，最後走街上買個菜也要驕傲地和大媽說：「我是磨鏡黨哦！」賣菜的大媽為了表示自己站隊性少數群體，只得說：「今天的豬肉半價給你哈！」如果不能一層層地出櫃，就會活活把自己憋死。總覺得自己戴了一層層的面具，別人看不到真實的自己。本來好好的在喝湯，忽然想到自己戴著個面具，就把碗一放，歎口氣：「我沒和你說真話。」主人就不高興了，「所以，其實我做的湯很難喝？」或者本來好好地在唱K，忽然想到自己戴個面具，就對著麥說：「我沒和你說真話。」對唱的人就不開心了，「所以，其實我唱得很難聽？」起碼在喝湯和唱K的時候，對方知不知道自己是磨鏡黨身分根本無關緊要，既不需要磨鏡粉做調料，也不用點上一曲〈磨鏡之歌〉單曲循環。磨鏡還是磨棍子，不過是個人的喜好，而且是眾多喜好中的一個罷了。有時候愛磨鏡的湊一堆，只能談談這輩子磨了幾把鏡，碰到的好鏡子壞鏡子，然後最近沒鏡子磨的拿眼來瞟瞟彼此。但有時候愛磨鏡的和愛磨棍子的湊一起，可以聊得一驚一乍的，「啊呀，你也喜歡看恐怖片啊？以後一起搭個伴，不會怕！」或者「我的天吶，你也喜歡從房頂往下跳啊？

改天一起跳，比比誰膽子更大！」

　　等翠蓮和羊十九醒來的時候，天已經黑透了。翠蓮先睜開眼睛，她一睜眼就看到滿天繁星，這些繁星也睜著眼睛看她。一陣風過來，這些星星就搖曳起來。翠蓮就噘起嘴巴，朝天輕輕地吹了吹，像吹生日蠟燭一樣，想把星星一個一個吹滅。等羊十九醒來，嘴裡咕噥著「翠蓮」。翠蓮扭頭看著羊十九那一對眼睛，欲睜未睜，搖曳得跟星星一樣，於是噘起嘴一吹，羊十九就滅了。「討厭！噴口水！」等羊十九搓搓眼睛重新亮起來的時候，翠蓮忽然問：「十九，你想家嗎？」翠蓮肯定想了，藏在四周草地裡的夏蟲嘶嘶地叫著，總能讓人想到老家屋前屋後，那些蟲子自帶彈棉花的工具，嘶嘶中總帶著點震動，有些蟲子在磨牙，有些在磨觸角。每逢這時，翠蓮總提著個小燈籠在屋前翻磚，找叫得最響的蟋蟀。而羊十九總在屋後翻磚，相國府屋後有個大園子。

　　羊十九本來沒怎麼想家，被翠蓮一問忽然開始想了。現在是相國府的夜間敷面膜的時間吧？老媽是不是也像她一樣躺著呢？老媽會不會想她呢？羊十九不知道的是，胖橘老是搗蛋，攪得相國夫人不能安心敷面膜。本來躺得好好的，腿上忽然被踩了，伸過手去摸摸，一坨毛茸茸呲溜擦過，一腳踩在她肚皮上，相國夫人頓時覺得晚上吃點有點多，肚子抽搐了兩下，打了兩個飽嗝。胖橘站不穩，就沿著她的肚皮往上走。相國夫人怕牠一肉墊搭在自己臉上，只好半坐起來，拉著眼皮，憋著嘴巴說：「走開，胖橘，回羊十九那去！」說完，想到羊十九不知飄到哪個角落去了，又歎聲氣。因爲她坐起來又躺下，動

來動去，臉上的防曬粉面膜就黏不牢，像受潮的白牆，一會兒掉一塊左邊的牆皮，一會兒掉一塊右邊的牆皮。這樣一個夏天下來，相國夫人臉上就開始色調不均。從遠處看，她好像臉上晃著光斑，讓人總想伸手把這些調皮的光斑捉掉。稍微近一點看，她臉上像個圍棋棋盤，零零散散下了一些黑子，又零零散散下了一些白子。讓人駐足觀察一會兒，看清黑白雙方的陣勢，總想伸手去移動個棋子。總之相國夫人的臉越來越讓人有互動的欲望，而這一切都得怪羊十九不在家。

羊十九說：「翠蓮，你想到我家去玩嗎？」翠蓮說：「好啊！」翠蓮想著去汴梁城玩幾天，熱鬧熱鬧，沾點人氣和城市的煙火氣。於是這條故事線就隨著小白馬咯噔咯噔的腳步走回汴梁城，回到羊十九上山當大王之前的地方。一路上，翠蓮在前面騎著馬，羊十九在後面抱著翠蓮，馬屁股上還左右各掛著一隻雞一隻鴨，撲騰撲騰的。（鄉下人進城總是這樣的，給城裡人帶點土味，越土越好。要不是小白馬的屁股小，翠蓮還想掛一隻鵝一隻羊。）羊十九被夾在翠蓮和雞鴨之間，因為雞鴨第一次騎馬，不適應，顛得屎尿是平時的兩倍。羊十九怕這些左一泡右一泡的屎尿沾到自己褲子上，就儘量往前挪，死死地抱住翠蓮，臉貼住她後背。她把翠蓮當成了一個樹洞，把臉壓得扁扁的往裡面說話，「你想家嗎？」這句話在翠蓮體內來回彈了彈，帶動了五臟六腑的齒輪吱嘎吱嘎轉動，所以翠蓮確切的說不是用耳朵聽到了這句話，而是從肚子裡搖出了這句話，像從井裡咕嚕咕嚕搖出一桶水。翠蓮回了一句話，似乎把空桶重新搖下井裡，羊十九臉一歪，把耳朵貼在她背上聽嗡嗡震動

的聲音，「想也回不去。我要是回家，那男人又得派花轎來接！」羊十九聽完，急忙扭頭重新把臉埋在翠蓮後背，說：「翠蓮，我也不想嫁人！」剛想歪頭貼上耳朵聽翠蓮，又忽然往翠蓮後背補了一句，「我嫁給你好了！」羊十九正聽著翠蓮胸腔怎沒動靜，結果翠蓮轉過頭往空氣裡說：「好的，傻子！」

　　如果故事在這裡結束就是個happy ending，最後公主嫁給了公主，從此過上了幸福的生活。因為我的文字記載，翠蓮和羊十九就成了有史以來中國第一對拉拉伴侶。這對開山鼻祖就經常被後人惦記，現在的拉拉酒吧不是取名「十九蓮」就是一系列諧音，諸如「啐酒」、「脆癢」還有「羊臉」。同志運動最浪漫的橫幅永遠是「翠蓮和十九，千年的交杯酒」。然後拉拉舉辦婚禮總是一人舉左手「我對翠蓮發誓！」，另一人舉右手「我對羊十九發誓！」，然後抱一起嚼糖糖。雖然一千年過去了，翠蓮和羊十九早已灰飛煙滅，但因為老是被cue到，她倆幾世的轉世都烙下個毛病，就是老愛發臉火打噴嚏。雖然這個毛病有點討厭，但拉拉圈子就因此流傳一個說法，想找你的翠蓮嗎？去找那種從早到晚紅著臉燙著耳根的女孩！想找你的羊十九嗎？去找那種早上被一串噴嚏打醒的女孩。

　　當然翠蓮和羊十九也被研究歷史和性別的學者所追捧，關於她倆的研究著作都出版了好幾本，叫什麼《磨鏡黨為何在北宋浮出水面》、《磨鏡：歷史的偶然還是父權的裂隙》、《女愛女婚：女權的崛起還是性少數的蘇醒》。（翠蓮和羊十九看了哈欠連天，都表示老娘哪裡知道。她倆對於學者這種職業也

失去了興趣，這些人要麼太空了，要麼自己的日子太無趣，老喜歡打聽別人的事，還問些奇怪的問題，嘰歪點生僻的名詞。費了老大的勁整了厚厚的書，沒人看也掙不了錢，自己還老得意了。）

作為在大學工作的年輕學者，我就在原地檢討了下自己。結果檢討得有點深刻，等我回過神來的時候，翠蓮和羊十九已經騎著小白馬進了汴梁城。也就是說happy ending沒及時剎住車，繼續往前溜一段路，該斷的時候沒有了斷，不知道這happy還保得住保不住。如果回到相國府，翠蓮和羊十九被強行拆散，雖然她倆還將名垂千史，但換了一種悲壯的方式。人們坐在電視機前，為法海拆散許仙和白娘子的人妖戀哭得死去活來，然後換個臺，同樣是宋朝年間事，為相國拆散翠蓮和羊十九的女女戀哭得稀哩嘩啦。當然學者的書名也改了，叫做《磨鏡黨為何在北宋浮出水面，又沉沒》、《磨鏡，果然是歷史的偶然》。我忽然發現我這麼個顛三倒四、三腳貓寫小說的，竟然有決定大家追什麼電視劇，取什麼書名的能力，頓時感覺責任重大，有點手抖，不敢隨口胡謅、信手拈來了。但我又沒時間站在原地左思右想，因為翠蓮已經跟著羊十九進了相國府。我要是不及時跟進的話，那就要留下遺憾的歷史空白了。於是，我只好繼續顛三倒四地寫。

翠蓮跟羊十九回家後玩得不亦樂乎，天天去擠人堆，逛完瓦肆勾欄回相國府胡吃海喝。相國夫人很喜歡翠蓮，覺得自己如果有個羊二十，也會長這個胖嘟嘟的可愛樣。翠蓮也很喜歡相國夫人，左一聲乾媽右一聲乾媽，叫得相國夫人心裡樂開

花。過了幾天，媒婆就上門了。一開始，羊十九因爲在山裡曬得黢黑，媒婆紛紛表示自己的說媒職業生涯中還沒見過這麼黑的妞，然後拿眼來瞟坐在羊十九旁邊的翠蓮。誇她膚白富貴命，暗示可以把羊十九的婚事先擱一擱，先嫁羊二十。後來羊十九白回來一點，媒也快說成了。這時候羊十九連夜讓翠蓮給自己剃了個光頭，媒婆又皺眉了，表示感覺怪怪的，像硬給尼姑說人家，說媒生涯裡還沒做過這種有傷風化的事。然後又拿眼打量坐在旁邊的翠蓮，誇她一頭烏黑秀髮旺夫相，不知哪個男人有福氣被旺到。後來羊十九的頭髮長出來了，這媒又快說成了。

羊十九想不出別的辦法把自己搞醜來拖婚事，就去和相國夫人攤牌，「老媽，我喜歡的是翠蓮，我要和翠蓮在一起。」相國夫人笑呵呵地表示理解，「翠蓮同意就好。」過了幾天，一頂豪華加寬版喜轎就抬到了相國府。於是，一個磨鏡黨的故事就淪爲憐香伴的故事，兩女同嫁一夫。我對這個結局很不滿意，雖然我可以把憐香伴中的男人寫死。（沒辦法，他就是倒楣，結婚第二天早上爬樹上去趕不吉利的烏鴉，摔了一跤就掛了。或者他撞見兩隊流氓在火拼，好奇觀望了下，被不知哪邊的流氓眼神不好失手打死了。反正他必須結婚第二天就死翹翹了！）但是兩女開心地守寡這事也不見得多麼女權。即使翠蓮和羊十九可以把男人的畫像撕了，重新彼此掀個頭蓋拜個堂，總是有點不是滋味。我要把翠蓮和羊十九的結局再寫一次。

翠蓮和羊十九沒有回汴梁城。翠蓮沒有在那個星星和月亮的夜晚問羊十九：「你想家嗎？」我著急地在她倆醒來之前，

就替翠蓮把天上的星星都吹滅了。吹得有點使勁，所以當翠蓮和羊十九頭枕著頭，在野地裡醒來的時候，天刮著風，開始下雨。

　　翠蓮是被閃電呼醒的。左右各呼一個耳光，凌厲厲的，尖銳銳的，但不覺得痛。翠蓮醒來的時候，雨還不大，但是雨點很大顆。落在腦門上哐哐地響，落在肚皮上嘭嘭地跳，滴到手指甲和腳趾甲上叮叮叮，滴到乳頭上「噗」濺起老高，回彈幾次，像三米跳臺表演。翠蓮感覺自己的身體像盞揚琴，每根骨頭像琴鍵一樣能擊打出不同的音色。這樣想著，她忍不住地哼哼起來，自己給自己伴個奏。羊十九是被雷聲震醒的。她本來是趴著的，枕著翠蓮的胳膊，一翻身就仰面了。翠蓮鬆了口氣，「麻死老娘了！」然後上下上下活動胳膊，像個招財貓一樣。羊十九醒來的時候，雨已經大起來了。剛才趴著黏到的泥巴，加上現在雨水濺起來的土，讓羊十九覺得自己是棵剛從地裡挖出來的蘿蔔，那種隱約能分辨得出大腿和肚皮的成精的蘿蔔。為了證明這一點，她蹬了蹬雙腿，對自己有兩條分叉的蘿蔔腿表示滿意。

　　翠蓮扭頭和羊十九說了句什麼，也許是「你想家嗎？」，但這都無所謂，因為剛好打個雷，羊十九沒聽見。羊十九一手捂左耳，一手伸過去給翠蓮包左耳。翠蓮一手捂右耳，一手伸過來給羊十九包右耳。兩人聽著兩耳之間的回聲，轟轟中夾著有節奏的心臟跳動聲，不停地眨著眼睛，等待一個不知會從哪裡炸過來的雷聲。嘴裡模擬著「攻攻攻」，來給雷聲鋪個漸入前奏，省得雷聲真的滾過來了被嚇到。

閃電刷一下，又刷一下，尖銳得很。翠蓮和羊十九看一眼彼此是立體的正常人，只是輪廓昏暗模糊，再看一眼就是平面的底片了，釘在曝光過度的慘白裡。翠蓮和羊十九都不吭聲了，看著閃電隨意撕開天空、樹林和整個山頭，自己的身體會不會也裂開了，兩人都不敢摸，不知道摸一摸會不會扎手，會不會漏水。忽然羊十九叫了一聲：「啊呀，我漂起來了！」翠蓮一看，羊十九躺在芭蕉葉上被漲起來的雨水托起來開始蕩來蕩去。「啊，翠蓮，我的船開了！」只見羊十九兩手枕在腦袋下，舒服地架起個腳。這時，翠蓮才感到屁股底下的芭蕉葉開始左歪右歪，想把她顛水裡去（翠蓮太沉，芭蕉葉也想扔掉這個負擔漂起來輕鬆點）。羊十九的芭蕉葉漂了一會兒，就撞到了一塊大石頭，被彈回來，又和翠蓮漂過來的芭蕉葉撞到一起了。「碰碰船哎！」羊十九抖抖腳，「碰碰船要人多才好玩！」說著漂過去撞了下翠蓮的船，「我們去找女人一起來玩這遊戲好嗎？」翠蓮說：「好啊！可是去哪裡找女人呢？」於是這故事又回到之前翠蓮和羊十九商量著去找什麼樣的女人入夥，是找女俠還是女乞丐，然後如我們所知，她們覺得女俠、女乞丐和女流氓三觀不合，拉來入夥沒意思，需要創造游離態的女人。翠蓮和羊十九決定劫花轎。

第五章

一

　　劫花轎怎麼才能保證劫到不想嫁人的女人呢？翠蓮和羊十九都沒什麼經驗。羊十九雖然劫過翠蓮，但翠蓮是個特例。她們在路口蹲了一個禮拜，也沒撞見一個像翠蓮當年把婚車坐成囚車的女人。每個路過的花轎都是一本正經，四四方方，看不出是一張笑臉還是一張喪臉。也從來沒有哪個女人會從轎子頂伸出腦袋來，像個水沸騰的時候浮起來的茶壺蓋。因為一直昂著頭有點吃力，不一會兒這個茶壺蓋就開始熱氣騰騰地冒蒸汽。

　　翠蓮和羊十九覺得很失望。於是第二個禮拜，決定試試別的方法。最簡單的方法就是大手一揮，逼停車隊，「跟你們主子有句話說！」然後拉開轎子門簾，問道：「小娘子，想逃婚嗎？」本來翠蓮和羊十九想的很簡單，要是對方回答不想，她們就揮揮手讓轎子走起，如果對方回答想，她們就配合演出戲，把劍架在小娘子自願湊過來的脖子上，在抬轎人還在愣神的當兒，把她劫走。但現實總要更複雜些。比如，拉開轎子門簾的時候，新娘經常頂著紅彤彤的頭蓋，嘰嘰咕咕地念著經，「佛祖保佑等下掀頭蓋的男人別太醜，別太臭，也別是個歪歪頭。」因為轎子停了，她以為夫家到了，調皮的小姑子來接轎，打趣她：「想逃婚嗎？」於是回答說：「想逃啊，怎個不

想，緊張死我了！」說著拄著小姑子（羊十九）的胳膊下了花轎。

　　走了一段山路，小娘子覺得夫家是真窮了，家門口的路都沒點平整的，雖然眼睛被頭蓋擋著，但是往下看路還是能看的。路上都是些石頭、坑窪、羊糞還有枯草，搞不好夫家的房子都是茅草搭的，風一吹整個房子悉悉嗦嗦的。她開始為未來的生活擔憂，搞不好丈夫也是稻草紮的，就一對眼珠子會動，動一動也是悉悉嗦嗦的。過不了多久，她也變稻草人了，生個小孩也是稻草人，抱著怪扎手的，喝個奶也是悉悉嗦嗦的。這樣想著，雞皮疙瘩都起來了。忽然翠蓮掀起了她的頭蓋，她就愣住了，還沒拜堂吶！不醜，不臭，不是個歪歪頭，也不是個稻草人，但是個女人！

　　翠蓮被她盯得怪不好意思的，剛逃婚出來就是這麼激動的，這個她親身經歷過知道。剛想致辭表示歡迎入夥之類的，小娘子就哭著鬧著要回去，還罵翠蓮和羊十九光天化日之下劫色良家婦女，不是人販子就是變態！翠蓮覺得莫名其妙，「你自己說要逃婚哎！」羊十九撓撓頭皮，「劫色？小姐姐，你是不是不怎麼照鏡子啊？」諸如此類的事就很討厭，浪費時間又浪費精力，還搭進一天的好心情。反正碰到這種倒楣事，翠蓮是拒絕送新娘下山的，她就裝模作樣地喊：「十九，你送送小娘子？」羊十九說：「哎呀，我肚子痛，想拉屎！你送送唄？」翠蓮說：「哎媽呀，我怎麼腿抽筋，痛死老娘了！」

　　新娘就傻眼了，剛才是罩著頭蓋被牽上來的（這倒是專業的人販子的計倆，斷了逃回去的路）。既然一口咬定翠蓮和

羊十九是人販子，也不好意思要人販子原封不動地送被拐賣的自己回去，反正我是從來沒聽過類似的新聞，諸如人販子販賣中途退貨，人販子良心發現千里送嬰歸。但是面前兩條岔道，哪條下去才能回到剛才轎子停下來的地方呢？她硬著頭皮問翠蓮，翠蓮摳著腳趾甲。她翹一翹右腳的大拇指，其他四個指頭勾起來，小娘子覺得翠蓮在暗示左邊這條路吧！剛想往左走，她又看到翠蓮的右腳的食指也立起來了，和大拇指你來我往的打起了響指。這樣小娘子又開始懷疑翠蓮究竟暗示什麼。她又陪著笑問羊十九，羊十九直勾勾地看著她，忽然閉了下左眼。小娘子猜羊十九暗示左路不通，右路可行。剛想往右走，羊十九又睜開左眼，閉右眼，然後進入左右切換模式，好像眼部肌肉抽搐，一邊抽一邊說：「翠蓮，我眼睛進小蟲子了，可我不知道牠進的是哪隻眼睛？」

如果小娘子這時候拿捏不準，一屁股坐地上哭起來，這事就不好辦了。因為抬花轎的是不會在原地久等的，他們假裝在花轎的四個方向喊了幾聲「小娘子——」，算盡了找人的義務了，對得起自己的良心。然後因為慣性，抬起了空轎，因為少了一百斤，抬起來格外輕鬆，神清氣爽。一會兒踢個正步，一會兒扭個屁股，走了一會兒又開始哼歌。當哼到當時流行的唱宋江集團的「好漢歌」的時候，大家不想抬轎子了，做牛做馬太窩囊。索性把車隊裡的新娘嫁妝都瓜分了，擊了個掌，一哄而散。有家的回家，沒家的就買了把斧頭上梁山。

如果在抬花轎還沒哼上煽動性的「好漢歌」之前，也就是還在裝模作樣喊「小娘子」的時候，小娘子沒有即時出現，那

麼她一個人既找不去夫家，又沒了嫁妝，只能時不時地來轎子這裡蹲一蹲，期盼著從左邊山路來的娘家還是從右邊山路來的夫家派人過來找她了。當然，在她蹲到人之前，她得和人販子翠蓮和羊十九住一段時間了。嫁了一半的小娘子和不想嫁人的翠蓮、羊十九在同一屋簷下總是不大和諧。

　　首先，翠蓮覺得憑什麼要招待她？小娘子理直氣壯：「不是你們半路搞鬼，我早在老公家裡吃香的喝辣的了。你們當然要包吃包住！」羊十九覺得好像有點道理，但還是不怎情願。到了飯點，翠蓮和羊十九坐在桌子兩對面，小娘子坐在兩人中間，但她沒有高凳子坐。「我家就兩張高凳子。喏，你就坐這個！」翠蓮給她一張小板凳，平時拿來架腳的。這樣小娘子其實是坐在桌子底下，端個小碗，看看左邊翠蓮抖來抖去的腿，看看右邊羊十九時不時漏下來的飯粒。因為坐得矮，抬手夾不到菜，每次站起來夾菜，不是看見翠蓮抄起盤子往自己碗裡倒菜，就是羊十九在舔盤子，兩種情況她都吃不到菜。小娘子不高興了，自告奮勇攬了炒菜的活。翠蓮和羊十九就覺得解放了，不用幹活了，去院子裡捉個虴蜢，當然不會離家太遠，要等著被叫兩聲「開飯啦！開飯啦！」隨時跑回來吃。

　　炒菜的時候，小娘子就左手拿鏟子右手拿筷子，一邊炒一邊吃。有時候右手速度比左手快，炒到最後，鍋裡就剩三棵小青菜了。端上桌的時候，小娘子惋惜道：「這季節的青菜縮水很嚴重，看起來一大叢，鍋裡炒兩下就瘰成一小坨了。」羊十九盯著這三棵小青菜，下了很大決心才把一棵最細的挑到小娘子碗裡，「大廚吃！」小娘子一邊打著飽嗝一邊嚼起來。翠

蓮不高興了，等第二天小娘子炒菜的時候，她假裝出門溜達，然後忽然從廚房窗戶上探出頭來，兩手托著下巴，掛在窗戶上往裡看，嚇小娘子一跳。剛放進嘴裡的毛毛菜有點燙，叼了一半在外面涼。翠蓮眨巴著大眼睛：「好吃嗎，大廚？」小娘子騰不出嘴巴說話。翠蓮繼續說：「給俺也來點？」張大嘴巴「啊——」，小娘子只好給她夾一條，翠蓮「嘎啦嘎啦」地嚼起來。

在外面晃的羊十九看到翠蓮掛在廚房窗外，不知道在幹嘛，好奇得很，一跳，掛在另一扇窗戶外面，也張大嘴巴。這樣小娘子就得投餵兩張嘴，像剛晉升的鳥媽媽一樣忙。這種投餵模式的炒菜，炒著炒著菜就少掉了，裝盤的時候就剩菜湯了。三人就回到屋裡菜湯拌飯，飽是都吃飽了，但羊十九吃到一半總要咔塔咔塔地玩筷子，想伸出去夾點什麼，「今天沒菜吃哎！」

三人之間的不大和諧的關係，簡而言之就是覺得對方不是自己人。不是自己人就互不信任，互相猜忌，各自打著小九九。小娘子沒上山的時候，本來有三隻母雞在下蛋。翠蓮和羊十九各吃一個，留一個攢著。等小娘子住進來的時候，下蛋的母雞就變成了兩隻。翠蓮不知道是有隻雞忽然被小娘子嚇到了，沒心情生蛋了，還是小娘子偷吃蛋了，反正這事不論是去問雞還是去問小娘子都是問不出來的，但都和小娘子脫不了干係。要解開謎底，最簡單的就是蹲在雞舍旁邊，親眼見證雞蛋的誕生。但是當羊十九一大早起來，蓬著頭髮，瞇著眼屎，支著腦袋蹲在母雞旁邊的時候，母雞反而是一個蛋也不下了。牠

們蹲一蹲，昂起頭看著羊十九，站一站，走兩步，又去蹲一蹲。如此往復幾次，最後徑直出門散步去了，蹲過的地方就留了幾根熱乎乎的羽毛。

其實這也很好理解，如果一個人正要拉屎，忽然冒出來一個人盯著她屁股，她就往上提著一口氣，屁眼就打不開，不能放肆。所以現在洗手間都是一扇扇的門隔得好好的，防止偷窺，讓大家在裡面身心放鬆，隨心所欲。不像我讀中學的時候，一排開放式蹲坑，課間的時候，每個坑旁邊都排著隊。每雙焦灼的眼神都在幫你提褲子，拽出坑來，好讓下一位上去。不排隊的時候也沒好到哪去，剛滿頭大汗嗯嗯地拉出半截屎，同學就忽然飄過，還得叫你名字：「羊二，拉屎啊？」我就有種幹壞事被現場抓包的感覺。不知道是要繼續幹下去還是收手，不敢放肆使勁，也不能憋回屁眼。經常是卡在那，等同學噓噓完再次飄過，「羊二，不等你了，我先走啦！」才能安心繼續。

這母雞被羊十九連著蹲了幾天後，一直沒成功下蛋，憋得慌，火氣很大（跟便祕一個道理）。母雞火氣大的長出了通紅的雞冠、鮮亮的羽毛，啄糠飯的時候把搪瓷碗啄得康康地響。羊十九吃不到蛋更急著去蹲點。於是母雞一直出不來的蛋在體內被越來越炙熱的火氣烘烤著，等羊十九有天起晚了，去雞舍一看，忽然冒出來幾隻小雞，渾身濕漉漉的，蒸騰著熱氣（雞蛋直接在母雞肚子裡孵出來了）。還有一隻是烤熟的嗞嗞冒煙的小雞（這隻估計最早在肚子裡孵出來，又在肚子裡燒烤了一天）。羊十九喜出望外，撢了撢烤雞上的灰，蘸了點鹽和胡

椒，送到翠蓮嘴邊給她改善伙食。後來她故意晚點去看雞，奇怪的是再也沒撿到烤熟的小雞，反而都是正常雞蛋了。

　　雖然這剛出生的童子烤雞毛毛多於肉，但翠蓮還是覺得不錯，主要是因爲羊十九當時提著小烤雞一路喊著：「翠蓮呢？翠蓮！」羊十九多掛記她，她都沒一路喊著：「小娘子呢？小娘子！」自從家裡多了一個人以後，關係就微妙起來。顯然小娘子是外人，翠蓮和羊十九是自己人，在外人面前，這個自己人同盟忽然得意起來，或多或少的總想炫耀一下（這不就是現在流行叫的秀恩愛嘛，嘖嘖）。但因爲小娘子來得太突然，翠蓮還沒怎麼和羊十九排練過秀恩愛，這個度有點不好掌握。比如三人在吃著飯，翠蓮舀了一勺湯從桌子的一頭給另一頭的羊十九喝，羊十九「謝謝翠蓮」。吃著吃著翠蓮又夾了一筷子蘑菇給羊十九吃，羊十九又說「謝謝翠蓮」。這完全不是二人平日的作風。雖然兩人平時吃飯不會搶菜搶得打起來，但碰到兩人都愛的菜比如魚啊、蝦啊，都是論個數平均分派好的，每人一個盤，別想多夾一隻。現在謝了幾次翠蓮以後，羊十九剛夾了一塊香腸放嘴裡，忽然想到了人要知恩圖報。她趕緊從嘴裡拿出筷子的時候順便把香腸重新夾出來了，牽著自己長長的口水線，把它送到翠蓮的嘴邊。小娘子看不下去了，翻個白眼，放下碗筷：「我的胃有點翻。」翠蓮有點尷尬，但爲了證明自己人的友誼萬歲，硬著頭皮吃了羊十九的口水線，「謝謝十九！」吃完後又補了一句：「下次別麻煩了哈，我自己夾！」

　　雖然秀恩愛有點過火，但翠蓮沒這麼輕易放棄，畢竟滿

足感還是有的。母雞正常下蛋後，羊十九一大早從雞屁股下摸來兩個熱乎乎的雞蛋。平時就是一人一根麥稈，分別戳進各自的雞蛋，啾啾地吸起來。現在因為多了個小娘子觀眾，她又沒雞蛋吃（或者她已經偷偷先吃掉了），翠蓮就提議和羊十九先一起戳一個雞蛋，吸完再一起戳一個雞蛋吸。這樣每人還是吃了一個雞蛋，但因為是頭碰頭一起吸，階級友誼的樂趣明顯大於食物本身的樂趣，當然此樂趣因為階級敵人——小娘子的存在翻了一番。當兩人頭碰頭一起專心吸一個蛋的時候，吸著吸著，戳在雞蛋裡的兩麥稈就黏到一起去了，就接通了。最後一出溜的蛋清一會兒在翠蓮麥稈裡，一會兒因為羊十九使了點勁又跑到羊十九的麥稈裡。最後翠蓮猛吸一口，這條鼻涕似的蛋清就進了翠蓮的嘴巴，羊十九含著麥稈的嘴唇就被翠蓮這口猛吸卡進了麥稈裡，像嘟著鴨扁嘴。小娘子在旁邊又翻個白眼：「吃個雞蛋都能間接親嘴，肉麻！」搖個扇子走開了。

小娘子扇子不離身，這麼個夏天，她穿得齊齊整整的，肚兜、抹胸、襦裙、褙子一樣也不少，但一點也不捂汗。她總是一副剛出浴不久，全身擦滿爽身粉的那種清潔乾爽。羊十九路過她身邊的時候，總是偷偷地呼點自己的熱氣給她，想讓她濕潤起來，帶點汗臭味，帶點小髒。但效果不理想。反而自己的味道被小娘子的脂粉香蓋住了，因為敵不過對方的香，還被嗆到兩口。所以羊十九有時候賭氣用自己汗漬漬的手（剛去澆了大糞肥，挖了番薯，或者掏了鳥蛋黏了鳥毛）故意去拍拍小娘子：「哎，今天天氣不錯啊！」「哇，這雨怎麼說下就下啊！」說些兩句就結束的話。羊十九的重點在於拍一拍小娘

子，而不在說話，即使呱拉呱啦說個沒完，拍也只能拍一次。如果一直拍，像給自己的話打拍子，顯得太自戀。

因為小娘子在，羊十九象徵性地穿個肚兜和褲衩，但有時候她會忘掉，比如剛泡完澡擦擦乾就跑出來了。因為哼的小曲沒斷，她就感覺帶著澡盆跑來跑去，跑哪都是浴室。小娘子撞見她總要叫一聲「哎呀！」，然後用手把自己眼睛蒙上，「我跟你說，你這樣嫁不出去的！」羊十九說：「為什麼啊？」「你不該被看到的地方被別人看去了！」羊十九說：「被你看去了？我不怪你，反正我又沒少塊肉。」羊十九的頭髮還在滴水，有一滴從脖子溜下來，攢在乳頭上，像站在三米跳臺上，環顧四周，猶豫著向哪個方向往下跳。羊十九就幫它做了個決定，勾起食指往前方一彈，這滴水剛好濺到小娘子兩隻摀著臉的手中間，淹了點脂粉，掛了一道米湯糊下來。羊十九很得意，終於破壞了小娘子的乾爽質地，從光亮的瓷娃娃身上刮了點釉下來，頓時覺得自己「不該被看到的部位」有種神奇的能力，於是補充了一句：「我的胸是不是滿好看的？」小娘子放下兩手，抹了一把滴到鼻子的米湯，扔下一句「神經病！」就跑去補妝了。

小娘子有個常用句式叫「我跟你說，你這樣是嫁不出去的，因為……」，雖然翠蓮和羊十九反駁了好幾次「我本來就不想嫁人」，小娘子是不會相信的。在她看來，想不想都無關緊要，反正到了日子就得嫁人。就像豬到了日子就得出欄，從沒見過哪隻特立獨行的豬一直懶在家裡，吃吃睡睡頤養天年的。雖然這話聽著有點像罵人，但小娘子倒也沒說錯。（看來

豬是這世上最倒楣的物種，不管身體好不好，都得在青春期挨上一刀成為案板上的肉。）翠蓮和羊十九像兩頭打死不出欄的豬，或者更確切的說，正要出欄之際忽然跑去山裡做了野豬。這樣算來她倆娘家都做了賠本買賣，小娘子滿替她們娘家不值，時不時老媽附體似的規勸兩人去野從良。

比如小娘子會說：「羊十九，我跟你說，你這樣是嫁不出去的，因為你不但笑而露齒，你齒上還有一粒辣椒籽！」羊十九舔了一圈，嚼了嚼，被這顆辣椒籽辣得稀哩嘩啦。辣完以後又覺得自己很好笑，又齜牙笑起來。小娘子一看，這下每顆牙齒上都有更小的辣椒籽碎粒了。又比如小娘子會說：「翠蓮，我跟你說，你這樣是嫁不出去的，因為你不好好做女工，跟男人似的在這裡射箭。」翠蓮正和羊十九學射箭，小娘子明明看見她瞄準前面的圓靶子，結果倏地一聲，自己叉在胸前的兩隻寬袖被飛來的一支箭釘在一起了，好像要作揖，她尖叫一聲。翠蓮說：「啊呀，不好意思，我箭法太差啦！我女工也很爛，袖子上的兩大洞要不您老人家自己補一補？」

雖然自討沒趣，但小娘子總是忍不住要說，就像個居委會大媽，眼裡看得到的都是她的職責範圍。一個犯睏的午後，小娘子沒瞇眼也沒打盹，盯著羊十九的連心眉，看著看著忽然說：「我跟你說，你這樣嫁不出去的，因為你的眉毛太凶。男人喜歡的是遠山眉、臥蠶眉，或者像我這樣的，細細的、淡淡的、若隱若現的謎一樣的淺文殊眉。喏，你看！」羊十九湊近一看，伸手一摸，就把謎給解開了，「啊呀，你眉毛禿的啊！」小娘子打掉她的手，「眉毛不先剃掉，怎麼畫各種造

型？沒有各種造型換著來，男人看厭了，保不定會去納個遠山妾、臥蠶妾，不如我一站式服務到底。」羊十九頓時覺得面前站著的是個三妾合體，額頭下面輪流閃爍著三盞彩燈，遠山、臥蠶、淺文殊，像理髮店在招攬生意。沒電的時候，三盞燈都滅了，小娘子洗完臉，眉毛就不見了，她就得趕緊補兩條。

　　這樣宋朝剃了眉毛的女人就很忙，不僅早起要畫眉，睡前也要畫眉，平時都不敢輕易洗臉。晚上要是丈夫喝得人事不省或者夜不歸宿，女人就懶得半夜畫眉了，安安心心睡個無眉覺。要是睡了一半，夜不歸宿的男人忽然回來了，一聽門口動靜，女人第一個反應不是去開門，而是抄起鏡子給自己摁個眉，不然怕把丈夫給嚇回去。半夜畫眉是要糙點，但男人的眼睛在半夜也要糙點，所以也是剛剛好。（如果這世上的男人都是一千度近視，女人的日子不要太好過，整天蓬頭垢面睡衣睡褲地問半瞎的丈夫：「我今天打扮得是不是很美？」「我這小禮裙是不是很顯腰？」）半夜畫眉有時候太睏了，眯著一隻眼睛，看著鏡子裡的一隻眼睛，畫一道眉也就夠了，就倒床上睡著了。半夜喝酒回來的丈夫躺到枕頭上，頭往她那一歪，立馬酒醒一半。這不是畫皮吧？用手輕輕地摳了摳掉了眉毛的那半張臉，好像摳不下來。然後刮了刮眼睛、鼻子、嘴唇，不像是畫上去的。這樣的事多發生幾次，眉毛就成了女人多變的典故，當時關於女人眉毛的宋詞不要太多。既有男人從男人角度寫的，比如：晨起兩彎眉，夜寐成一彎。悄問妾眉何處去？飄入夢中一烏雲。也有男人以女人口吻寫的，比如：日梢頭，懶洗漱，眉黛一抹沒。舊眉水中游，新眉描個啥？額前光溜溜，

眉頭深鎖卻無眉。

　　翠蓮知道小娘子眉毛的祕密以後，就恍然大悟自己人和敵人之間的分歧可以被概括爲黨派之爭，叫做有眉黨和無眉黨。有眉黨自由生長，無眉黨有個審美範本要往裡套。有眉黨取悅自己，無眉黨取悅男人。這樣想以後，翠蓮忽然爲身爲有眉黨而得意，這種得意以前是體會不到的。如果不是無眉黨的襯托，誰沒事會因爲自己長了眉毛，而眉毛又沒被剃掉這種事而驕傲？這樣看來，羊十九果然是自己人，而且是個黨內同盟，因爲她有一對天然濃黑的連心眉！翠蓮伸一個手指在羊十九的眉毛上來回撫摸，「毛茸茸的眞好摸！」邊摸邊對小娘子說：「喂，你要不要來體驗一下？哇，還有點毛刺刺的生命力！」摸摸還不夠，翠蓮又把自己的額頭湊過去，兩人的眉毛刮一刮，蹭一蹭，「啊呀，沾點生命力。改明兒咱的眉毛也旺盛生長！」小娘子撇撇嘴，「切，這也能拿出來顯擺！」

　　爲了不被撒奇奇怪怪的狗糧，小娘子更加勤快地去山下蹲空花轎。終於有一天，左右邊山路各來了一幫人，左邊娘家的，右邊夫家的，爲回娘家還是回夫家爭了半天。最後一塊紅頭蓋往小娘子腦袋上一兜，在娘家人的陪同下往夫家顚過去，以確保這次交接的順利。小娘子眼前一紅，兩眼一閉，踏踏實實地回到了既定的秩序中去了，再也不用受有眉黨的窩囊氣。

二

　　翠蓮和羊十九又回到岔道口，重新開始劫花轎。這次她們學乖了，如果新娘頭上罩著蓋頭、低頭念經的，一律先掀起

蓋頭再問話。但是掀蓋頭的動作總是有點猝不及防，小娘子經常嚇得目瞪口呆，不知道面前冒出來的一黑一白兩毛賊是啥來頭。黑的問：「你想嫁人嗎？」小娘子愣著神重複道：「你想嫁人嗎？」只聽白的不耐煩地說：「問你吶！」小娘子不知道回答想或不想會有什麼後果，不知道是說「想」以後被五花大綁拖出轎子，「給我做壓寨夫人唄，啊哈哈！」還是說「不想」以後手起刀落，頭咕嚕咕嚕地滾出轎子，「成全你得了，省得過了門受煎熬！」於是戰戰兢兢地說：「我隨便。」這下輪到翠蓮和羊十九犯難了，不知道帶這種「隨便」上山會有什麼後果。

翠蓮總是拿心不定，一會兒把小娘子從轎子裡領出來，走了沒幾步，又變卦了，把小娘子又重新塞回轎子裡。小娘子倒不生氣，她反正都隨便。隨便了幾次，羊十九覺得傷腦筋，這種事情還是讓老天來決定吧！於是她想了一個獲知天意的辦法。她把一小塊木板刨刨平，中間釘了個鐵釘，釘上按了個指針。木板左邊寫了個「去」，右邊寫了個「留」。小娘子一說「隨便」，羊十九就從包包裡掏出新做的轉盤，朝左手手心呸了點唾沫星子，又朝右手手心呸了點唾沫星子，兩手一合來回搓搓，這樣似乎就和老天爺通上了某種關係。然後食指一勾，指針就嘩啦啦地跑起來了。翠蓮、羊十九和小娘子就圍著看。

有時候風大，這指針就轉個沒完，停不下來。抬轎的師傅等得不耐煩，也湊過來圍成一個同心圓，看指針在轉盤上跑。因為這麼多雙眼睛盯著，這指針受寵若驚，跑得更歡了。光看沒意思，師傅每人掏幾個銅錢出來，押最後這指針停在去還是

留，過一把賭癮。羊十九看看覺得好玩，也押兩個銅錢。翠蓮覺得羊十九肯定輸，就押兩個銅錢在她反面。小娘子因為整個出嫁籌備和決策，她一點都使不上力。連上轎之前她想帶自己每晚抱著睡的布娃娃都被老爹否決了，「以後睡覺抱老公就行了！」所以垂頭喪氣，現在看到有個賭自己婚姻前途的遊戲，精神為之一振，趕緊掏兩個銅錢賭自己是去還是留，為自己的命運做決策真是新鮮刺激。

不過小娘子經常是身無分文（去嫁人帶人就可以了，帶錢做啥用？）。但既然是賭，就得押注，不然大家都口頭押押喊個五千一萬的，濺兩星唾沫，就沒意思了。於是，小娘子就押自己的嫁妝，指著一床紅被子，說：「押留！」這種押法顯然是不夠明智的，因為她要是輸了，去夫家就少了一床嫁妝。按照嫁妝多少，決定在夫家的地位高低，她少了一床紅被子，很可能到時候會把家裡丫鬟的活勻一份給她，比如倒洗腳水什麼的。如果她不想倒洗腳水，急了，說再押一次，重新來，押了「留」，又輸了一床紅被子，她到夫家可能就要倒馬桶了。如果她把嫁妝輸個精光，夫家就可能把家裡丫鬟直接辭退了，讓她全責代理丫鬟的職能，卻不領工資白乾。這樣小娘子急得哇哇大哭，大家看不過去，總不能在大喜的日子欺負新娘，就把從她那贏來的嫁妝都還給她。這樣也好，本來因為這嫁妝有點難公平瓜分，大家有點犯愁。比如一局，翠蓮和三位師傅贏了小娘子一床被子，銅錢除以四分分就好了，這被子除以四，不知道誰拿被罩，誰拿棉胎。這棉胎打得這麼緊實，怎麼撕開分一分，半截棉花，又能做啥用呢？蓋胸還是蓋屁股？這都是費

腦筋的。

　　截了幾個「隨便」，又賭了幾把以後，翠蓮和羊十九還是沒領到女人上山。雖然這轉盤有指「去」也有指「留」的，但指「留」的時候，小娘子總是因為輸了一床被子、一個四件套什麼的，嚷嚷著要再來一局翻盤，最後一局又鬼使神差地老是停在「去」上，讓翠蓮和羊十九忙了一天空手而歸。這樣，第二天兩人積極性都不高。「十九，該去路口陪小娘子賭錢了！」羊十九總是懶懶的，「不嘛，我今天來月經了！」或者，「不嘛，我就快來月經了，要休息！」又或者，「不嘛，我月經剛走，不能太勞累！」（這三句話要是複印一遝，每次上體育課隨便抽一張給老師，能把一年到頭的體育課都給請假請掉了。）

　　不過，等翠蓮做水晶麻將糕的時候，羊十九又要咕噥：「二缺二！翠蓮，咱明天去劫個『隨便』上山吧！」這種水晶麻將糕其實就是水晶糕，只是翠蓮做了一大塊以後，橫切九刀，豎切九刀，變成整整齊齊的小方塊。羊十九拿起筷子，蘸點紅色的辣椒醬，從左往右戳水晶小方塊，戳成一筒、兩筒、三筒，依次遞增，就成了一副麻將牌。這副水晶麻將牌只能玩一局，不管碰還是吃，都是叫碰叫吃的人把水晶牌一攤，給大家看一眼，然後把牌往旁邊的一盆薄荷冰水裡泡一泡，一張一張放嘴裡吃。泡過冰水，水晶糕下了肚子涼蔭蔭的，還能順便洗洗牌，一來洗掉辣椒醬，二來誰知道羊十九摸過的牌上面有沒有沾鼻涕呢？她一看自己的牌差，贏不了，自己的水晶糕都得被別人吃去了，就開始幹點歪門邪道。（羊十九：「你哪隻

眼睛看到了？」）有的碰有的吃的人，吃的時候過癮，等第二天屙屎的時候，因為前一天吃的都是連牌或者同樣花色的三張牌，拉屎的節奏也是噗噗噗連著三根細的，等了一會兒好像沒感覺了，提起褲子，忽然又肚子痛，坐下又是三根細的，總不能過癮。沒的碰沒的吃的，只能巴望著吃撐的早點叫一聲「糊了」，也不去看她怎麼糊的，就迫不及待地開始吃自己的牌。牌雖然爛點，口感還是不錯的。

　　當然這是後來四人麻將桌湊齊的情況下進行的，當羊十九和翠蓮還是二缺二的時候，這種吃啊、碰啊、胡啊都不怎麼玩得起來。心血來潮的時候，羊十九和翠蓮各抓兩把牌，桌子的另外兩邊放好椅子，椅子上面各放一個公仔，一個是陪羊十九睡覺的小豬，一個是陪翠蓮睡覺的小兔子。（平時睡覺的時候，抱著小豬的羊十九翻個身朝向翠蓮，抱著小兔子的翠蓮翻個身朝向羊十九，然後小豬和小兔子就抱一起睡了。如果羊十九還要伸長手臂去抱翠蓮，那小豬和小兔子就被擠扁了。宋朝的時候公仔填充的是棉花，而不是現在的人造化纖，本來就不怎麼蓬鬆，這一擠兩擠的更是癟癟了。）兩個扁得像紙片人似的公仔坐在椅子上老往下面溜，羊十九和翠蓮一邊幫它倆出牌，還一邊扶它倆起來，忙得吃水晶糕的時間都沒。為了能放鬆地打牌，羊十九下決心一定要帶兩個「隨便」上山。

　　羊十九拋棄了轉盤，換了抽籤的形式。她砍了兩截竹筒，一截劈成十枝竹籤，盛在另一截竹筒裡。每支竹籤內側她都寫了個「留」字，就等著小娘子說聲「隨便」，然後遞給她竹筒籤，讓她搖一搖，隨便抽一支，看看天意如何。因為天意大不

過羊十九的意思，羊十九一想到這就偷笑，所以她在等小娘子虔誠地抽籤的時候搞不好就憋不住地想笑。（不會撒謊的人就是這樣的，一撒謊面部表情就跟不上，要麼繃得太死，要麼收不住，隨時準備一咧嘴巴：「啊哈，我騙你的！你被我騙了，哈哈哈！」一個人笑得岔氣。）為了不露餡，羊十九得事先想好一些悲傷的事，能醞釀出悲傷的情緒，隨時掐掉一個蕩漾開的笑臉。

　　這個對於羊十九來說有點難。她搬了一張小板凳坐在門口，看著外面淅淅瀝瀝哭著的雨，托著下巴，絞盡腦汁回憶自己一生中最悲慘的事。想了一會兒，忽然聞到一陣香味，「啊呀，蔥油餅餅！」跑去廚房，一把抱住正在煎餅的翠蓮，貼得死死的，翠蓮給餅餅翻身扭一下身子，她也扭一下；翠蓮撒鹽抖幾下手，她也抖幾下。「十九你個煩人精！」「好開心！下雨天在家吃蔥油餅餅！」對於羊十九來說，沒有一張蔥油餅趕不跑的悲傷，如果有，就兩張。

　　趁著羊十九聚精會神地吃蔥油餅的當兒，我幫她回憶了一下。相國府有一段時間被悲傷籠罩著，因為相國的母親去世。整個相國府都披麻戴孝，不准奏樂，不准笑，連吃飯也不能嚼得太津津有味，最好表現得食欲不振，吃啥嘔啥。一拿起筷子就淚如泉湧，「媽呀／祖母啊，這菜您先吃！」然後把筷子往飯碗裡一插，意思就是上香，也就是在飯桌上把墳給上了。聽說當時相國脾氣很壞，有個腸胃脹氣的廚子給他上菜的時候，連打了三個飽嗝。相國第二天就把他開除了，因為他不能體恤主子沒胃口的悲傷。還有一個僕人趁著一群和尚在唵唵地做法

事的時候，放了一個響屁。他以為會被木魚聲蓋住，結果剛巧和尚一起咽了一下口水，跳過了一個「唵」，集體手抽筋，跳過了一拍木魚。那個屁就格外地清脆響亮，還有點小歡快，讓大家都覺得自己肚子裡這幾天憋的小泡泡咕嚕咕嚕地要冒出來。那個腸胃通暢的僕人第二天也捲舖蓋走人了。

在這種強制悲傷的氣氛裡，羊十九還是悲傷不起來，因為她和祖母不大熟。祖母有四個兒女，每個兒女又都有十幾號兒女，還都碰巧沒夭折。也就是說她外／孫輩加起來有六七十號人。（我班裡才三十個人，我到畢業也沒記全每個人的名字。經常深情地盯著一個學生提她起來回答問題，嘴裡卻喊著另一個學生的名字。另一個學生在我的視覺盲區站起來向我揮揮手，「老師，我在這！」）祖母到死也沒認全自己的外／孫們，當然，死後是記住了。墳前立了一大塊墓碑，密密麻麻刻滿全家的名字。整天躺在裡面沒事就念念名字，像念經給自己超度。

羊十九悲傷不起來，走路一蹦一跳的，還哼個小曲。雖然羊十九不會被開除或攆出家門什麼的，但相國夫人還是怕老公發火，於是臨時找了個腿腳不好的遠方親戚帶幾天羊十九。本來小羊十九一蹦一跳地逛花園，現在被這阿姨牽著手以後，逐漸就被帶跑了節奏，變成了一瘸一拐了。一瘸一拐就有了悲傷的意思。本來逛花園要哼小曲，現在一哼小曲就被阿姨掐斷，「十九啊，阿姨給你講個鬼故事吧！我們村晚上經常吹點陰風，樹葉沙沙地響，燭光一黑一亮……」於是，相國府沉浸在悲傷之中的時候，小羊十九被鬼故事嚇得不輕，成天天一黑就

躲被窩裡了，倒是沒給大家添亂。

　　要想讓羊十九共鳴這種失去親人的悲傷其實也容易，就是她愛的人死了。比如她老媽去了，她肯定傷心得要死。但相國夫人還活蹦亂跳的，不能因為想讓羊十九體驗悲傷就活活地把她寫死，這樣太不道德。不過我可以讓羊十九腦子裡閃過一念，叫「如果翠蓮死了」。反正有一天羊十九早上起來看著翠蓮的大臉，忽然冒出這麼個問題。自從冒出這個問題以後，羊十九幾次想把它用石頭壓壓牢，都沒成功。吃飯的時候，羊十九喝著湯看著翠蓮，翠蓮在啃一根雞爪，把雞爪的五個指甲吐到桌子上。羊十九忽然想像了一個掉牙齒的老翠蓮，「啊呀，又掉了一顆牙，老咯！十九來幫我數數，還剩幾顆牙！」羊十九數到最後一顆牙也掉了的時候，翠蓮就兩嘴一癟去了。翠蓮埋在後山，羊十九每天搬個小板凳過去和翠蓮說說話，有時候太陽好，她就一邊曬太陽一邊打毛線。毛線球在地上滾來滾去，扯著羊十九手上的毛線，就像翠蓮伸隻手過來和羊十九玩皮球。這樣，羊十九和毛線球拉拉扯扯之間就生出了感情。等她織完一件毛線背心，她就沒捨得剪毛線球，讓它掛著、跟著、拽著，就像翠蓮拉扯著她的衣角說：「傻子，出去玩啦！」

　　羊十九這麼發呆想著，忽然翠蓮啃完最後一根雞爪，把油膩膩的手往羊十九衣角一刮一扯，「傻子，發什麼呆，出去玩啦！」羊十九哇一聲哭了起來，一把抱住翠蓮，像扯了一把毛線球抱到了陰陽界對面的人，抱得死死的不放手，「翠蓮，翠蓮！別離開我！」翠蓮嚇了一跳，抱著羊十九不敢動，「沒

事的，十九，我哪都不去。」兩人貼得太緊，自己的心臟突突地跳在別人的胸上，每個人都被兩顆嘭嘭的心臟跳得喘不過氣來。

　　本來是讓羊十九學點悲傷的情緒繃住一咧嘴笑開花的臉，在小娘子抽籤的時候裝裝樣子，但這種叫「如果翠蓮死了」的悲傷過了頭，羊十九一時半會兒都緩不過來。早上醒來要是不見翠蓮，以前是接著睡等翠蓮來掀她被子，這幾天羊十九睡不著了，一閉眼就是毛線球滾來滾去，要麼滾下懸崖去了，要麼是斷線了，嚇得她趕緊起來找翠蓮。如果屋前屋後都找不到，羊十九就一路走一路喊。一般村裡找人都是路上逮住個阿叔、阿婆問，看到那誰了嗎？羊十九沒有街坊鄰居，一路撞到的淨是烏鴉、野雞和老鼠，不過她也得問一句，「哎，看到翠蓮了嗎？」過了一段時間，那兒的烏鴉、野兔和老鼠都知道了「翠蓮」這個名字，用自己族裡的語言翻譯了「翠蓮」，覺得這個新詞很時髦，就整天掛在嘴邊。所以那邊的烏鴉、野雞、老鼠和別的地方叫「哇哇、唧唧、吱吱」的路邊貨不一樣，牠們叫兩個音符的，翻譯過來都是「翠蓮」。（不過幸好需要翻譯，不然整個山頭張口閉口都是直白了當的翠蓮。翠蓮一開始還會覺得自己「牛逼」，跟個山大王似的，大家都認識她，大家都跟她打招呼，有事沒事嘴裡都念叨她，就像念「阿彌陀佛」，念著四個字「翠蓮翠蓮」。前者是佛教，那麼以此類推，後者是拜翠蓮教。佛不在人間，不用整天聽和尚念祂，就不心煩。翠蓮教主就不一樣了，天還沒亮就聽門口樹上麻雀、烏鴉「翠蓮翠蓮」個沒完，叫魂似的，其他話又聽不懂，不知道牠們在

討論「翠蓮的肉好吃嗎」還是「翠蓮光屁股」，可疑得很。半夜老鼠從窗戶爬進來，本來叫「吱吱」，現在叫「翠蓮翠蓮」，好像進來看個朋友。這種情況下，翠蓮只能改名字了，比如叫翠花。但如前所述，大家不經翻譯齊叫翠蓮的情況並沒發生，所以翠蓮還是叫翠蓮，翠花另有其人。）

三

　　翠花是加入女流氓俱樂部的第三個女人。她上山落草的經過是這樣的。有天早晨翠蓮醒來，撓了下羊十九沒撓醒，她就自個兒出門呼吸新鮮空氣。看到林子裡新冒出來好些小蘑菇，就採了一會兒，快到山下的時候，她隱隱約約看到雜草堆裡有一大朵紅色的東西。之前說過翠蓮眼睛有散光的毛病，太陽曬得晃眼，翠蓮看來看去覺得這紅色在發光，還有三層疊影。難道是傳說中的致幻毒蘑菇？這致幻效果肯定槓槓的，長在地裡就自帶疊影效果，吃它的人估計一邊吃一邊自己重疊起來了吧？翠蓮覺得這種蘑菇要在羊十九身上試試，等一個羊十九變成三個羊十九，打水晶麻將牌就剛好四個。等翠蓮自己吃了，變成三個翠蓮，玩牌的時候，就派一個給自己打扇，再派另一個給羊十九打扇，順便偷看下她的牌。這樣家裡就熱鬧了，也不用這麼吃力不討好地劫花轎了。於是翠蓮走近點想去採，又發現這紅彤彤的底下還有層白花花的也發著光，哇，這蘑菇不但致幻還能變色？翠蓮一想到羊十九忽然變成羊十九紅黃藍，就覺得好笑，準備逢年過節把羊十九掛在臥室牆上，最好裝個開關，可以調節紅黃藍交替閃爍，增加節日氣氛。

翠蓮再走近點，發現這朵紅白致幻蘑菇是會動的，忽然竄得老高，把翠蓮嚇得大叫一聲「啊——」，這蘑菇也嚇得尖叫一聲「啊——」，這就是翠蓮和翠花第一次見面的場景。翠花是花轎抬到半路，尿憋不住，下轎在野地裡解決一下。所以剛才翠蓮看到的白花花的是翠花的屁股，紅彤彤的是她的紅頭蓋紅嫁衣。翠花後來回憶起這事就有好幾個版本。有時候抱怨翠蓮偷看自己的白屁股，她虧大了，她到現在還沒有看過翠蓮的屁股，不公平。有時候說自己可不是蹲在地裡撒尿，多粗俗！她那是在撲蝴蝶，什麼白花花的屁股那純屬扯淡，那是她的白綢扇！顛三倒四說了幾次後，俱樂部的姐妹傳來傳去就變成翠蓮當年蹲在草叢裡用白綢扇扇屁股，因為有隻蝴蝶跑到她屁眼裡去了。至於蝴蝶是怎麼進去的，是先脫褲子才進的，還是先進才脫褲子的，大家都懶得深究了，反正該發生的都發生了。

　　那天早上，羊十九醒來不見翠蓮，問了一路「哎，看見翠蓮了嗎」，終於發現翠蓮站在靠近路口那，剛想飛奔過去撒個嬌，「翠蓮你害我找死了嘛！壞蛋！」忽然發現旁邊還站著個全身大紅色的小娘子。羊十九想，翠蓮真勤快，一早跑來劫花轎，早起的鳥兒有蟲吃，都劫下轎來了，十有八九是成了吧！於是走過去激動地說：「小娘子決定上山入夥了？」翠花剛因被偷看屁股驚魂未定，又被羊十九的問題懵住了，「啥？」翠蓮解釋了下，「你要不想結這個婚，就上山加入我們女流氓俱樂部，大碗喝酒大塊吃肉，自在快活，不用去給夫家賣命，還要看他臉色。我估計你也不是富家小姐，嫁過去還要受苦。」翠蓮瞄到了路口那轎子，薄得像紙糊的，給它扯根線，來一陣

風，就能像屁簾一樣把它放到天上去。看過來來往往這麼多花轎，還是頭一次見到只有兩個師傅扛轎子的。而面前的翠花，紅頭蓋只能蓋到睫毛，不是因為她臉太大。（雖然確實大，翠蓮對翠花的第一眼好感就在於，哇，終於有人比我臉大了，真親切！）而是因為紅頭蓋布料不夠，這充其量是一塊小手絹，好處在於不用遮遮掩掩了，拜堂之前彼此就看得一清二楚了，不用等揭頭蓋的時候，雙方都嚇一跳，「啊呀，大臉婆！」「啊呀，歪歪頭！」

　　翠花的嫁衣也不合身，估計是嫁衣的原主人比翠花短小，原本寬鬆的嫁衣被翠花穿成七分袖，裙下擺繃住大腿。羊十九看見一條紅線在翠花腿側蕩來蕩去，就順手幫她扯扯斷。結果一扯兩扯沒斷，倒是像拆米袋封口線似的，呲呲呲地全開了。翠花很尷尬，但也鬆一口氣，「舒服！」緊繃繃的裙擺終於開了個叉，漏進來陣陣涼風。人不緊繃了，腦子就活絡了。翠花覺得翠蓮說得有道理，與其去給夫家做牛做馬，不如自己創業。管他創正經業還是流氓業，都是為自己幹，為自己幹總比給別人幹有盼頭。於是她踢踢地上的土，說：「我跟你們上山！」三人就貓著腰鑽進樹林，把兩個抬轎的師傅晾在了路口。兩師傅打了盹起來，發現轎子輕飄飄的，喊了幾聲「小娘子」沒人應，罵了聲「操！」，這單生意黃了。於是去拆小娘子的嫁妝看看有沒有值錢貨，只找到一床被子。本來要平分這條被子，一人拿被套，一人拿棉胎，結果拆了才發現棉胎是舊棉花拼的，黴斑點點。兩人只好打了一架，贏的拿了被套回去了。

四

　　自從翠花加盟，翠蓮和羊十九就莫名地看好俱樂部發展壯大的趨勢。按照一生二、二生三、三生萬物的邏輯，有了翠花這個「三」，就該自然而然地進入「萬物」的階段。所以翠蓮和羊十九給自己放了兩天假，把劫花轎這事放一邊。不過這兩人時不時扭過頭來看翠花兩眼，發個呆，好像等待什麼事發生，比如一個翠花「咔嗒」像個蛋殼裂成兩半。有了「咔嗒」這個錯覺，羊十九就走去門口探一探，有沒有女人上山來。「啊呀，我就知道這山上藏著個女流氓俱樂部！四號花蛋來報名！」「五號蛋黃來報名！」「六號黃杏來報名！」不過這也是羊十九一廂情願，門口啥人也沒，就有時候晾曬的衣服褲子被風吹得鼓起來，裝作人的樣子伸伸手踢踢腿。

　　翠花不知道翠蓮和羊十九心裡的小九九，不過被她倆時不時這樣殷切地注視著，翠花莫名地有了想壯大女流氓俱樂部的責任感（就像新入股的股東打了雞血似的想帶領公司一年內業績翻翻）。三人坐著吃飯，吃著吃著翠花放下碗筷，瞇起眼用木匠的眼光打量這飯桌，「這兩米乘兩米的桌子太小啦，等咱俱樂部人多起來，得整個十米乘十米的大桌子才夠大家一起吃飯！」羊十九腦子裡的桌子一延長，第一個反應就是自己想吃的菜跑到桌子中間去了，搆不到了，於是下意識把番茄雞蛋湯往自己這邊挪了挪，連舀三勺湯到自己碗裡。然後把自己往翠蓮那邊移了移，別不小心被那麼多吃飯的人沖散了，找翠蓮找不到。

　　翠花參觀了廚房說：「這灶台太小啦，等咱俱樂部人多

起來，得把這敲掉，再造個三倍大的灶，配個三倍大的鍋！」羊十九想了想，這麼一大口鍋能煮點什麼以前不能煮的，比如一整隻豬頭，一整隻羊，或者一隻小孩。小孩這東西不知道大家喜不喜歡吃，也不知道配點什麼醬比較搭，辣椒醬、豆瓣醬還是花生醬。羊十九沒吃過小孩，直覺還是椒鹽比較搭。嬰兒肥嘛，總是容易膩，花椒味剛好去膩。小孩小小的，沒下地跑過跳過，就沒怎麼出過汗，應該不鹹，淡淡的，可能還有點奶香，加點鹽正好。（這不是奶鹽瓜子嗎？）

翠花又參觀了後院，看過了雞鴨鵝羊豬，說：「你們這是養寵物啊？等咱俱樂部人多起來，得擴大養殖規模，每人都有蛋肉吃，還有羊毛薅！」這可不是說擴大規模就能擴大的，翠蓮和羊十九劫了這麼多車，可從沒見過運豬的車。她倆做夢都想著哪個村裡一群豬出欄，要趕到汴梁城裡去賣，剛好路過這裡，趕豬人被兩蒙面劫匪嚇得丟了豬就跑。翠蓮和羊十九趕著漫山遍野的豬，心裡樂開花。她們每天變換著花樣吃豬肉，青椒肉片、肉丸子、涼拌豬臉肉、燉豬蹄，這樣吃一年吃到吐才吃掉一頭豬（吃不完的就醬起來，做豬肉香腸掛起來，火腿醃起來）。按這速度，翠蓮在每隻豬的豬耳朵上掛了一個標籤，寫著「1」、「2」、「3」、「4」，表示「明年吃」、「後年吃」、「大後年吃」，以此類推。這樣就排到十年以後，羊十九經常盯著掛著「10」標籤的豬傻笑，覺得心裡踏實，有牠兜底，十年餓不死。

但其實即便翠蓮、羊十九和十頭豬的故事真的發生了，就翠蓮和羊十九每天投餵豬草的量，這些豬肯定吃不飽，只能

餓得越來越小。用不了多久，標「2」的豬就餓成「1」，標「3」的豬就改成「2」。再過段時間，一個個都餓得縮回小乳豬了，大家耳朵上的標都改成「1」了。羊十九掛在豬欄上盯著一群掛著「1」標籤的豬還是傻笑，沒準明年還會有人千里迢迢趕豬專門路過這兒吧，誰知道呢？

事實上，翠蓮和羊十九養的一隻寵物豬還是她倆好不容易從野豬馴養過來的。翠蓮給野豬投餵的剩菜剩飯裡多撒了把鹽，吃了一個月，全身黑刺的野豬就褪毛褪得白白淨淨，只剩下透明的小汗毛，還帶點自然捲。下完一場雨，小汗毛就戳著一滴亮晶晶的水珠立著。這時羊十九就叫一聲，「翠蓮快來看，水光豬亮起來了！」或者雨過天晴，太陽一照，每滴水珠裡都有一朵小彩虹，「翠蓮快來看，彩虹豬亮起來了！」要是這時，豬低下頭去看自己，每滴水珠裡都有一朵小豬頭，看得入迷。翠蓮走來一看，「哎喲，千首豬，嘖嘖！」

當然，把野豬馴養成家豬不光是褪毛，還包括改掉原來見誰拱誰的臭脾氣。羊十九找來一個大籃筐，底座按上兩根彎彎的竹竿，放在豬圈裡。有天豬拱了籃筐後跳進籃筐裡發現自己一搖一搖的，很有動感，如果屁股一扭一扭，這籃筐搖得更帶勁了。後來這豬一發脾氣拱東西，就自己跳進籃筐裡搖一搖，開心一下。羊十九站牠面前，牠也不急了，瞇個小眼睛，搖一搖，等羊十九幫牠推一把，再搖一搖，牠就徹底淪為寵物豬了。

因為馴養野豬太花時間，翠蓮和羊十九都沒搞定第二隻。（第二隻馴了一半，黑毛刺是褪掉了，但搖搖籃一點也開心不

起來，越搖越暴躁，還一個勁地喜歡搖。邊搖邊發出怒吼，好像在罵：「丫的，怎麼還不翻！」）更別說規模養殖了。翠蓮覺得翠花這人不實際。等翠花繼續說：「這房子太小了，等咱俱樂部人多起來，得修幾排大房子，有事沒事竄竄門。」翠蓮就打斷她了：「咱先有人再說哦？」

五

事情又回到了劫女人上山落草的軌道上來了。翠花說：「你們這個俱樂部太沒知名度了，我在山腳撒尿都不知道闖進了你們的地盤。」翠蓮和羊十九忽然被點醒，與其一個個眼巴巴地去劫花轎，不如把消息放出去，讓滿世界不想結婚不想生娃的女人都跋山涉水地找過來。羊十九想起宋江集團招人就是這樣的，靠的是大佬宋江的江湖名聲。不過這名聲是怎麼建立的呢？羊十九有沒有可能建立這種江湖名聲呢？我覺得宋江當初能交到一些狐朋狗友，很重要的一點是因為他會散財。這點的話，羊十九倒和宋江很像，她人傻大方，喜歡散財。但羊十九散的不是祖上的財和自己做小吏的工資，她散的是自己的零花錢（沒有宋江的工資單，很難說得上誰更有錢）。

相國府的小主十幾個，但大家只跟羊十九借錢，因為還不還，怎麼還，都憑自願。有丫鬟借十兩銀子，還羊十九十隻紙疊的元寶，還說：「十九，姐姐的元寶其實是船哦，十艘小船是一支艦隊。來，姐姐帶你去水上開艦隊！」兩人就手拉手去院子裡的池塘蕩紙船。當然這種事發生在羊十九小時候。等羊十九長大到從元寶身上看不到艦隊的時候，借錢的也不想還

錢。她們知道羊十九不會追著她們屁股後面催錢，也不會記帳，但總有一點不好意思。碰到羊十九，總覺得自己額頭上標著幾個字「欠銀十兩」、「欠銀五兩」，而且像霓虹燈一樣閃爍滾動播放。為了彌補自己的愧疚，有的給羊十九蒸一籠饅頭，捏成金元寶的樣子，黃橙橙金燦燦的，數一數十二錠，比借的還多了兩錠。有的給羊十九縫個枕頭，兩頭翹，中間凸一塊，像個大元寶。這樣羊十九翻到左邊掉不下去，翻到右邊也掉不下去，有了元寶枕就沒再落枕。

羊十九有這麼一幫借點她的零花錢還點小人情的朋友，但這種「你今天對我好」、「我明天對你好」的閨閣情並不能張羅出一張社會人際網。因為大家都不混社會，也沒什麼社會資源。雖然社交場合也是有的，但沒有男人摻和，女人的社交就很單純，沒什麼利益勾結，純娛樂。比如官宦小姐家搞聯誼，開party。吟詩的和吟詩的交朋友，大家圍著一盆菊花每人寫一首詩。羊十九混過這個圈子，寫完「菊、菊、菊」三個字，再寫不出，就用毛筆去挑菊花捲著的花瓣，專心把它弄弄直。作畫的和作畫的交朋友，大家出一個主題每人畫一張。羊十九也去混過這個圈子，不管主題是早晨、午後、傍晚，羊十九都畫一隻貓（胖橘）曬太陽。如果是夜晚，就把太陽改成淡黃月亮。有人提醒羊十九：「這時間不同哦！」羊十九抬起頭：「我知道哦，不管啥時間，不管太陽還是月亮，胖橘就要曬！」因為不求上進，她在這兩個圈子都沒交到朋友。

愛美的和愛美的交朋友，羊十九也誤打誤撞混過這個圈子。她們有個「一分鐘變美」互動遊戲。找個對象幫她化妝，

評出效果最天翻地覆的那個獲勝。結果大家人手一把刷子、一袋珍珠粉地都奔羊十九來了。大家一致認為一分鐘內把羊十九的黑臉化成白臉是最天翻地覆的改造。本來羊十九可以借這個機會和大家都交上朋友，但為了爭取到羊十九的小黑臉，大家擠在一起打了一架，打完和好後一致對外，反咬一口羊十九黑黑的邪門，把她踢出了群。所以在這種小姐聯誼會上，羊十九沒啥事做，就老晃蕩。不過晃蕩也不能乾晃蕩。（現在party上大家都是拿著小半杯紅酒晃蕩，兩個陌生人晃蕩到一起，尷尬地嘿嘿一笑，「哈羅——」，都等著對方先說，都沒等到，就著急地仰起脖子把紅酒喝了，再嘿嘿一笑去倒點酒，接著晃蕩。）小姐聯誼會酒不多，小食倒各式各樣。羊十九就拿著小糕點繞著小食桌子晃蕩。每次羊十九的姐姐們和別人介紹自家姐妹，介紹到最小的妹妹時，看都不看，就往小食桌那一指：「那是我小妹！淘氣，晚上沒吃飯。」然後叫一聲：「羊十九！」羊十九一扭頭，鼓著一嘴桂花糕，一彎眼睛朝姐姐的朋友笑。有時候笑得有點使勁，噴了點糕粉出來，把自己鼻子給嗆了，打個噴嚏。

這種閨閣party和男人的酒桌應酬可不一樣，酒桌應酬是打著娛樂幌子的純利益。像宋江這種混社會的，沒哪天不下館子的。他雖散財，但和羊十九的忘性不一樣，散完頭一件事就是記帳。飯桌上被借去二十兩銀子，等對方中途去尿尿，馬上掏出小本本寫上某年某月某日張三借銀二十兩，張三在衙門管牢子，剛好有哥們找我通融牢頭救他兄弟，他承諾我五十兩銀子，算下來還賺三十兩！

女人也不是不能下館子混社會，只是往飯館裡一坐，周圍都是腦子裡記著帳打著算盤的男人。在鬧哄哄的飯館裡，總能隱隱約約聽到劈里啪啦的聲音，吃著飯，總有錯覺自己的筷子掉了，或者自己的銅錢滾出來了，或者頭上的簪子掉了。所以下館子的女人總是低著頭，老張望著桌子底下，不知道的還以為她害羞。這女人來之前，飯館裡正在社交的男人還是個個滿腦子的金錢和利益，等女人坐下了，男人的算盤打著打著就把女人算計進去了。本來兩男人社交是你幫我辦成事，我謝你五十兩銀子。現在變成你幫我辦成事，我謝你三十兩銀子，附加對面那個小娘子陪你喝壺花酒。這女人就被折算成二十兩銀子進入了男人社交圈流通。如此折算幾次，女人吃完飯就會覺得自己沉甸甸的，有錯覺在飯館燈火通明下亮得像銀錠子，一齜牙銀光一條，往口袋裡一摸，除了幾個剛找回的銅板啥銀子都沒。因為身子沉，起身走出門的時候拖著腳走，頭也昂不起來，胸也挺不起來，不知道的還是以為她害羞。

　　因為這種不愉快的經歷，女人情願餓一頓也不下館子混社會。當然，不混社會就不能像宋江一樣當大佬。要想提高女流氓俱樂部的名聲，又沒混社會的大佬，翠花提議一起去汴梁城發傳單。這事她熟，因為她有個舅舅幹的是貼小廣告的活。整天扛著一疊印著字的紙，無非是下個月勾欄瓦肆都有什麼節目，保安堂又出了什麼新的避孕藥丸，酒樓又推出了多日包廂，優惠送狗肉煲活動。因為當時還沒有電線杆這種方便貼小廣告的東西，翠花的舅舅只能找牆上、柱子上貼，有時候還貼人家窗戶上、門上、轎子上。當然有時候印得實在多，懶得跑

太多地方，貼馬車的時候，順便在馬背上貼一溜。回家路上路過墓地，當紙錢在每個墳頭上壓幾張，反正死人在底下也要吃飯吃藥看節目。

　　翠蓮覺得翠花的主意不錯，就和羊十九合計著這傳單怎麼寫（翠花不識字）。羊十九覺得開門見山的好。第一行寫：「女流氓俱樂部招新啦！」第二行寫：「快來快來！」她覺得像她這類整天想著占個山頭當大王的女人，一看到這傳單，就該興奮地上躥下跳，正吃飯的放下飯碗，正睡覺的點起油燈，正拉屎的提起褲子，騎上馬、騎上驢，日夜兼程地往羊十九這兒趕。翠蓮覺得這世上有上山當大王理想的瘋婆子除了羊十九不會有第二個了，所以看到這種沒頭沒腦的傳單，正吃飯的估計會把傳單鋪在桌上，呸呸地吐魚骨頭。正拉屎的把傳單一疊，「快來快來」有字的一面在裡面，慢悠悠地擦個屁股，還得罵一句：「快你大爺！」

　　翠蓮寫傳單針對的人群是像她自己這種，本來在家過得好好的，莫名其妙定了日子出嫁，去和陌生男人過日子，挺惱火的，又有點怕。要想讓這種女人上鉤還得寫兩句加強這種惱火和怕。比如讓人惱火的，「在娘家吃香的喝辣的，忽然要去婆家倒洗腳水？」、「自己都沒長大，生個娃和自己搶玩具？」讓人怕的，「生孩子，炸肚子」、「一朝入了男人口，吃得粉渣渣不吐骨」。羊十九看了，嚇得連連點頭，趕緊在底下添一句咒語「不婚不育保平安」。翠蓮覺得這句咒語就做成俱樂部的logo，寫在每張傳單上。其他幾句話就每張傳單挑一句，嚇人的話一句就夠了。

落款寫女流氓俱樂部，「翠蓮，地址寫啥？」翠蓮也不知道這破山頭怎麼稱呼，平時就隨便叫叫「小破山」，比如「十九，我們去小破山那頭挖點筍！」或者在山腳下，「啊呀，翠蓮，小破山被雲遮住了哎！」但要留個正經地址，就不能寫小破山。聽著太破會把女人嚇到不敢來，而且誰知道小破山在哪。羊十九想起剛來時簽的房屋合同，就在地址那畫了一座山，標注「城西三十里」。這種模糊地址的好處在於，男人不知道它究竟在哪。男人要是知道了，保不定好奇，「聽說城西開了家女流氓俱樂部，不知道女流氓都長啥樣？今天天氣好，咱們過去瞅一眼？」「女流氓是可愛型的還是夜叉型的？」「我這種會不會和女流氓更配呢？」於是，傳單發得越多，來瞅一眼的男人就越多，翠蓮一開門就從門上掉下來幾個男人，羊十九一推窗就從窗子上掉下來幾個男人。這些個男人像黏在門窗上的蒼蠅，用蒼蠅拍打打還怕爆漿了髒了門窗，就抖抖門窗讓牠們自己飛走算了。

　　但是男人不知道的地方，女人也不知道。但羊十九覺得真心找上門的女人不怕找不到，只要方向是西邊，要是三十里沒找到，就再多走個三十里唄，總能找到的（後來證明女人的招數比羊十九想像的要豐富得多）。計畫完了，羊十九和翠蓮打算去汴梁城找個印刷店先印個一百份傳單。北宋那會兒活字印刷術已經普及，幾千年的限量版文字傳播一下子找到了快速複製的捷徑，大家的表達欲擋都擋不住。沒印刷術的時候，想給朋友曬點自己最近的人生感悟、詩文都沒那麼容易（不像現在有朋友圈點讚這種方便的社交）。有感而發一篇文字，因為

想同時給好幾個朋友看到，就得自己多抄幾份。等吭哧吭哧抄了幾遍以後，原本一團怒氣或一腔激情都給磨完了，沒心情寄了。不抄的話也行，熱著腦門去寄信，信裡多放幾個信封，信裡最後寫一句：「姐們，讀完寄到我下一個朋友家。」這樣姐妹網的朋友圈也連起來了。

只是一家寄一家，下家總會發現信紙上多了一坨菜湯、一些胭脂粉、一滴指甲油，還多了各種槓槓標重點和各種批註，比如，妹妹別生氣啊，你相公偷你寫的詩拿去顯擺，下次你就寫首藏頭詩，四句藏四個字，連起來是「我是傻驢」。然後下個朋友把「傻驢」劃掉，改成「王八」，再下個朋友就在王八兩字底下畫橫線，旁邊再寫個「哈哈哈」。因為當時寫字的紙是宣紙，墨汁總是化開一點，傻驢、王八和哈哈哈就擠到一堆，重疊起來，把原文也蓋住了。最後的朋友就看不清楚到底寫了啥，但明明好幾個朋友都參與了互動，肯定錯過了啥好戲，趕緊寫信去問：小妹你上次那信裡寫了啥啊？等這封信到原作者手裡，離她寄第一封信已過去半年，使勁想了想，回一封：「哎呀，我給你寫信了？我寫啥了？」

現在有了印刷店，一封信接龍的尷尬就省掉了，花幾個銅板列印[2]幾份方便得很。不過私人的印刷量不大，當時的印刷店的大客戶都是報紙，小報居多，因為花邊新聞、八卦、野史這些大家都喜歡。正經的官報都是拿政府補貼的，貼錢強送給路人看，路人也不會拒絕。畢竟官報紙張品質好，塞門縫點

2　大陸稱為打印。

柴火都用得著，就是折個紙飛機也比小報飛得遠一些。當時有個女人辦的小報叫《女權報》，就是單飛故事線裡羊十九寫羊二和海帶小說連載的報紙。不過在現在這條群居故事線裡，羊十九忙著招兵買馬，沒時間寫小說，也就和《女權報》沒啥交集。她只依稀記得有份女人的報紙銷量很好，特別是有段時間，它連載了關於閻婆惜命案的八卦新聞，引起女人們的熱烈反響，併發起了一場叫做「妾命也是命」的運動，簡稱「妾命貴」。

當時相國府的好些丫鬟都上街參加了妾命貴的遊行，因為她們日後十有八九要嫁給男人做妾。有幾個強壯的還加入了地下妾身安全保衛隊，只要有哪個小妾來舉報家暴，她們就第二天十個人一個小分隊在弄堂裡圍堵家暴男。先上五個把男人打一頓，歇一會兒，下半場剩下的五個替補上去接著打。打完在男人額頭的烏青上貼個強黏力膏藥，膏藥上面印了三個大字「妾命貴」。這樣大家都知道他因為打老婆挨揍了，看到的男人心裡總是一激靈，提醒自己：「要是手癢，打打自己得了，絕不能打老婆。」這帶字的膏藥，丫鬟沒用完的，有一次「啪」地貼在羊十九脖子上，因為她脖子疼。在羊十九半高領子那時不時地冒出來現個「妾命貴」又縮回去，冒出來的時候，相國夫人看到一眼，嚇得連忙強行撕下來，「沒事和丫鬟瞎混什麼？」因為強黏力，撕得羊十九痛得嗷嗷叫。

這樣說起來，羊十九應該在那陣子閻婆惜命案的時候讀到過宋江這個名字，不過她沒啥印象，因為《女權報》印刷宋江這兩字的時候，為了顯示對這男人的唾棄，在「江」字上面

多雕刻了一個×，本意是好的，但當時油墨品質一般，容易化開，「江」字多了一個×就糊掉了，羊十九讀起來就有點吃力，看不出啥字，就自作主張讀成「宋叉」，到現在還不道如今宋江集團的頭頭就是當年《女權報》上的宋叉。（羊十九：知道啦！不就是宋叉叉嘛，妾身安全保衛隊一直找他不到，原來逃走了，還招了這麼多流氓當保鏢，至於這麼緊張嘛？）

其實《女權報》自己有個專屬的印刷店叫「女權印刷店」，負責排版印刷的都是女人，不過這事羊十九不知道，翠蓮也不知道。汴梁城除了這家以外，都是男人開的。（現在沒人在乎男人還是女人開的列印店，因爲都是機器列印，沒人好奇湊過來瞅瞅你打的啥玩意兒。）當時印刷是要一個字一個字排版的，夥計排完了就相當於從頭到尾讀完了你寫的東西，一個字不落。讀完他還一點不掩飾自己對內容的看法，一邊排版一邊說：「哎呀，你這小說壞就壞在結尾沒把女主角寫死。她要是死了，特別是死在男人懷裡，這愛情就淒美動人了！」或者「你這篇的女主角還會打嗝放屁，太不講文明了」這樣的男性審視，女人去男人的印刷店印刷就不大方便，因爲有一半是罵男人的私房話，看著男夥計的手在排著罵男人的字總有點艦尬。寫的時候，「男人都不是好東西」是泛指，但等夥計一個字一個字排起來的時候，這些字都像瞪著眼睛在罵他。男人排起字來也是扭扭捏捏，「男」本來是個常用字，刻了好多個，結果夥計把「男」字揣兜兜裡，保護起來，裝模作樣去字庫檔裡找，怎麼也找不到，就先空著。句子就變成「　人都不是好東西」或者「　人一個比一個壞」。等難得有一句誇男人的，

比如「這男人長得真好看」，夥計就趕緊從兜兜裡掏出一個「男」字，貼上去。

因為女作者和她印刷出來的文章之間隔著一個排版的男人，寫的時候就不大好意思太放肆。本來編個小故事，劇情有點狗血，原本寫女人把男人雞雞割了，放爆竹上一點著飛了，寫到這，眼前浮現排版男人驚恐的眼神，手指抖得抓不穩字，就只能把這句劃掉，改成女人一腳踹了男人雞雞，雞雞從此折疊了，歪向一邊。寫到這，眼前浮現排版男人痛苦的眼神，嘴裡嗷嗷叫，就把這句劃了，改成女人摸了下男人的雞雞。雖然後果還是一樣，折疊歪向一邊，但到這，女作者是不管了，這就怪不了女人了，摸了一下而已，自己品質問題。改來改去的，寫得就不痛快了。所以等「女權印刷店」開門，女人就全跑那去列印了。

「女權印刷店」開在城西，城東的女人也不嫌遠往這跑，有時候沒車沒驢，走路走個三小時，回去三小時，一天就過去了。但還是覺得值，因為心裡痛快，身心舒暢。同樣的狗血故事情節，女人把男人雞雞割了，放爆竹上一點飛了，排版的女人邊排邊讚不絕口，「活潑生動，很有畫面感！」又補一句：「還可以直接放個爆竹在他褲襠裡，一步到位！」這樣女作者就受到莫大的鼓舞，下次創作的時候更加放膽想像，無拘無束。男讀者不喜歡就別看嘛，我就寫給女讀者看，怎的了？

六

之前說到翠蓮和羊十九在汴梁城轉悠，想找家印刷店列

印傳單。她倆不認路，就在街上隨便找個人問問。指路的是男人還是女人，會把這故事引到不同的路子上去。如果問到個女人，女人八成會指路到「女權印刷店」。在女權印刷店，給傳單排版的女夥計就一驚一乍的：「哇塞，您二位替女流氓俱樂部招新啊，看我行不行啊？」「不婚不育保平安，您看我這種生過娃的寡婦，還收不收？」有個女夥計一字一頓地念：「城西三十里，女流氓俱樂部。」忽然問道：「你倆不是叫翠蓮和羊十九吧？」羊十九連忙點頭，「嘿嘿！」翠蓮捏捏羊十九的手，警惕地說：「你怎知道的？」翠蓮可沒在傳單上標大名。這夥計呆住了，「我們《女權報》最近連載一個小說，叫《大宋女流氓》，講你倆在山上搞女流氓團夥攔路搶劫的事。」別的夥計也都呆住了，「作者不是說寫的是小說嘛，怎變現實了？」「那作者我隔壁鄰居啊，她明明整天窩家裡寫字[3]啊！」

這回輪到翠蓮和羊十九呆住了，有個城裡的妞在家寫故事玩，竟然把她倆寫進去了。（羊十九：「羊二，這不是你假裝成人家鄰居在寫小說吧？」我：「原來我幾世前投胎就把小說發表了，現在寫的是回憶錄嗎？小說的結局是啥，我可是一點印象都沒哎。十九，你幫我查下當年的《女權報》？」）翠蓮和羊十九忽然覺得自己從小說的字裡行間爬出來，搖搖晃晃成立體人了。腳還黏在稿紙上，隨時被合上的稿紙「啪」地壓回平面去。趕緊活動了下雙腿，開合了下雙手，蹦躂了兩下。

3　大陸稱為碼字。

印刷店的女人看著翠蓮和羊十九，腦子裡過著最近看的《大宋女流氓》的片段。有人問：「你倆真有兩把雌劍會傳情的？」羊十九看看翠蓮，「沒有啊，啥雌劍？這小說真能編！」那人托著下巴說：「估計你倆不是那條故事線的，那你倆走的是哪條故事線？」這問題讓人很惱火。就像在大街上走得好好的，忽然有個人停下來叫你名字，說你是她小說裡的主人公，讓你忽然懷疑自己是在現實裡逛街，還是在她小說裡逛街。這還不算，她還得考考你：「你知道你逛街這齣是在我小說的第幾章嗎？」這簡直欺人太甚！

　　空氣凝固了一會兒，幾個夥計還在腦子裡翻著《大宋女流氓》，但憋著沒說話，怕翠蓮和羊十九不高興。忽然有個實在憋不住的冒出一句：「你倆親親嗎？」翠蓮臉一熱，沒好氣地說：「老娘親不親關你屁事！」羊十九把臉湊到面前一高一矮的兩女人面前，「你倆親親嗎？」這兩女人紅著臉不吭聲。旁邊第三個女人忽然拍個手，「原來你們是雙飛磨鏡故事線的，我最愛這條線了！」翠蓮在心裡把那個曝光她倆隱私的作者揍了一頓，扔給羊十九。羊十九在心裡把那人踩了一頓，然後兩人一起把這人舉起來，扔下了萬丈懸崖。翠蓮一揚眉，「叫你們作家出來喝茶？」作家是不敢在現實中見自己小說中的人物的，緊張地叫人帶話過來，《大宋女流氓》大結局了，不連載了。（我也有點緊張，怕翠蓮找不到出氣筒，一轉身說：「羊二，你來一下！」不過我比那位作家臉皮厚，大不了被翠蓮訓一頓，說寫得一塌糊塗、莫名其妙、窺探隱私、不知羞恥，訓完繼續沒羞沒臊地寫。反正翠蓮也不會在稿紙上忽然跳起來，

到處踩來踩去搞破壞，把字踩成個坑，然後鑽進坑裡從我的故事裡永遠消失。翠蓮探過頭來：「要不要試試？」羊二：「當我啥都沒說。」）

不過我理解那位作家，和自己小說裡的人物見面這種事確實有壓力。要是我幾天偷懶沒寫小說，羊十九就站在大門口了，「羊二，你快些啊！上回寫到我爬到樹上掏鳥蛋，我在樹上都掛了三天了，被老鳥啄得青一塊紫一塊，沒地方躲，你還不放我下來！這不我又得回去樹上掛好，趕緊寫羊十九回家在床上躺三天！」這種定制式的催更真讓人頭疼。

作家停工了，《女權報》的主編覺得虧了。這幾個月《女權報》銷售業績翻翻就因為《大宋女流氓》的連載，忽然中途大結局讓粉絲懷疑不是朝廷審查收緊，就是利益集團插手，比如宋江男流氓集團。搞不好沒幾天就會看到街上遊行的粉絲團舉著牌子，上面畫著宋徽宗，牌子做成活動的，繞著中間的杆上下翻滾，這樣宋徽宗就一會兒正，一會兒頭朝下，像在坐摩天輪。粉絲團一邊轉著牌子一邊喊著口號，「水能載舟，亦能覆舟！」反完朝廷審查，粉絲團又原路返回，抗議宋江集團，從兜兜裡掏出《水滸傳》，一邊撕一邊喊：「要看女流氓，男流氓滾蛋！」（後來的歷史學家考證到這裡，發現這撥人既反朝廷，又反宋江，推算估計是方臘隊伍裡的吧？）

《女權報》的主編覺得《大宋女流氓》還是要寫下去，原作者罷工了，就換成當事人來寫唄！於是熱情邀請翠蓮和羊十九留在《女權報》寫稿子。這樣，本來印刷傳單準備拓展女流氓俱樂部的羊十九又開始寫小說了。和前兩次寫羊二、海帶

不同，這次羊十九寫羊十九，翠蓮寫翠蓮。當然羊十九寫的羊十九是離不開翠蓮的，翠蓮寫的翠蓮也整天在和羊十九說話。也就是說，羊十九和翠蓮沒回山上搞俱樂部，而是在汴梁城裡頭碰頭地寫起了想像中兩人一起在山上搞俱樂部的事。從現在開始，關於羊十九和翠蓮的故事也許是她倆寫的，也可能還是我寫的，看官自辨。（我覺得這還是好辨的嘛！羊十九寫的，總會時不時地冒出一些自我感覺良好的話，比如「羊十九天下第一」或者「翠蓮拍了拍羊十九，『你真棒！』」，讓人讀著莫名其妙，還起雞皮疙瘩。翠蓮校稿的時候，總會耐心地劃掉這些話，改成「羊十九、翠蓮並列天下第一」，或者改成「翠蓮拍了拍羊十九：『你丫別嘚瑟了！[4]』」）

　　因為翠蓮和羊十九臨時改變為女流氓俱樂部招兵買馬的計畫，我就很為難。本來我寫的有憑有據的，實打實發生的事，現在虛掉了。我筆下的主人公不去做事了，反而和我一樣坐著發呆，抖抖腳、咬咬筆頭，寫兩個字。這讓我覺得自己的小說越來越瞎扯。所以我覺得有必要把翠蓮和羊十九去的印刷店改一改，她倆那天問路碰到的是個男人，指去了一個男人開的印刷店。雖然男夥計在給傳單排版的時候，排到「一旦入了男人口」這一句，「男」字一直捂在兜兜裡不想拿出來，又把「生孩子，炸肚子」排成了「生孩子，瘦肚子」，但這條故事線裡，翠蓮和羊十九還是按原計畫熱熱鬧鬧地搞起了女流氓俱樂部。

4　表示別神氣了。

七

　　翠蓮和羊十九抱著兩疊傳單出來的時候，翠花和她倆碰頭。三人合計著怎麼把這些傳單散出去。翠花覺得得去女人成堆的地方發。汴梁城女人成堆的地方有煙花巷和尼姑庵。煙花巷是個神祕的地方，大家都聽過就是沒見過。羊十九覺得它在城南，翠蓮覺得它在城北，翠花覺得要擲個骰子決定它的方向。尼姑庵總是苦著臉、大門緊閉，唵唵唵的，不知道往哪塞傳單。還有一個女人成堆的地方是菜市場。去菜市場買菜的一半是老媽子，一半是沒結婚的丫頭，有些丫頭在大戶人家裡當丫鬟，通過她們還能連接深閨小姐。於是三人在菜市場路口背靠背站好了，一邊嚷嚷：「看一看，瞧一瞧，女流氓俱樂部招新啦！」一邊遞傳單。只是路過的女人大都不識字，在不識字的人眼裡有字的紙總有些別的用途。女人收了傳單，看也看不出什麼名堂，有的發現自己籃筐裡的魚呼哧呼哧地吐著水，滴得到處都是，就用傳單擦擦乾，揉成一團，堵住魚嘴。有的剛吃完攤上的油餅，羊十九遞上一張傳單，她就順便揩了嘴邊的油，手裡揉一揉把手上的油也吸了，然後遞還給羊十九，「小妹妹，幫姐姐扔一下，謝謝啦！」

　　第二個人從油餅攤過來拿傳單揩嘴巴的時候，翠蓮就一把奪下，傳單就撕成兩半，左邊一條「不婚不育」，右邊一條「保平安」。羊十九拿在手裡抖一抖，「哇，兩張符哎！」翠花一看，「真的像俺家門上貼的符哎！這符可要一兩銀子呢，我老媽整天省吃儉用，買符倒是很大方。」翠蓮聽了覺得不如裝作送符算了，不要錢，不過得囑咐拿了符的人要貼門上，不

然要有飛來橫禍或者血光之災。這樣效果比發傳單還要好，不僅家裡人和隔壁鄰居能看到上面的字，走過路過的都能看一眼。仨人都覺得這主意不錯，於是開始撕傳單。

先對折出一條橫線，再慢慢撕，但保不住撕得齊。如果要端莊地貼在大門上，狗啃似的就不怎麼拿得出手。於是羊十九去菜市場別的攤位逛逛，想找把利器能把紙切整齊。豬肉舖的殺豬刀她沒敢張嘴借，因為它正戳在豬頭上，而那豬頭正瞪著眼睛看她，誰要是抽了這把刀，它就活過來咬誰（看來這豬不大講道理）。羊十九借了賣瓜老漢的西瓜刀。翠花折紙，翠蓮摁紙，羊十九裁。為了裁得整齊，羊十九裁得慢得很。老漢那有人買瓜要看紅不紅，她又得幫人送刀去。等刀拿回來，沒擦乾淨，一裁，兩張符上都吸了西瓜汁，紅紅的，很喜慶，這倒沒什麼不好。不過後來紅符貼門上的時候，就很招蒼蠅，因為甜甜的。這樣就會影響傳單的效果。人家往符上一瞄，結果每個字上都蹲著一隻蒼蠅，像蹲在一排屎坑上一樣整齊，這樣一個字都看不到。還有種情況就是，兩隻蒼蠅各自蹲在兩個「不」上，就改了原來的意思，成了「婚育保平安」。這樣會造成誤導，不想婚不想育的就歎口氣，「想平平安安過一輩子，還是嫁男人生娃吧！」當然也有歎氣歎太重的，一口氣噴到蒼蠅背上，嚇得牠騰空而起，露出底下的「不」。女人忽然笑顏逐開，趕緊伸出指頭把另一隻蒼蠅也彈開，果然還藏著個「不」。

話說仨人終於把傳單都裁成符了，但仨人花花綠綠地往路口一站，看著還是像發小廣告的。翠蓮覺得得拾掇拾掇裝得像

219

道姑一點，於是打發羊十九去對面烤羊肉串的攤上買幾串羊肉串，吃完用竹籤把頭髮盤到頭頂。翠蓮幫羊十九盤得很緊，羊十九總覺得有隻手在揪她頭髮，笑的時候就扯著頭髮，不敢咧大嘴巴笑，怕頭頂的髮髻「嗞啦——」斷了髮根，從頭皮上滾下來。同樣的道理，她發現她也不能叫「翠蓮」的「蓮」字，一說蓮，嘴巴就得兩邊一咧，她只能改叫「翠翠」。「翠翠，我眼睛都吊上去了。」「翠翠，我太陽穴突突地跳！」翠蓮一點反應都沒，誰叫翠翠她不知道，反正不是她。

翠蓮覺得三個道姑連個拂塵都沒太不像話，道觀雖窮，但也不能窮到仨人都沒一個佛塵甩甩。但菜市場不賣這個，這個要去道家用品店或者羊毛用品店。旁邊拴著的小白馬一邊吃草一邊甩尾巴，羊十九盯著甩來甩去的尾巴，「翠翠，佛塵哎！」於是翠蓮和翠花站在前頭發符，羊十九站在後頭，擋著小白馬，背著手搖著馬尾巴，一上一下，看著像虔誠地在甩佛塵。雖然馬尾甩在手上有點癢，羊十九不呲牙也不笑（因為髮髻揪得太緊）。看起來倒真像個木著臉的道姑，不被菜場的塵世噪音所擾。這樣走過路過的對前面發符的兩人更加敬重，雙手畢恭畢敬地接了符，回家放了菜籃子，就去門上貼起來。

翠蓮她們發了三天符以後，菜市場附近的住宅區大門上就都貼滿了符。當時貼符有個規矩，貼上不貼下，要是兩頭都貼死了，就不靈了。於是來一陣風，各家各戶的符就劈里啪啦地翻飛起來，半夜來打更的更夫路過這一片巷子就覺得有點嚇人。本來各家各戶都睡踏實了，安安靜靜的，就幾隻蛐蛐在搓個手咕噥幾聲「啊呀睡不著啊睡不著」。現在就聽見門上的黃

紙劈里啪劈里啪，自帶一種怨念，像是被屈死的鬼附上了，一個勁地喊冤，「讓我隨風去吧，讓我隨風去吧」。還真有幾張因為漿糊黏性太差，掙脫了大門在巷子裡到處飛的，還不是倏地飛走了，有的天上飛一會兒，地上歇一會兒，再爬起來繼續飛，嚇得更夫哆哆嗦嗦的。嘴裡雖然像往常一樣喊著「天乾物燥，小心火燭」，喊完就按符上的字小聲地念經驅邪，「不婚不育保平安」、「不婚不育保平安」。因為緊張，後來就倒過來了，大聲喊著「不婚不育保平安」，小聲念經「天乾物燥，小心火燭」。

因為更夫一夜的宣傳，反婚反育的理念就以夢的形式植根於大家腦子裡。第二天早上，本來女人碰頭聊下你喝了幾碗豆漿，我吃了幾個包子，現在嘰嘰喳喳在說昨晚做的奇怪的夢。懷孕的夢見自己的肚子哧溜漏氣了，起來沒完沒了地放屁（不育）。定了親的夢見拜堂那天自己的老公漏氣了，扁成一張人像畫，除了眼珠能轉其他都僵著。於是把老公貼在了牆上，蒙上一層眼罩（不婚）。總之，那天大家的夢都和不婚不育主題有關，都很邪門。

翠蓮、羊十九、翠花換了幾個菜市場，成功拿下幾個住宅區，就想著該回小破山了。萬一有妹子找上門卻發現女流氓都不在家，可能要大呼遇到騙子了，回去傳開了就不好了。剩下還有一些傳單沒發完，仨人覺得不能浪費，就夜裡爬到寺廟的屋頂，坐在屋頂上折紙飛機，折一隻飛一隻。紙飛機帶著字飛進人家院子裡，又盡了傳單的義務。羊十九望著眼前的汴梁城的屋頂，興奮地對自己折的紙飛機哈哈兩口氣，「飛飛

啊！」但沒看見紙飛機往前飛的漂亮弧線就消失在黑暗裡了。忽然翠蓮指指下面，「十九，你飛機掉廟裡了哦！」羊十九說：「啊呀，失誤失誤！」又折了一隻，哈哈三口氣，這飛機還是沒活，直接栽頭往下。飛了幾隻，無一例外（她自己發明折一種方頭機，頭很厚重，不下去才怪）。

第二天第一批來廟裡燒香拜佛的人就很懵，剛請菩薩保佑一門好親事，一個大胖兒子，就踩到一隻紙飛機，打開一看，上面寫著「不婚不育」，不知道是不是菩薩的意思。後來找來女流氓俱樂部的，好幾個都是去廟裡燒香撿到菩薩指示的，花了好幾天揣測菩薩的意思。是不是說我男人是個歪歪頭？是不是說我生娃會難產？看來命裡有劫數啊！菩薩真好，指條活路讓我避災。等到有天看到羊十九折紙飛機玩的時候，折那種大家都不會（屑）折的方頭飛機，忽然閃回當年廟裡撿到的紙飛機，大呼上當，原來菩薩是羊十九！氣得牙癢癢，恨不得按羊十九的樣子鑄個泥菩薩，曬乾了再砸掉解解氣。不過沒人想下山還俗，雖說當年是反復揣測了菩薩的意思才下決心上山的，但菩薩的意思不就是自己的意思嘛！那些一心要抱大胖小子的女人看到紙飛機只會踢一踢，「我以後的兒子可得好好調教，可不能讓他胡來，竟然把飛機飛到廟裡來！我的兒子，嘿嘿！我的兒子喲！」一臉甜蜜地走回家去了。

第六章

一

選擇上山落草的女人是捨不得下山的。當初找來女流氓俱樂部之前，這幫女人在幹啥的都有。有踩在凳子上準備上吊的（因為被家裡賣給一個淫棍做小妾），上吊之前耳朵就很靈，剛好樓下有人在念門口貼的符，「不婚不育保平安，女流氓俱樂部。這都是什麼玩意兒？哪個文盲貼在這兒的啊？混帳！」剛踢掉凳子，聽到這句話，趕緊一腳把凳子勾回來，扯下梁子上的白布綁在腰上跳下來，去找那個混帳俱樂部。也有剃頭髮準備做尼姑的姑娘（她明明看上了李家的老三，卻被逼著嫁給他家的老大），剃了一半，窗外忽然飛進來一架紙飛機，穩穩地插在她頭頂的頭髮裡。（就那天晚上在寺廟屋頂上，翠蓮和翠花在比賽誰飛得遠，兩人的飛機都飛進了那姑娘的家裡，只是翠蓮的飛機飛進了開著的窗戶，翠花的飛機飛到了關著的窗戶被擋出去了，所以翠蓮獲勝。）姑娘拆了飛機一看，不是李三的私奔信，但這個女流氓俱樂部倒像是個不錯的私奔目的地。於是頭也不剃了，把剪下來的頭髮梳梳好，像假髮一樣戴回自己頭上，奔去城西三十里。

還有描春宮畫為轉行做妓女積累視覺經驗的姑娘（她要嫁給一個七十歲的老爺爺），描到五更天，聽到更夫來來回回地喊不婚不育保平安，好奇地探出頭去看，正好被一張飛起來

的符糊了臉，看完決定改行做流氓，下樓把已經描好的幾十張春宮畫挨家挨戶往鄰居門縫裡塞了個遍。（這種行為已經很流氓了，第二天早上巷子醒來的時候，就有點害臊。大家悄咪咪地開了門，張望下是哪個不要臉的塞進來的，結果發現大家都在張望，就熱著臉朝對門的嘿嘿兩聲：「張媽，今天氣色真好啊！」那邊也嘿嘿：「你也是啊，大早上小臉紅撲撲的。」那天早上巷子裡都是翻牆倒櫃的聲音，大家找床底摳櫥頂，打開大木箱，把春宮畫壓箱底，沒人捨得扔，因為這可不是隨便能買到的，畢竟不要臉畫這種畫的人並不多。）

女人都爭先恐後往一個叫做城西三十里的山頭奔過去。租轎子過去的，到了差不多三十里的樣子（這就要看轎夫的經驗了），有錢的姑娘就掏出一個五十響震天雷煙花（一個十兩銀子呢，火藥剛剛發明出來，煙花爆竹新鮮上市都不便宜），放在轎子頂上，一邊走一邊放，總能把翠蓮和羊十九炸出來。如果還沒動靜，就再來五十響。女人嘛，好奇心重，有喜歡看煙花的毛病，所以聽見了肯定會循著煙花找過來。那時候的震天雷，要麼是在婚禮的時候用，響一發噴一張「喜」字紅紙，要麼是在葬禮上用，響一發噴一張銅錢白紙。買的時候，因為支支吾吾說不清是婚禮還是葬禮，賣家就婚禮、葬禮震天雷各拿一個，等放的時候，喜字滿天飛，羊十九拍拍手，「翠蓮，快來快來！有婚車經過啦！」過一會兒，白銅錢滿天飛，羊十九就納悶了，「怎麼才結婚就掛了啊，要不要這麼慘！我得去瞧瞧！」

沒錢的姑娘放不起震天雷，就自己吹個嗩吶。因為對嗩吶

這玩意兒不熟，所以吹出來的聲音又尖又刺耳，一路上總能震落一些東西，比如樹葉、毛毛蟲、小麻雀、小松鼠什麼的，於是花轎總是越抬越重，轎夫就很奇怪，時不時掀簾子看看，也沒發現多一個人，只能認抬。嗩吶比震天雷更快地把羊十九一行人召喚過來，震天雷還能隔空慢悠悠地欣賞下，嗩吶這種要命的來了，吃飯的拿不住筷子，拉屎的捏不住草紙，大家只能急急忙忙地衝過來，「大姐，求求你別吹了！」

　　這兩種情況來參加女流氓俱樂部的都能找到組織，當然前提是轎夫估計得準，沒差個十里八里的。這種估算對沒轎子坐的姑娘更難了。為了方便大家找到小破山，翠蓮覺得應該在山道上擺個路標啥的。但不能直接在路口插一塊牌子，「女流氓俱樂部」，因為這樣子太高調，要被過往車隊看到了，警惕性立馬提高。原來還是慢悠悠地晃蕩，忽然快馬加鞭咻溜跑過這一段路。騎小白馬的翠蓮和羊十九都趕不上，叫著「老兄，等等我，你掉了一袋銀子」都沒用，這樣就會影響截貨。當然，警惕的是少數，更多的人覺得這是個玩笑。要不了多久，這「女流氓俱樂部」的牌子就會被各種塗鴉，比如在「女」字上面畫一對兔耳朵，在流氓兩字下面畫一坨簡筆畫的屎，或者在「俱樂部」旁邊寫上「××到此一遊」。一旦有人開了「到此一遊」的先例，後來路過的不掛上自己的大名就渾身難受。沒掛的人走出去十里路又折回來，「不留個名字總覺得怪怪的哎！」等牌子寫滿到此一遊，就有人自發在牌子旁邊埋個同樣高度的竹節，上面繼續刻上「××到此一遊」。用不了多久，牌子周圍就聚了一片竹節，到了冬天，總感覺竹節底下埋著幾

顆多筍吧，挖挖又沒有。

羊十九覺得，要不然插個牌子叫「城西三十里」，這樣拿了傳單在找「城西三十里」的姑娘就知道就是這地兒了。而那些沒想找女流氓俱樂部的就瞄一眼，「哦，我走了三十里啦！」（就像現在高速上的牌子，隔一段路就標離××城××公里）。當然，碰到較眞的地理又好的人，他就會停下來，「這裡是城西三十里？胡說，明明都三十五了！」於是把牌子拔出來，一邊掉著土渣，一邊往回走五里，插起來。當然也有人不同意，又拔了牌子往前走了十里插起來。反正這牌子每天都在不同的地方出現，像株人參娃娃似的到處跑。羊十九就找了條紅線綁在牌子的腿上，深深地埋入土中，結果第二天早上去一看，牌子還是跑了。於是每天早上，翠蓮和羊十九都躲在被窩裡剪刀石頭布，輸的人只能起床跑步去抓人參娃娃，贏的人蒙著被子繼續睡，有時還要在夢裡嚷嚷：「人參娃娃你快跑啊，十九（翠蓮）又來抓你啦！」（翠花是不參與抓人參娃娃的活動的，因爲她胖，胖子和體育運動之間的關係總是個謎，是先胖了再不運動呢？還是先不運動再長胖呢？）煩人的是這人參娃娃不知道是往前跑了，還是往後跑了，也不知道跑了幾里，會不會半路掉水塘裡，會不會被老鼠搬去做打地鼠的遊戲（這牌子做得不大不小，砸地鼠，一砸一個準）。

二

第四個女人花蛋上山的時候，正好是羊十九剪刀石頭布輸了，邊打哈欠邊出來找路牌。羊十九看到花蛋的時候，她正在

226

砸路牌，先砸地上，再抬腳踩三下，還得啐一口。「我就知道是個騙子！什麼三十里俱樂部，周圍連個屁都沒有！」後來入了女流氓俱樂部，大家都知道花蛋性子急，愛炸毛。如果和花蛋說話，必須適時插話，不然放她一個人說，她會越說越快，後一個字踩到前一個字上，前後兩個音節拼到一起，造出奇怪的發音。開始還聽得懂她在說啥，聽著聽著就開始懷疑她換了少數民族語言，聽到最後只能依稀辨別一些擬聲詞、鳥叫、咒語，在這些交替中感覺耳朵上的神經節突突地跳。

花蛋平時吃飯都要快人家一倍。羊十九還在噘著嘴吹湯，「呼呼——」她碗裡已經見底了，就黏了幾片蔥。她還得湊過去問羊十九：「好喝嗎？」羊十九砸吧著嘴說：「燙燙！」花蛋用手摸著胸口或者肚臍眼說：「燙燙！」因為食物吞到食道和胃裡她才突然有了感覺。有時候消化完進了大腸，還很熱，花蛋摸著小腹說：「燙燙！」有時候，花蛋放個屁，蹭蹭屁眼說「哎喲，燙燙！」這樣，如果坐到一塊板凳上，溫度隔著層褲子透過來，還比自己屁股熱的，那肯定是花蛋剛坐過的。她坐過的板凳在夏天就很遭人嫌，但大家怕她不高興，怕她炸毛，坐到她坐過的板凳上時又不敢立馬跳起來，叫一聲「燙死老娘了！」只能忍一下，慢慢地起身，裝模作樣去廚房倒杯水，回來假裝忘了原來坐哪，臨時換個板凳。後來不知道誰帶頭用竹篾條做了個迷你涼席墊，繫在腰上，要坐哪張凳子就放下墊子，「啪——」清清涼涼，卽使坐了花蛋的凳子，也絲毫接收不到熱氣。

沒過多久，這迷你涼席墊就火了，掛在腰上，就像現在的

斜挎包。中規中矩的有圓的和方的，特別點的有蜜桃形的，剛好盛得下兩瓣屁股，這樣一屁股坐下去，就不會像圓的方的露出邊邊角角，比較高級。為了搭配不同顏色的衣服，每人都備了幾種顏色不同的涼席墊，就像現在備不同顏色的包包一樣。但是染色技術不好，容易掉色，所以搭配同色調的比較放心。白袍子配白墊，紅背心配紅墊，就是顏色太相近，看不出有個墊子，有時候手扯到墊子，驚叫一聲，以為自己把自己衣服扯破了。後來單一顏色審美疲勞了，大家就在涼席墊上畫圖案，掛在腰間，有人畫一朵紅花，手一垂剛好捏住。羊十九畫了一碗麵，手一垂剛好捧住。翠蓮就畫一雙筷子，手一垂剛好拿住，每次向羊十九走過來，總好像來吃麵的，羊十九趕緊把涼席墊換一面，「不准偷吃我的麵！」另一面畫的是筷子筒，專收筷子，翠蓮扭頭就走。

等圖案也看膩了的時候，大家就開始換材質，竹篾條也不要了，改成皮草。夏天的皮草挑那種沒毛的，水裡的，比如魚皮、蛇皮。魚皮老卡著點鱗片，扎人；蛇皮有點嚇人，坐在屁股底下，偶爾低頭一看，大叫一聲：「哎呀，有蛇啊！」這一叫，大家都有點慌，瞥見自己屁股底下的蛇皮也大叫起來：「我這也有蛇啊！」於是最後大家一致覺得還是青蛙皮比較好，清涼、光溜，又不會自己嚇自己。只是大家每人一張青蛙皮小墊坐著聊天，「啊呀，十九，你吃飽沒啊？」完了，不知從哪冒出來一個「呱」，羊十九回答說：「吃得飽飽的！」又不知從哪冒出來一個「呱——」，大家你看看我，我看看你，不知道是誰屁股底下的蛙在叫。安靜了會兒，羊十九忽然補了

一句：「我吃了好多蟲子！」本來她想說的是「我吃了好多西瓜！」，這樣大家都一致認為是羊十九屁股底下的蛙在搗蛋了。翠蓮覺得羊十九降不住她的蛙皮，就和羊十九換了下蛙皮墊，她胖，一屁股下去蛙皮就服服帖帖了。但是過不了多久，「呱」聲又不知從哪個旮旯角落冒出來了，總是等一個人說完，停頓的空檔冒出來。發現這規律後，大家說話就不打句號了，句子和句子之間就沒停頓了。但稍有喘口氣的當兒，「呱」就插進來了。為了把「呱」擠出去，大家說話就有了緊迫感。越說越快，而且一旦開口說，就得一直麻溜溜地往下說。翠蓮本來就提了一嘴當初她是怎麼上山的，結果一直說到她老媽愛搓麻將，她老爸愛泡腳，好像沒啥說的了，沒人接話（接過去就得一直說，大家就很謹慎，把舌頭捲捲好，端端正正放在上下兩排牙齒圈好的盒子裡）。翠蓮又覺得「呱」在伺機插進來示威，就舌頭一滑開始講和羊十九親親的事。羊十九趕緊叫：「翠蓮，翠蓮！」翠蓮舒了一口氣，終於有人接話了。可是羊十九又不說了，這會兒安靜了，大家都托著下巴想聽羞羞的事，「呱」也沒冒出來，蛙皮也想聽羞羞的事。羊十九扭捏了一會兒，「不說，不說，打死也不說！」這麼一停，原來的緊迫感也就沒了，又恢復了慢悠悠嘮嗑的節奏，偶爾幾聲「呱」給大家帶來一陣稻田間夾著水汽泥土氣的小涼風，也沒人要去捉「呱」了。

三

　　故事又回到羊十九早上去找路牌的時候，羊十九那天可不

大高興，嘴裡一直嘟嘟囔囔的，「爛翠蓮，翠蓮最討厭了！」因為已經連續五天是羊十九來抓路牌了，本來剪刀石頭布全靠運氣，運氣這種東西總不會有人老倒楣有人老走運，但每天翠蓮都出石頭，羊十九又都出剪刀。主要是羊十九覺得上次翠蓮出石頭，這次總得換個吧？都連出四次了，這次總得換吧？沒有一次換的！翠蓮拳頭一伸，「十九，你又輸了，快去，乖！」一腳把羊十九蹬出來了，還順便放個響屁，宣告了被窩主權，這樣羊十九就不好把腿再伸進被窩了，總是有點擔心腿上吸收了點什麼毒，長出點黴點。

那天羊十九在踢著石頭嘟囔著翠蓮的時候，發現了蛋黃。發現蛋黃的時候，她坐在地上，在專心寫字。羊十九好奇她在寫什麼，就湊過去看。只見蛋黃在路牌上，圍繞著「城西三十里」幾個字寫了一圈字，蠅頭小楷、隸書、行書、草書各種字體把「城西三十里」從左到右、從上到下寫成了矩陣。羊十九覺得這人在搞破壞，好好的路牌爬滿字，後面的人看一眼，眼睛就像得了飛蚊症，看不明白這牌子上究竟寫了啥，眼睛一閉，就走過去了。羊十九伸手過去刮了刮，看看這些亂七八糟的字能不能刮下來（就像現在刮樂透似的）。「小朋友，別亂摸！」蛋黃把她的手打掉。羊十九問：「你抄這些幹啥子？」「沒幹啥，就是無聊等人唄！你知道附近有個女流氓俱樂部嗎？」「不知道哎！」「那再見，小朋友！」蛋黃慢悠悠地把路牌翻了個面，又用各種字體抄起了「女流氓俱樂部」。

後來上了山，大家都知道蛋黃是個慢性子，沒事寫寫字，抄抄經，是個執著於方塊字的書呆子。蛋黃打劫的時候，愛劫

有字的東西。如果看到一罈酒，罈子上貼了一張紅紙，上面寫著大字「酒」，她就拿起劍挑了挑，把這紅紙挑下來，把酒還給人家。要是看見一袋米，米袋上印著大字「米」，這字挑不下來，背一整袋米回去她又嫌麻煩，她就猶豫不決，拿不定主意，先放人家走了，又跑過去劫下來，搬了搬，怎這麼重，又不想要了。如此重複幾次，直到人家用爛泥把「米」字糊掉了她才死了心。其實大家都不大喜歡和蛋黃一起去打劫，因為她老是劫點不值錢的東西，拉低大家在打劫目標上的品味，她有時候還劫點讓人尷尬的東西，比如男人的衣服。因為宋朝那段時間流行男人衣服上印個字，除了官差印的囚、兵、勇這些，最時髦的要算在衣服後面印上「精忠報國」四個字了。（雖然不是每個人都能像岳飛一樣拼殺戰場，也不能忍痛在肉上刺字，況且刺了穿了衣服不能露出來吹牛，但表個態還是有必要的，商家也樂意帶動周邊產品發點小財。）蛋黃一看到這幾個字就用劍拍拍男人的背，要他脫衣服。在這麼多女人面前脫衣服，男人很尷尬，女人也很尷尬，因為不知道裡面會露出什麼來〔在沒準備展示的情況下，大家的衛生衣、衛生褲[5]總是五顏六色、圖案紛呈〕。自從有一次一個男人脫完外衣露出紅彤彤的繡著桃花的小肚兜以後，大家看到穿著「精忠報國」衣服的男人就很緊張，要麼悄聲讓這男人轉過背去，再幫他擋住蛋黃的視線，要麼找藉口尿急或者「哎呀，前面跑過一頭鹿，我去追一下」，四散溜了，眼不見為淨。

5　大陸稱為秋衣、秋褲。

蛋黃還愛劫書、報紙和字帖。有一次賣舊報紙的路過這裡，蛋黃就激動地往路中央一站，「不許動，把報紙留下！」賣報紙的嚇一跳，趕緊捂緊自己兜兜裡的幾個碎銀子，踢了踢腳邊一捆舊報紙，「姑娘，這紙不值錢！」同去的小夥伴覺得寒酸，仔細看看報紙封面印的又不是鈔票。（北宋那時候「交子」這種紙幣才發行不久，大家都還習慣揣著銀子，對鈔票長什麼樣子並不熟悉，不知道交子上畫了財神爺還是當今聖上，總有個大人物鎮場吧？也不知道會不會在交子上寫字，除了票面價值，可能會寫財神爺關於發財指南，或者聖上關於勤儉節約的囑咐吧？）這捆是如假包換的舊報紙，淨是些花邊新聞奇聞異事，蛋黃倒不介意，只要是有字的就好了。等她嘿喲嘿喲地把髒兮兮的舊報紙抬回家以後，蛋黃的時間軌道就往前調了一年（這舊報紙是去年的）。有陣子蛋黃一開口就是「去年今天……」，和蛋黃聊著天，本來聊聊今天頭頂的大太陽，不知不覺就聊到了去年今日的一片烏雲（這舊報紙每天的天氣都紀錄得清清楚楚）。再聊下去就是奇聞異事了，比如這片烏雲過去了，家裡的一隻雞忽然不見了，或者本來穿得端端莊莊在外面曬太陽，一片烏雲過去了，忽然發現自己赤身裸體了，說得好像這烏雲是偷雞偷衣服的流氓似的。

　　晚飯後通常是蛋黃的讀報時間，她一邊剔牙一邊讀報，有時候一剔牙齒縫裡跳出團肉碎碎，把字蓋住了，她就慢悠悠地翹起食指一彈，繼續念。（當然，要是這肉碎碎太油，那時的報紙油墨本來就浮，被油一泛，就亮著油花花扭來扭去的，看不清究竟是個啥字。這種情況，蛋黃就拖個「嗯——」音，

跳過去接著念。）大家喜歡聽蛋黃念報紙，圍著蛋黃就像現在圍著臺收音機或者電視機一樣。有人無聊，邊聽邊玩蛋黃的辮子，像調整收音機的天線提高音質。也有人無聊，邊聽邊伸手拍拍蛋黃的左肩，又拍拍右肩，像電視機出現嗞嗞嗞的雪花點，拍幾下電視機，雪花抖了幾條白線，再拍幾下，雪花抖出了兩個人物輪廓，還嘎嗞嘎嗞地說著什麼。

蛋黃念得慢悠悠，可以一邊聽一邊幹別的事。比如她念一則去年風靡全城的連環偷竊案的事，小偷開始翻牆的時候，羊十九覺得口乾舌燥，去廚房破了個西瓜，吃了兩塊，回來聽的時候，那小偷還在牆上掛著。（因為讀得慢，蛋黃似乎把報紙上敘述的故事時間還原成實際發生的現實時間，報紙上寫一句小偷翻牆潛入屋子裡，現實中小偷肯定沒這麼快的嘛，這牆這麼糙，總得磨到手皮子，刮到褲子什麼的，跳下去還保不定踩到牛屎，鞋底打滑還得摔一跤，摔完剛要站起來還保不定撞到一條狗好奇地聞聞他的臉還順便舔幾下。）等蛋黃念到小偷潛入第一戶人家作案的時候，翠蓮身上癢癢，去洗了個澡，回來聽的時候，這小偷剛潛入第二戶人家作案。翠蓮一邊搓著滴著水的頭髮，一邊補劇情：「他剛在第一戶那偷了啥好東西？」，蛋黃就跳回前幾行，重新開始念。聽過的人就打哈欠，排隊去洗澡。這樣看來，蛋黃比收音機和電視機高級，不是開播了就筆直往前播，剎不住車，而是有個進度條，可以互動，時不時往前拉拉，往後拽拽，全憑聽眾高興。蛋黃自己反正重複念幾遍都無所謂，只要嘴巴念的是字，嘛著嘴念憋著嘴念，都像在嚼糖。

念了一段時間後，大家對去年汴梁發生的奇葩事瞭若指掌，比如去年一整年王宮裡都沒有妃子給皇上生兒子。那些太醫信誓旦旦說生太子的最後都下了蛋，孵也不是，不孵也不是，叫人好為難。大家就剪著腳趾甲，嗑著瓜子，歪著躺著開始玩故事接龍。「我拿一半太子蛋煮茶葉蛋，一半醃皮蛋。」羊十九說。翠蓮：「這茶葉蛋怎麼咬起來硌牙，好像咬到骨頭，看一看又什麼都沒有。」羊十九抗議：「翠蓮，你別嚇人！」翠花說：「醃成皮蛋的黃綠黃綠的，往太陽底下一照，中間有條小龍的紋路。吃完皮蛋還沒拉屎前，這條小龍的紋路就在我額頭、臉頰、手臂上輪流閃現，看見它，它就跑，反正是抓不著。」羊十九聽完，就開始在自己身上看來看去，把臉湊到翠蓮面前，「我額頭上有小龍嗎？臉這邊呢？」翠蓮用手指蘸蘸自己的口水，在羊十九額頭中間點了一點，羊十九覺得額頭清清涼涼的。眨巴眨巴眼睛，感覺額頭的口水小龍也眨眨眼，往上翻翻眼想看自己的額頭，翻了一會兒，眼睛酸，就放棄了。

　　有天晚上，蛋黃讀報讀到關於一丈青扈三娘的事。報上說本來扈三娘是要嫁給小乙子（浪子燕青）的，後來陰差陽錯嫁給了小英子（矮腳虎王英）。大家都為宋江前後鼻音不分造成無法挽回的錯誤是不是故意的爭執不下，都忘了排隊去洗澡。報紙上又說，扈三娘擅長日月雙刀，還老套繩索活捉男人，身手了得。羊十九把報紙上扈三娘甩繩索的圖畫剪下來，貼在大門上，一來辟邪，管他什麼牛鬼蛇神來了就被套住，二來激勵各位女流氓向扈三娘學技術。第二天，受門上的扈三娘啟發，

每個人都搞了條繩子，打了個結，嚯嚯嚯地在空中甩來甩去。翠蓮從屋後抓了一隻脖子最長的大白鵝過來，把大白鵝定住，讓大家用繩子有了個讓人興奮的目標。不過翠蓮是要收費的，要是誰甩繩子套住了鵝脖子，翠蓮就連忙說：「恭喜恭喜啊，十個銅板哈！」只是大家甩繩索的技術太差，翠蓮生意不好。大白鵝頭扭來扭去，也沒見有繩子套到自己脖子上，等半天怪悶的，老遠看到繩子套過來了，就走兩步，伸個脖子把繩套接過來玩。翠蓮就咧嘴笑了，這大白鵝顯然是自己人啊！交了十個銅板的人不開心，都管這大白鵝叫翠蓮。「去餵翠蓮啦！」或者「翠蓮下蛋啦！」翠蓮不生氣，繼續數兜裡的銅板。

四

　　寫到這裡，我覺得有必要解釋下為什麼這群女流氓專業水準有點差。她們不像宋江集團，上山來的都是犯過事的，要麼殺過人要麼打死過老虎，如果有流氓證這種東西，這些男人都是層層考級成功拿證的。而女流氓俱樂部的大多數女人都是大家閨秀，都是中途改道非專業出身，很多人沒有「力量」這種概念。她們拿過最重的東西估計是毛筆或者是筷子。（本來富貴人家流行用的是鐵木筷還是滿沉的，但小姐的筷子是特製的雌筷，不僅短一截細一些，而且中空，拿在手裡像個浮標老往上躥。）托過最重的東西就是自己的下巴，托下巴有時她們還嫌重，「丫頭，我今兒個腦袋怎這麼沉呢？坐著怪累的，扶我去床上靠一靠。」長此以往，二十歲的時候就肌肉萎縮了，身上的肉嫩得像日本豆腐或者水晶糕，在澡盆裡泡個澡多泡個時

辰怕是要化在水裡。所以府上規定小姐泡澡時間不得超過半個時辰，到點必有丫鬟闖進來把泡發得嬌喘吁吁的小姐撈起來，攤到床上去。攤的時候，注意不能攤得太散，要把睡衣紮緊，省得兩個胸滑溜溜地不小心勻到肚子上去，整個身子滑溜溜地勻滿整張床，像扁扁的章魚，黏一床爬來爬去的觸鬚。

這種無力感是要長期訓練的，沒人天生如此。訓練的關鍵就在於給身體創造性地增添一些美麗的負擔，比如當時流行的養長指甲。各府上千金從七歲開始陸陸續續養指甲。剛養了兩禮拜，女孩子倒是滿喜歡，覺得挺好使，一會兒用指甲去剝個柳丁，一會兒用指甲去戳窗紙，一會兒又用指甲去摳牆皮。養到三公分長的時候，女孩子就開始扭扭捏捏，兩隻手不能自然垂著，因為每個拇指的指甲都相互刮蹭來刮蹭去；兩隻手又不能老撐張著，張牙舞爪地像個老巫婆。所以只好保持一股暗勁，兩隻手像兩把半開的扇子，夏天的時候，大家都喜歡在她們身邊轉悠，蹭點小微風。等指甲養到五公分長的時候，女孩子都不情願拉屎，因為兩長指甲一攢，攢住草紙，擦屁股使不上勁，屁股擦不乾淨就癢癢。雖然兩隻蔥管手是撓癢癢的利器，但不好意思大大方方伸手去撓後面，就只能去坐坐椅子角，靠靠桌子角、床角，看著沒人就趕緊扭個屁股蹭兩下，解解癢，像幾個月沒洗澡的貓貓，逮到個桌子、凳子腿就死命刮蹭。如果有人進來就裝作剛從椅子、桌子、床上起身的樣子，懶洋洋地打個哈欠。

不情願拉屎的直接後果就是下半身每天重一點，像吊了個秤砣晃來晃去，秤砣每天加點重量，走兩步就想停下來平一平

晃來晃去的秤砣，稍微緩一緩再繼續走兩步。如此走走停停，很煩人，低頭想找找秤砣的掛鉤，甩掉就萬事大吉了，但又找不到。走路不僅越來越慢，而且步子越來越重，拖著鞋子「踢踢突突」地走。家裡的青磚地整天來來回回地打磨拋光N遍，活生生地打造成了青光鏡。這樣走兩步，停下來，朝鏡子裡的自己瞅兩眼，呲個牙，打個招呼，「你好啊，你在下面幹嘛？咱倆換一換？」於是就有種錯覺，自己走著走著就走到地下去了，頭朝下，腳朝上，有點小頭暈。

等指甲養到十公分長的時候，家裡的剪刀、磨砂紙、指甲鉗都不用藏起來怕女孩子任性絞指甲了，因為就算剪刀放邊上也拾不起來，更別說剪指甲了。十公分長的指甲讓雙手失去了幾乎所有功能，除了審美。長到十公分以上的指甲都有點成精，開始有了自由意志。它們覺得一直長尖尖很沒意思，有的就中間分了叉，左邊往手心捲進來，右邊往手背捲過去，這個叫做魷魚鬚甲。家庭美甲師就在這種指甲面上畫上魷魚腦袋和身子。有的也是中間分叉，但左邊的往左邊捲，右邊的往右邊捲，這個叫做羊角甲。美甲師就在指甲面上畫個羊頭，還有空間就順便畫上羊身子。有的是螺旋從粗到細往上捲，這個叫做冰淇淋甲，因為像冰淇淋上頭的漩渦。美甲師就在指甲面畫上蛋筒，還有空間就順便多畫幾個蛋筒。

養指甲是女孩子出嫁之前最要緊的事業，一天二十四小時都不能鬆懈。晚上睡覺的時候，每個指甲都細心貼上指甲膜，增加膠原蛋白，然後每個拇指套上指甲套，省得睡覺把指甲壓斷了或者睡夢裡撓癢癢把自己撓破相了。成精的指甲在指甲套

裡吸吮這營養膜有點飽，又覺得悶，嗞啦嗞啦地磨著指甲套想出來透透氣。所以半夜的小姐閨房總有點嗞啦嗞啦藍盈盈的電光石火，像在乾燥的秋天脫衛生衣、衛生褲閃來閃去的靜電。早晨是遛指甲時間，讓指甲在後院的花草之間呼吸下新鮮空氣。下午是曬指甲時間，指甲伸在陽光裡，人怕曬黑躲在樹蔭裡，所以有時候在陽光斑駁的小樹間忽然冒出懸浮的長指甲，嚇死個人。剩下的時間都在家庭美甲師的手底下修修補補，比如重新打磨著色，在新長出來的指甲面上再畫點什麼。

要是指甲養了一半斷了，不管是自己不小心掐到了還是成精的指甲無聊，自己斷個頭玩玩，就等著被一頓臭罵，還要遭到警告：「沒有長指甲的女人沒有男人要！」但沒人能夠解釋男人為什麼對女人的長指甲神魂顛倒。奇怪的男人！覺得長指甲好看幹嘛不自己養？又不是自己沒指甲！如果女孩子知道後來男人又迷上了三寸金蓮，肯定又要說，奇怪的男人！覺得裹小腳好看幹嘛不裹自己的？又不是沒腳！不過後面這個問題很簡單，第一，只見過主人拴狗讓牠跑不走的，沒見過主人拴自己的。第二，男人受不了，這太他媽的痛了！痛到什麼程度呢？（這時，我又仿佛聽到風涼話，能有多痛，女人就會嚷嚷，為美做點犧牲是必要的。）我忽然覺得要打個男人能懂的比方才行，裹小腳的痛就好比從小用兩根繩把男孩的小雞雞綁起來，一根繩尾綁在左腳，一根繩尾綁在右腳，每天訓練走路兩萬步。每走一步，繩子就拉扯一下小雞雞，就是這種拉扯的痛。不過這種痛又算什麼呢？為了長大後加長版雞雞的性感嘛！萬一還能憑長度入贅個有錢點的人家。這時我仿佛看見媒

婆拿了一根尺子，在男孩兩腿間一根根捏過量過。一寸長的叫米蟲，媒婆都覺得太寒酸，根本拿不出手。二寸長的叫象鼻蟲，勉強找個縣級官員的千金入贅。而三寸長的叫三寸金屌，這種的就比較搶手，有希望去搏一把知府級大人的千金。當然過門那天，得用緞子給三寸金屌做個罩，上面繡個萬年王八，以激發老婆的性致，供其賞玩。賞玩的方式五花八門，諸如《三寸金屌品藻》圖文並茂說明了四十八種賞玩法，不僅包括普通的咬、搔、彈這些，還包括特技，比如老漢鞠躬。新娘吹一聲哨子，三寸金屌就騰得翹起來，像象鼻子一樣勾勾，算是鞠了個躬。賞玩完畢，新娘就把緞子罩給罩回去，用個小金鎖給鎖起來。鑰匙在她手裡，哨子也在她手裡，別人想賞玩卻必須去她那拿鑰匙，包括他自己想玩的時候。

不過這只是個比方，現實是，北宋的媒婆上門帶張紙和剪刀，按照姑娘指甲的輪廓剪個模型，用指甲油顏色塗起來。圖案就不畫了，媒婆都上了年紀，眼神不好，畫畫本來難看，她們就簡單地標注「魷魚鬚甲」、「冰淇淋甲」，然後拿著模型去男方家裡挑。男方就憑這張皺巴巴的紙來想像自己未來的老婆。當然這在一個從小被培養把女孩想像成一個長指甲，又把長指甲想像成性欲對象的男人那裡，並不是件難事。這充分說明了性欲是個文化構建，對象可以是三寸金蓮，也可以是長指甲。當然也可以是戳上天的大髮髻，飄來飄去的腋毛。（腋毛這東西可以拉直，可以捲起來，可以打個小辮，可以用各種染料染成五顏六色，還可以噴各種氣味，比如桂花香粉、辣椒粉或者狐臭。狐臭這種味道也是有人喜歡的，畢竟性癖五花八

門，喜歡啥的都有。）反正身體隨便什麼部位都可以培養性趣。新婚夜，有的把新娘魷魚鬚甲一個個吮吸個遍就嗷嗷地射了。也有看到冰淇淋甲，底下就直挺挺了。這種八成是太喜歡吃冰淇淋，食欲、性欲還沒分得很清。

　　長指甲的女孩子到了俱樂部以後，第一件事就是剪指甲。選一個月黑風高的夜晚，點上大紅蠟燭，大家一起進行剪指甲儀式。儀式的關鍵在於準備一缸黃酒，大家輕輕抬起手。（不能驚到指甲，這些成精的指甲要是知道自己要被砍頭了，張牙舞爪地鬧起來，大家都要陪著跳大神，還得配合著呱啦呱啦地叫。）把手浸到黃酒裡，等指甲醉醺醺了，就軟趴趴地任人擺布了。剪下來的十公分的指甲，大家都默哀一分鐘。這幾年的時間畢竟都攢給這些指甲了，總覺得有點不值，什麼破玩意兒？再多攢幾年，臨終的時候估計就剩下乾癟小小隻的老太太，垂著比她身體還長的指甲，最後一蹬腿就不見了，被成精的指甲吸得飽飽的。最後還得為這些長指甲量身打造一副棺材，專門做一個指甲塚。大家這麼一想，覺得怪嚇人的，原來這指甲寄生在自己身上沒安好心，趕緊埋掉這些破指甲重新做人。沒長指甲的手指簡直不要太好使，姑娘們用光光的手指去刨土，一個個興奮地哇哈哈地大笑，本來兩公分深就能埋好，硬是刨了一米的土坑，來年這片鬆軟土種荼長勢喜人。

五

　　光光的手指幹成的第一件大事就是造房子。羊十九的藍色魚房子就一棟，而找來女流氓俱樂部的女人越來越多，每次

240

羊十九總是領著新人參觀住處，指著自己臥室的雙人床說：「喏，晚上睡這，大家擠擠將就將就唄！」後來一起將就的人越來越多，經常這邊一扭頭就撞到那邊人的臉了，被撞臉的剛抬起手來要摸臉，胳膊肘又捅到旁邊人的眼睛了。剛開始大家不熟，就老是互相道歉：「不好意思，不好意思！」結果一鞠躬，額頭又撞一起了，又互相去摸彼此的額頭：「啊呀，疼不疼，疼不疼？」大家就是在這種每天磕磕碰碰中建立了最初的友誼。

這張雙人床本來是翠蓮和羊十九睡，中間還可以放小兔和小豬兩隻公仔，後來翠花來了，就占了小兔和小豬的位置，她沒枕頭，就把小兔和小豬疊起來壓在腦袋下邊，碾來碾去。翠蓮和羊十九睡覺沒有小兔和小豬抱，又摟不到對方，睡一半夢裡習慣性地伸手撈撈，翠花第二天醒來總覺得昨天半夜被人打了，有時候「啪——」左臉被扇了，有時候右耳朵被拽了，更多的時候被羊十九揉到左邊，過一會兒又被翠蓮揉到右邊，早上起來就像個揉好的麵團，準備切切小塊用擀麵杖滾幾下攤煎餅了。翠花那段時間覺得人生最大的夢想就是一張屬於自己的床。

後來花蛋和蛋黃來了，小兔和小豬讓位也不夠了，大家就決定在這張床上打橫睡。每個人在床上一字排開，像一排燒烤舖在烤架上。因為體型各異，有些是排骨串，有些是五花肉串。又因為膚色不同，有些是蓮藕串，粉嫩嫩的，有些是秋刀魚串，黑黢黢的。打橫睡的好處就在於每個人都盛下了，而且手腳都能伸開。缺點就是，還有一小部分身體不在床上，要麼

是頭要麼是腳。睡前還能選擇是讓半個頭在床外，還是讓一雙腳在床外，睡了一半後就顧不得這麼多了。有時候整個腦袋蕩在半空中，有時候半條腿蕩在半空中，這樣就缺少一種踏實感。做夢經常是走著走著掉到一個洞裡，飛著飛著忽然自由落體，看到剛炒好綠油油的豌豆伸手一夾，夾不起來，等夾起來往嘴裡送的時候，又從筷子中間掉了，直接湊嘴巴過去，掉在桌子上的豌豆又蹦下了桌子，在地上跳幾下像個跳蚤似的來回蹦得老高。做到這種夢的時候，就容易急，一急就會嚇醒。

有一次羊十九半夜做豌豆夢嚇醒，想起床尿尿。結果憑著窗外的月光看到睡在自己邊上一排的小夥伴都挺著個脖子，腦袋蕩在半空中，一蓬蓬長髮拖到地上，風一吹，一排長髮蕩來蕩去，摩擦著地板發出窸窸窣窣的聲音，像是要借誰開口說點什麼（這個可能是羊十九的幻覺）。反正羊十九嚇得鑽進翠蓮被窩裡，抱著翠蓮抖了半天。第二天早上，翠花醒來抱怨道：「昨晚篩了一晚上的糠，累死老娘了！」羊十九這才發現昨晚睡在自己左邊的是翠花，右邊的是翠蓮。所以昨晚抱的是翠花？難怪昨晚先抱著腰，兩隻手環不過來，羊十九隻好換成環胳膊，一邊抖一邊想著明天要告訴翠蓮她的腰半夜會脹大，一個腰兩個大，估計和膨大海的原理類似。等上山的姑娘又多了幾個，打橫睡也開始擁擠，第二天早上起來總有一個滾在床底下。有一天輪到翠蓮從床底下醒來的時候，她不高興了，「我們得搭個房子！」

關於搭房子這件事，剛開始大家沒經驗，都是照著翠蓮和羊十九的藍色魚房子糊的。（我又瞅了一眼這棟魚房子，外

面和剛開始入住差不了多少，鵝卵石的魚鱗牆，三角形的魚頭屋頂。原來房子是白色的，羊十九採了很多藍色牽牛花，做了藍顏料，把白房子塗成了藍房子。但是因為牽牛花不純藍，有的紅一點，有的白一點，塗完之後，這魚房子就不純藍，有幾片白色的鱗片，幾片紅色的腮。）藍色魚房子就是費石頭，所以大家最開始的任務就是找石頭。造個房子給自己住，這讓山上的女人都很興奮。這對於她們中的大多數人來說，算得上第一次正兒八經的體力勞動。一幫女人嘰嘰喳喳蹦蹦跳跳地跑去河邊撿石頭的時候，像現在內陸的人第一次跑去海邊撿貝殼似的，睜大眼睛找漂亮的石頭，帶顏色的、光溜溜的，最好還帶點紋路。碰到灰頭土臉的石頭還要一腳踢掉，「醜死了！走開！」撿到好看的，還得跑去小夥伴那獻個寶，「你看，我這塊石頭長了兩隻耳朵！」「瞧瞧，這石頭中間的紋路像不像一扇門？裡面說不定住著個小人！」然後把石頭在河裡蕩一下，洗洗乾淨，怕把裡面的小人淹死，就放在太陽底下曬一曬，曬乾就收到自己兜兜裡，或者放進絲綢繡花小袋裡。（這種小袋子我就在林黛玉葬花的時候見過，林妹妹把袋子勾在她那細長精緻的小鋤頭上，袋子裡裝的是落花和她的長吁短歎。她鋤地的姿勢真好看，不快不慢，可以有間隙拂去吹到臉上的花瓣，不輕不重，浮出地表的蚯蚓還能扭來扭去開心地撒嬌。當然黛玉忙著哭，並沒看見，否則又得為蚯蚓驚擾花魂咳嗽了。）晚上回家沒事把繡花小袋掏出來，數一數，一二三，三塊石頭，估計能給未來的房子造一個角了吧，嘖嘖，勞動真光榮！

　　過了兩天，繡花小袋就被粗糙的石頭磨毛抽絲，大家的

新鮮勁也過去了。只要是塊石頭就行了，好不好看無所謂，繡花小袋也不裝了，大家搜刮搜刮羊十九的一點存貨，什麼竹籃子、竹簍都拖出來放石頭。有一次還把羊十九的痰盂拖出來裝石頭。裝完下了場雨，石頭泡在一盆痰盂水裡，石頭帶的土浸出土黃色的水。大家在一邊看著，忽然覺得空氣裡飄起了點什麼味道，沒人想要這有味道的石頭造有味道的房子了。

　　一開始撿石頭的時候，大家是集體勞動，翠蓮走在前面，羊十九跟前跟後。翠蓮眼光高，專找大塊的形狀規則的撿，「哎呀，這塊小了點哎！」隨手一甩，羊十九在後面就趁機用籃子兜住，這樣半籃子靠兜，就剩半籃子靠自己撿。羊十九眼光也不低，撿了稍微小點的也叫一聲：「哎呀，這塊小了點哎！」隨手一甩，翠花在後面就趁機兜住。以此類推，後面跟著一串花蛋、蛋黃、黃杏……像一串蜈蚣風箏，你甩我兜，扭來扭去，又串著不掉隊。花蛋性子急，兜了兩次，就拍拍前面的翠花：「怎還不甩啊？快點啦——」後來兜了翠花的石頭，等的間隙，急不可耐地越過翠花把羊十九甩來的石頭也一併兜了。翠花又著急又生氣。跟在花蛋後面的蛋黃性子慢，眼看著前面石頭甩出來了，等捧著籃子湊上去，石頭已經掉地上了。蛋黃能接到的石頭都是愣在原地，捧著的籃子還沒收回來，忽然花蛋又甩了個石頭，當然還得原路線甩，這樣才能碰巧進了蛋黃的籃子。這樣的集體勞動有個缺點就是，後面撿的石頭比前面的要小，這樣一個比一個小，輪到最後的就只有指甲蓋這麼小的碎石頭了。擺在地上，院子裡養的大公雞覺得肚子堵得慌，過來最後的籃子啄幾口碎石頭，幫助幫助消化。

我覺得大家擠在一起撿石頭效率太低，不如嘗試下分頭行動。翠蓮安排每個人拉開大概一百米的樣子，專責一段河岸撿石頭。這種模式有個缺點就是一個人勞動容易累。大家撿了幾塊石頭，就覺得要歇會兒，在河邊躺躺看看天，想像一下小夥伴在上游下游忙著撿石頭，給自己蓋房子，而自己躺著曬太陽，覺得賺到了，嘿嘿地笑出聲。但其實每個人都在太陽底下躺得好好的，石頭也是。石頭在大家的共同想像中爬進了別人的籃子裡，一塊疊一塊，太陽底下曬曬吐了點潮氣出來，褪去綠色的苔蘚皮，新皮熱乎乎的，造個房子也是熱騰騰的冒白煙。

　　羊十九躺在熱石頭上，聽著河水潺潺，翹著個腳。也不知道這種新撿來的鵝卵石搭的房子會不會比自己住的老房子厲害一點，比如自帶水聲潺潺。畢竟石頭剛離開水，還不習慣，想念水了就自己哼哼。有些石頭早上醒來哼哼，有些石頭晚上睡不著哼哼，有些熱得哼哼唧唧，有些冷得直打哆嗦也哼哼。所以這新造的石頭房子就得一年四季一天到晚都時不時有一搭沒一搭的冒出點水聲。羊十九覺得這個水房子滿好的，只是怕呲溜呲溜喝湯的時候，忽然哪塊石頭哼哼，頓時覺得湯灑了，嘴巴漏了。或者撒尿的時候，茅廁牆上的石頭哼哼，覺得自己今天的尿怎這麼多，怎麼撒都撒不完。當然如果是翠蓮發出的水聲，比如偷偷喝湯偷偷喝果汁，又會以為是石頭在哼哼，沒及時抓包。翠蓮發出的水聲不少哎，翠蓮怕是河裡的石頭變的吧？比如翠蓮吸鼻涕，翠蓮睡覺淌口水，翠蓮月經水流啊流。哦，水嫩嫩的翠蓮！翠蓮的奶不知道會不會有水流來流去，想

到這，羊十九噗嗤笑出來，在腦子裡把翠蓮凍起來，做成個牛奶冰棒，沒事拿出來吮吮。哦，甜甜的翠蓮！

　　等羊十九吮著牛奶冰棒從夢中醒來的時候，沒想起來自己躺河邊幹嘛。她驚喜地發現旁邊有個籃子，籃子裡還有幾塊石頭，大概是誰怕籃子被風吹走用石頭壓住吧？羊十九把石頭倒出來，給籃子綁根線，扔進河裡，自己沿著河岸走，像遛狗一樣遛籃子。羊十九對繩子那頭的籃子說：「走，咱們去找翠蓮！」走到翠蓮的專責區⁶的時候，發現翠蓮也有一個籃子，裡面裝了半籃子螺螄，翠蓮貓著腰在水裡摸螺螄。羊十九就把翠蓮的螺螄倒了一半到自己籃子裡，然後把鞋子一踢，「翠蓮，我也來摸螺螄！」

　　太陽下山的時候，女流氓俱樂部的集合，大家籃子裡都有點東西，有的是鳥蛋，有的是花花，有的是蓮蓬，有的是蘑菇，有的是小魚兒，翠花的是隻青蛙。大家蹲在地上圍一圈，把籃子放在跟前，像菜場門口臨時擺的地攤，頭湊頭，嘰嘰喳喳地開始以物易物。「你給我一個鳥蛋，我給你一個蓮蓬！你看我的蓮蓬比你的鳥蛋大，我虧點算了。」「拿去吧，拿去吧！」「一朵蘑菇換你五條小魚？」「三條！」「小氣包，哼！」就翠花的青蛙沒人要。翠花覺得是因為老捂著青蛙，擋住了大家的視線，就把青蛙的後腿綁在繩子上，另一頭拴在籃子上。青蛙就在大家的圈子中間牽著籃子蹦來蹦去。大家時不時瞟一眼眼前這團綠油油滑溜溜的東西。羊十九發個小呆，在

6　大陸稱為包幹區。

腦子裡伸手去摸摸這青蛙，黏糊糊的，自己起了一身綠色的雞皮疙瘩，「啊啊——」地亂叫。花蛋瞪一眼這青蛙，在腦子裡把它眼睛後面鼓來鼓去的泡泡戳戳破，「啪——」的一聲，驚得自己不停眨眼。翠蓮在腦子裡燒了個油鍋，把這青蛙扔下去炸了，想著就這麼一小撮肉，還要放生薑、大蒜、生抽、老酒，還要不停翻炒，真累！又回去討價還價了，「螺螄換你花花！」這青蛙覺得渾身難受，一會兒皮上癢癢，一會兒泡泡鼓不起來，一會兒又覺得全身燙得很。看看周圍，又沒人搭理牠，就繼續牽著籃子賣力地蹦上蹦下。

大家白天拎著裝石頭的籃子去摸螺螄、捉青蛙、摘花花，晚上回家又擠上一張床，「啊呀，將就一晚，明天造房子！」將就了一晚又一晚，翠蓮又滾下床的時候，她又不開心了，「說好的石頭房子呢？」大家你看我，我看你，故事又回到撿石頭。

六

翠蓮立了規矩，每個人每天要撿五十塊石頭，否則晚上睡地板。而且關於石頭大小也做了規定，她做了一個線網兜，拿著網兜站在門口，往大家的籃子裡瞄一眼，「這塊有點小哎，來，兜一兜！」如果扔兜裡兜住了，就算合格，從兜裡掉下來了就不合格。「乖乖，再去找一塊大的！」為了找大石頭，大家把河岸和山上翻了個遍。翻了一段時間後，大家身上的肉緊實起來，走路不再覺得身上的肉彈來彈去，像顆白嫩嫩水汪汪的荔枝。大家的手也糙起來，新長的力氣有點控制不住，原本

捉隻螞蟻可以在手指間玩來玩去，現在捉起來一看就已經是粉渣渣了。原來打蚊子是清脆的pia pia聲，打完看著空氣說：「啊呀，蚊子又飛啦！」現在打蚊子是渾厚的「嘭嘭——」聲，打完叫一聲：「哎喲，痛死老娘了！」自己左手打右手，又沒處去怪。紅通通的手心裡，蚊子把血都吐出來了，而且斷手斷腳都陷進手心，要摳摳才弄得乾淨。原本姐妹間親暱的舉動，比如牽牽手、拍拍肩，捏捏臉，現在就沒那麼舒服了。牽完手後手麻半天，被拍的肩膀有點抬不起來，捏捏臉後臉上一塊烏青。

大家去河裡掏泥漿把石頭糊成牆，黏性不夠就加點黏糊糊的東西進去，比如桃漿，還鏟點毛毛蟲、蝸牛這些走路黏來黏去的小東西進去，有時候一邊攪拌黏土，趁人不注意順手擤一把鼻涕進去，再嘿嘿奸笑地拌兩下，覺得這樣黏度就差不多夠了。等四面牆糊好了，大家發現頭頂還差一個屋頂。翠蓮說：「咱要用瓦片堆個屋頂！」但哪裡去弄這麼多瓦片呢？路過的馬車都沒見到運瓦片的。羊十九想起來，當年白臉男造這房子的時候，他跑去城裡喝了壺花酒，半夜去人家房頂偷了瓦片。她覺得不如大家一起去城裡偷瓦片好了。（我覺得這主意不錯，當然她們可以掏錢去城裡買，這點銀子還是付得起的。但既然是個女流氓俱樂部，就得有點流氓的樣子，能偷能搶就不要買。再說這房子裡哪一樣不是搶劫的，買來的瓦片擱哪裡都不搭哎。）

偷瓦片的方式很多，比如夾瓦片。羊十九把家裡夾煤球的鉗子按上了兩片竹片，鉗子一根柄上綁上竹竿，一根柄上綁上

繩子，這樣一扯繩子、一鉗，瓦片就被抓下來了。這個就像縉雲燒餅要出爐前，用鐵鉗伸進去，一個一個鏟出來。屋頂就像燒餅爐，一片片瓦片在爐子上烤著，羊十九夾一塊瓦片就像夾一個燒餅。瓦片曬了一天太陽，也和燒餅一樣熱乎乎、鬆脆鬆脆的。瓦片上長了幾根野蔥，所以鬆脆中還帶點蔥香。翠蓮在羊十九邊上提著籃筐裝瓦片，假裝跳著腳：「哇，剛出爐的，好燙好燙！」當然這種偷瓦片的方法不能在天還沒黑的時候幹，倒不是怕走來走去的人看到抓包。有人來了，就假裝踢毽子踢到了瓦背上，翠蓮就嚷嚷：「我的寶貝毽子呢？十九你到底看到了沒啊！」羊十九就焦急地鉗來鉗去，「毽子呢？毽子呢？這位大叔，你看到我們的毽子沒啊？」路過的男人白一眼羊十九，「神經病！」趕緊加快步伐。

天沒黑偷瓦片是怕鉗下一塊瓦片，屋裡就多一點亮，叫做漏天光。本來屋裡的人在昏暗裡泡澡，蒸汽騰騰，忽然漏進來的一束天光投在裸露的胸上，像個小鏡子在照來照去，泡澡的女人就很生氣，一把抱住胸前，眼睛往頭頂不要臉的窺視鏡瞪去。或者男人在昏暗裡喝粥，喝著喝著忽然漏進來一束天光，再湊嘴去喝的時候，就發現粥湯裡浮著一層糯糯的翻著肚皮的小米蟲。喝粥的男人就很生氣，抬頭去看屋頂的光，好像這束光掉了很多小米蟲到他碗裡，壞了他的粥。這樣他們都能發現自家屋頂少了瓦片。

漏天光還有可能發生在兩幽會情人親親的時候，黑燈瞎火的，男人親得迫不及待，女人有點心不在焉，一條舌頭翻來覆去地吮，有點味道都吮淡掉了好嘛！這時候羊十九鉗走第一塊

瓦片，進來一點光，女人發現男人額頭上有粒灰斑，伸手就要去彈，像彈掉煙灰。真是，抽個煙也能掉臉上。這時候羊十九鉗去第二塊瓦片，進來多一點光，女人發現這不是什麼煙灰，不浮在皮膚表面，而是長在肉裡有點厚度的黑痣，這厚度差不多和泡了水的黑木耳一樣，有股Q彈的勁。然後她就想到自己中午在家泡了一撮黑木耳，現在應該發成一盆了吧，還是涼拌好吃，多加點醬油和辣椒，讓這條淡掉的舌頭鹹一鹹辣一辣。羊十九鉗去第三塊瓦片，進來又多一點光，女人驚喜地發現，這粒黑痣上還立著一根白毛，絨絨的瘮兮兮的立著。女人盯著這根毛毛，它往後倒了一點，女人瞪起眼睛，這毛毛倒得更厲害了。正當女人眼露凶光，要一口氣搞倒這根白毛毛的時候，男人睜開眼睛，嚇得以為自己剛才賣力親的是個夜叉。他眼睛往上一翻，看看夜叉盯自己哪裡，沒看見自己額頭上的毛毛，倒是看到房頂的瓦片少了三塊。這樣羊十九在鉗第四塊瓦片的時候就露餡了。

不過等天黑透可以放心夾瓦片了，羊十九自己也看不清了。舉著手用鉗子在半空夾來夾去，啥都夾不到。難得夾到個啥東西，往翠蓮簍子裡一丟，翠蓮跑去和翠花的簍子裡的瓦片比比誰多，「啊，翠蓮，你簍子裡一隻死老鼠！」「啊，翠花，你簍子裡一隻死鳥！」兩人扔了簍子就尖叫起來。所以我覺得還是得換種方式偷瓦片（翠蓮：「當然得換！不然我身上一股死老鼠的味道！」），我覺得還是等夜深人靜的時候，爬上屋頂，老老實實地一塊一塊地撿比較靠譜。沿著一橫線一塊塊撿，撿成三條橫槓；沿著一豎線一塊塊撿，撿成五條豎槓。

當然還可以跳一塊撿一塊，撿成一塊棋盤。或者羊十九覺得做事要光明磊落，照著自己名字撿，生怕人家第二天起來看到屋頂不翼而飛，只能罵娘不能罵偷瓦片的人。不過羊十九撿字的業務不熟，沒圖紙，只能靠腦子裡一直寫著自己名字的筆畫，有時候撿了一塊瓦片扔給下面的翠蓮，又嗷嗷地發現自己撿錯了，悄聲道：「翠蓮，翠蓮！剛才那塊還給我！」這樣來回折騰一夜，瓦片沒撿多少，人累得腰酸背痛。回家躺平也沒出現發臉火、打噴嚏諸類被人背後罵來罵去的生理現象，因為天黑，羊十九撿的屋頂的名字沒她想像地那麼好看，有時候歪歪扭扭的，人家第二天看了的確插著腰破口大罵，但罵的要麼是「羊一九，你掀我屋頂，讓我逮到你，非把你頭給剃了！」或者「羊十力，你拆我房，我拆你祖墳！」每個人都罵了接近羊十九名字的人，都沒罵對人。這樣，羊十九那幾天每次噘起嘴巴想打噴嚏，因為沒人罵全她名字，原本癢ㄣㄥ的噴嚏就張開了口擴展成一個哈欠，感覺肺裡有點空氣老是滯留出不來，沒勁。

急性子花蛋就沒羊十九這種閒心，她一爬上屋頂就吭哧吭哧地把整個房頂的瓦片撿了個遍，就留了一塊自己蹲著借力的瓦片，等她跳下來，這最後的瓦片她也拽下來了。這種撿法就有點缺德，屋裡的人第二天早上醒來眼睛瞪著頭頂一片天，腦子裡會很混亂。各種問號閃來閃去，昨天屋頂遭雷劈了嗎？屋頂自己扇翅膀飛走了？我在哪？我被拋荒野了？我是誰？然後一摸額頭還有點燙（半夜被掀屋頂和被掀被子一樣，人都要被凍到著涼）。和花蛋搭檔的蛋黃對這種掀了整個屋頂的做法

有點不好意思，為了表示歉意，蛋黃就拿點她收藏的舊報紙出來，在屋頂舖幾張，表示對屋主的好心（我還是有心要為你遮風避雨的哦）。不過屋裡的人並沒有領會這層好心，反倒是徒增了悲傷，瞪著空空的屋頂誇啦誇啦在風中飛來飛去的破報紙，好像看著出殯時候滿天飛的紙錢，覺得自己葬在房子裡了吧？人生無常啊，昨天還約了哥們說今天一起去東直門新開的川菜館嘗鮮，早知道昨天就去了，怎麼也得叫店老闆早一天開張。唉，人生無常！

　　寫到這裡，我也納悶，原本開開心心偷瓦片，怎麼忽然變得這麼傷感。我檢查了下故事，發現中間漏了一個環節，就是在進城和天黑爬上屋頂中間有一段時間在等天黑，等天黑可以做很多開心的事，比如白臉男當時就去喝了壺花酒還順便做了按摩。我覺得開心偷瓦片就該有開心的樣子，不如讓女流氓俱樂部也去喝壺花酒順便做按摩好了。不過招呼大家走進青樓的時候，我好奇瞄了一眼，發現大堂裡還坐著一個和羊十九長得很像的人，我忽然想起來，在單飛的故事線裡，有個分叉，羊十九B曾經悄悄跟著白臉男下山去城裡喝花酒，後來故事圍著羊十九A轉，一直沒管羊十九B，她的故事線好像凍住了，在原地站成了冰雕。借著青樓的人間煙火，讓羊十九B也暖和暖和，化開來，搓搓手，也來講故事。

　　原來凍住的羊十九B開始轉轉眼珠子，抬手摸摸臉，又彈彈酒杯，然後轉轉脖子，看了眼離她遠遠坐著的白臉男。白臉男裝作和羊十九不認識的樣子，女人來青樓太丟臉了嘛！這時候女流氓俱樂部的人馬進來，羊十九B頓時眼前一亮，誰說沒

見過女人喝花酒？這不是一群娘們嘛！老闆娘驚呆了，「我們最近沒貼招聘小廣告啊？」翠蓮掏出一錠銀子，「老媽媽，來點酒和花生米唄！」濃妝艷抹的老鴇聽了這稱呼渾身難受，覺得從老鴇降級到老酒保，這一生的榮耀忽然灰頭土臉了。但何必和銀子過意不去呢？女人有錢就得和男人一樣對待，有消費力的就是爺！（看來這老鴇才是消費主義女權的鼻祖，消費面前男女平等。）

在青樓的大堂裡，單飛線中的羊十九B遇到了衆樂樂線中的羊十九A，這種場面我也沒處理過，不知道這兩人之間會不會出現神祕的力量，比如牽引力。羊十九B在角落裡喝口酒，這邊羊十九A的酒還沒到，但她就是急呼呼地非得喝口酒，就把桌上的調料架上的醋壺拿起來喝了一口，酸得腸子忽然軟塌塌了，羊十九A也在凳子上坐不直了。她靠在翠蓮的肩膀上蹭蹭，一邊蹭一邊手也不老實地在翠蓮腿上摸摸、刮刮、彈彈，嘴裡還嘟囔著：「小翠翠呀——小翠翠——」翠蓮就把羊十九A的手摁住，不准她亂動。因為神祕的牽引力，羊十九B也想靠靠蹭蹭，但是沒有翠蓮B，又不願意去靠白臉男，就只能支起自己的胳膊，腦袋往胳膊上蹭蹭，一邊蹭一邊捏捏、撓撓自己的手掌，嘴裡嘟囔著：「小手心呀——小手心——」

喝花酒其實就是在青樓的大堂裡叫壺酒，再叫個歌伎彈個琵琶唱個曲子助助興。當然歌伎不唱歌，就講講笑話陪嘮嗑也行，啥事都不做，就美美地坐著也不錯。本來一桌子三五個男人，圍坐在歌伎身邊，一邊搖著扇，一邊瞇著眼，從姑娘的髮簪看到三寸金蓮的小尖尖，從撥弄琴弦的玉手看到起伏的抹

胸，每個部位都在半遮半掩、暗香浮動地撩撩騷騷，讓人遍體舒暢。但是女流氓俱樂部的一幫女人來了，氣氛就破壞了。她們不知道歌伎是要花錢請的，她們這一桌沒歌伎唱歌，也沒生氣，就搬個凳子去鄰桌聽。因為人多，就剛好把鄰桌男人圍起來了。剛圍起來的時候，女人們先拿眼瞄歌伎，「嘖嘖，小姐姐真好看！」「翠蓮，她比你白哎！」「真好聽，我也想學琵琶！」

然後大家喝一口黃酒，嚼幾顆花生米，拿眼瞄圍在裡面的男人，一邊瞄一邊頭湊頭評價兩句。「這些男人怎麼都瞇著眼，很睏嗎？」「不知道哎，睏了怎不回家抱老婆睡覺？」「那男人衣服上怎麼都是銅板圖案，看得我頭暈！」「大概他家的家當都印在這衣服上了？」「咱給他投幾個銅板，看看他衣服上的銅板花紋會不會多起來？」「你有沒有聞到一股汗臭味？」「聞到聞到！誰沒洗澡啊，那個禿頭、麻子、一粒痣還是那個粉蒸肉？」在座的男人的耳朵尖都顫抖了幾下，又不好意思表現出自己聽到了，只能微笑著繼續欣賞歌伎唱歌，心裡趕緊對號入座了下。禿頭覺得頭頂一亮一滅的，像聖誕樹上的燈。（這個比喻是我幫他想的，我相信等我跟他解釋了幾百年後有種叫做電燈泡的東西，他也會連連點頭：「沒錯沒錯，就是這種感覺！」）燈一亮一滅的，好像旁邊的女人一人一個開關，咔嚓咔嚓地摁個沒完。麻子臉一熱，頓時覺得自己臉上的麻子顏色深了一倍，旁邊的女人拿枝筆在自己的星空臉上做連線，左邊臉靠在一起的麻子點連一隻青蛙，右邊臉靠在一起的麻子點連一條蛇。這樣想著，左邊臉老抽搐，青蛙星座老想帶

著半邊臉逃逸。一粒痣覺得自己臉上的那顆大痣被圍剿了，被女人的目光趕來趕去，東跑西跑，東躲西藏，像幾把蒼蠅拍追著一隻蒼蠅打。粉蒸肉覺得自己嫩嫩地晃悠起來，帶點小蒸汽，旁邊的女人都是冷冰冰的醋碟，黑著舌頭要來蘸他。

男人對號入座後，心裡不痛快，但又不能表現出來，顯得小雞肚腸，還顯得耳朵長竟偷聽。於是只好一個勁地搖扇，搖得扇上的金粉亂飛，時不時要拱起鼻子打噴嚏；顯得扇上老壽星額頭上的疙瘩要掉下來，財神爺的符要飄走。大堂裡的氣氛有點古怪，一群中年油膩男被一幫女人圍住，歌伎看看，不知道該討好男人還是女人。女人討好女人和女人討好男人完全是兩個路數。女人討好女人要縮小兩人差異，一邊嘮嗑一邊呸呸地吐著瓜子，你這樣啊，我也這樣啊，咱倆果然是姐妹！比如「你老家哪的啊？」「山東！」「哎呀，這麼巧，我老家在你隔壁，山西！」「你們那吃臊子麵嗎？」「我們那吃打滷麵！」「都差不多哎，都吃麵！」大家隨便找到點差不多的東西作為友誼的基石，就可以七嘴八舌地在上面蓋起友誼的小樓了。「你看我脖子有點粗！」「又不難看，山西風大吧？脖子細了容易折！你看我脖子還有點歪呢！」「不難看啊，你們山東經常刮一種叫東北風的風嗎？」「是的啊，大家脖子都歪西南！」然後因為粗脖子和歪脖子都差不多是有特色的脖子，建立了惺惺相惜的感情。

女人討好男人就不一樣了，要突出差異性，差異性中還要強調脆弱性。如果男人是兩隻手兩隻腳，女人最好是手腳不分的八爪魚，軟軟的，糯糯的，整天沒事左邊爪子吸吸右邊爪

子，有時候忽的吸通了，把自己嚇一跳。如果男人講話雄渾厚重、指點江山，女人最好只會叫啾啾，尖尖的細細的，跳來跳去的沒啥深刻意思，聽來聽去就只重複一句話，叫做「今兒個真呀真高興！」。如果男人的腳大如船，那麼女人的腳最好是船上的小短槳，最好還雕個花，怪精緻的。當時歌伎雖然裙子底下露出點金蓮小尖尖，但其實她們大多數是大腳。北宋那會兒金蓮美學悄然興起，但真正裹成小腳的不多，因為老媽沒經驗。白天裹起來了，晚上洗完腳把裹腳布掛床頭，晾晾臭氣。這樣白天憋了一天的腳丫子晚上憤怒生長，因為怨氣重，經常讓做夢的姑娘忽然腿一抽，一踢腳，抽條長個，所以北宋那時候有些裹腳姑娘的腳後來都比一般的要大點，人塊頭也大點，走路踩得石板地一浮一浮的，這種裹腳姑娘多的街坊，時不時地要大家攤點錢修修路。

踩著一雙大腳，渴求著小金蓮，這個市場需求就被商家發現了，開發出一種叫金蓮尖尖的商品，微翹的大紅布頭尖尖，底下一個小別針，別在自己的大腳鞋子上。歌伎買了，表演時故意把金蓮尖尖從裙底露出來。男人一看，心肝兒一顫，尖尖後頭該是一隻多小巧的嫩腳兒，和自己的糙皮大船腳完全不一樣哎！不一樣的東西真是充滿誘惑！不過有時候歌伎腳背癢癢，又不能低頭去撓，就兩隻腳各自搓一搓，裙邊翻來翻去，金蓮尖尖後頭的大腳丫子就暴露了。本來瞇著眼睛嚷嚷著要加時的男人忽然一激靈，酒全醒了，把銀子收回兜兜裡回家抱老婆去了。

關於歌伎加時制度是這樣的。彈唱是按時間收費，男人買

下半個時辰，老鴇收了錢就在歌伎手上塗上一定量的膠水，這種膠水暴露在空氣中會越來越黏。（這種膠水是在兩毛毛蟲交配的時候，猛地把牠倆一起拍扁了，攪攪勻製成的，這種膠水耐得住時間的考驗，放越久，越黏。）等半個時辰到了，歌伎的手就黏在琵琶上，就動彈不得了，就鎖住了。沒伴奏，歌就不唱了。這就像上了發條的音樂盒，發條走完了就沒聲音了，不管一支曲子唱完沒有。又像上了發條的小熊打鼓玩具，發條走完了，小熊的錘子就黏在鼓上了，抬不起來。來喝花酒的熟客一看歌伎沒喉了，就拍個掌叫一聲：「老闆娘，加時！」啪地甩五兩銀子在桌上。老鴇就端著笑臉，拿著一把小刷子，在歌伎手上刷一層膠水的解藥。（這種解藥是在兩毛毛蟲交配完，掉個頭，一隻向左走，一隻向右走，猛地把它倆一起拍扁了，攪攪勻製成的，專解膠水的黏。）再塗上定量的膠水，這樣歌伎又可以彈唱了。新來的客戶不懂規矩，先拍拍歌伎，像拍拍信號不好的收音機，又上下左右地找發條。為了讓客戶多多加時，歌伎會算好時間，到點的時候剛唱到一半，然後撒個嬌：「官人，你不想聽我把歌唱完嘛？嗯～」男人口袋裡的五兩銀子就咯噔掉出來了。

　　為了讓眼前這幾個禿頭、麻子、一粒痣、粉蒸肉加時，歌伎邊唱著小黃曲邊拋媚眼。因為外面圍著一圈女人，歌伎跟男人拋的媚眼就會時不時地溢出到外圈，溢到羊十九A那的時候，羊十九A一個激靈，「嗯？」的一聲，悄咪咪地和翠蓮說：「翠蓮，小姐姐好像認識我哎！她是不是有話和我說？」翠蓮白一眼羊十九A：「說屁！瞎操什麼心？」另一個角落坐

著的羊十九B也同時一個激靈，「嗯？」的一聲。羊十九A隱隱感覺自己的「嗯」有個重疊，有一浪回音。抬頭張望下自己的「嗯」撞到哪面牆了，又被牆上的畫吸引住了，「啊呀，翠蓮，你怎麼掛到牆上去了，還翹根小辮子！」羊十九B也摳著鼻子看著牆上的畫，兩人都沒看對眼。

不論是金蓮小尖尖還是賣力拋來拋去的媚眼，都沒讓男人加時。原因是這樣的，歌伎唱著往常的淫詞艷曲，唱到經典曲目「酒力漸濃春思蕩，鴛鴦繡被翻紅浪」，本來總要停頓片刻，嬌嗔地抬起眼，裝模作樣地和男人火急火燎的眼神勾搭一下，引一波口哨，色瞇瞇的笑和「寶貝來和哥哥翻紅浪啊」的起哄，但這次不一樣。歌伎嬌嗔地抬起眼，停頓片刻，底下忽然響起如雷掌聲。羊十九一邊鼓掌一邊叫：「好聽，好聽！」翠蓮揮著手叫：「再來一個，再來一個！」翠花本來手掌大，肉又厚，鼓起掌來不僅聲音洪亮，還自帶鼓風機效果，把坐她前面的禿頭後腦勺一撮頭髮鼓得一飄一飄的。這波如雷掌聲把男人的口哨和起哄都妥妥地壓住了，而且把他們腦子裡曖昧的兩鴛鴦都啪啪地打飛了。男人覺得垂頭喪氣的，沒意思得很。

同樣的小黃曲，男女觀眾的反應很不一樣，因為對歌詞的想像不一樣。鴛鴦翻紅浪這事，翠蓮和羊十九見得多了。因為劫婚車，家裡邊鴛鴦這對吉祥物的不要太多。舀著勺子喝番茄辣椒胡蘿蔔湯（反正很紅），羊十九碗裡的湯蕩來蕩去，一浪一浪，一會兒左邊碗內側露出一隻花裡胡哨的鴛，一會兒右邊碗內側探出一隻灰突突的鴦。羊十九喝到碗底的時候，都留一口紅湯，往右邊的鴦印花那歪一歪，讓灰突突的毛紅潤紅潤。

「翠蓮，你看鴛在浸毛染色呢，等它一下，我明天再洗碗好不好？」翠蓮就喝完湯，砸吧砸吧嘴，把自己的碗疊在羊十九的碗上面，「去吧，乖！」歌伎唱歌的時候，羊十九就想著鴛鴦翻紅浪的飯碗版本。

　　翠蓮想到的倒是鴛鴦翻紅浪的繡被版本。翠蓮和羊十九合蓋的被子就套著紅鴛鴦的被套。有時候羊十九醒來早了，翠蓮還呼哧呼哧地睡得香，她就彎個腿，把被子上的鴛鴦拱起來，摳摳鴛鴦的眼珠子。摳一會兒，翠蓮因為被子被羊十九掀空了，腳露在外面，打個噴嚏醒來了。不過羊十九早醒的概率很小，不然鴛鴦的眼珠子早白了。鴛鴦翻紅浪的時候是翠蓮和羊十九洗被套的時候。浸完皂角，她倆就把被套平攤在河水裡，往被套裡面吹點氣，被套就漂在水上沉不下去。被套紅彤彤的，映得這片水也紅彤彤的。被套還有點褪色，所以被套周圍還有一絲絲的紅毛邊，水浪一抖，紅毛邊蕩走了，再一抖，新的紅毛邊又抽絲了。這時總有幾隻小魚噗嗤噗嗤地游過來，在紅水裡裝金魚。吐一串紅泡泡，像吐幾口血，然後翻個紅眼，昏厥過去，安安靜靜來個金魚落。降了一半又扭起尾巴活過來了，又游上去開始吐一串血泡泡，重頭玩一遍。翠蓮和羊十九總是眼睜睜地看著小魚演技爆棚，看得一愣一愣的。被套上的兩鴛鴦，有時候被套裡的氣流運動，忽然有一隻鼓脹起來，小魚剛吐了幾口血，還沒來得及翻紅眼，就被拱出水面。還沒來得及掉回水裡，一陣風吹來，鼓起來的鴛鴦就翻過來蓋住了另一隻沒鼓起來的鴛鴦，這樣小魚就夾在兩鴛鴦中間扭來扭去。牠們就不高興了，掉回水裡就游走了，不玩了。不過下次翠蓮

和羊十九的鴛鴦被套又在河裡蕩來蕩去的時候，它們的表演欲又上頭了，又噗嗤噗嗤地游過來。歌伎唱歌的時候，翠蓮就想到這個鴛鴦翻紅浪的被套版本。

　　反正如雷的掌聲把男人的鴛鴦翻紅浪的興致都掃光了，到了加時的時候，沒一個男人掏出五兩銀子加時。大家都你一個哈欠我一個哈欠地說不早了，回家睡覺去。這樣本來裡一圈外一圈的觀眾就剩外一圈了，外一圈的女人就覺得空曠許多，呼吸也暢快了。也許一進青樓，我潛意識裡就想著怎麼把青樓占了，把沉迷在溫柔鄉快樂地冒泡泡的男客給趕跑，寫著寫著，果然把這事給辦妥了。我對這事的順利程度還是比較滿意的，畢竟是男人自己坐不住了，這幫女人嘴巴開開合合的（講話、嗑瓜子、打哈欠），手動來動去的（丟瓜子殼、摳眼屎、撓癢癢），一點都不可愛。也是男人自己睏了，小黃曲的聊聊騷騷像嚶嚶的蚊子被女人的雷鳴掌聲pia pia打飛了。所以更確切的說，男人不是被趕跑的，而是自己主動撤的，這就怨不得我！

　　當然我也可以主動一點把男客給趕跑。主動的故事就沒原來的費勁，女流氓俱樂部在去喝花酒的路上，剛好路過一家刀具店，和老闆說想買刀，但先得試試刀好不好用再付錢。大家穿著黑色夜行服，蒙著臉，每人手操一把刀，氣勢洶洶地闖進青樓大堂去試刀。每人在男人的桌子上「噗」地插進一把刀，男人就屁滾尿流地跑了。這樣寫很乾脆也很颯，唯一的麻煩就是表演完了女流氓還得把刀拔出來（老鴇置辦的大堂的桌子品質不大好，木質不夠密，隨便一插就扎得深深的，拔的時候老

費勁了）。要麼左拔右拔拔不出來，要麼一拔連桌面一起揪下來。老鴇就在旁邊嚷嚷：「賠我桌子，十兩銀子一個！」大家沒帶這麼多錢，只能盡力把桌面給弄回去。這樣弄來弄去，大家都熱得不行，脫了夜行服，留件肚兜，繼續吭哧吭哧地拔自己的刀。歌伎一看，哇，女人哎，自己人。也不唱歌了，也來一起拔刀。於是兩個歌伎抓桌面，一個女流氓拔刀，這種組合一邊幹活一邊嘮嗑，「你們哪個部門的啊？」「女流氓俱樂部的！」「來聽曲的嗎？」「來試刀的！」「帥氣！來來，讓我試試你這刀！」這樣就變成一個歌伎、一個女流氓抓桌面，一個歌伎拔刀。有時候刀本來已經拔出來了，歌伎為了體驗一下，又把刀塞回去，用力捅一捅，再齜牙咧嘴地拔出來。木質太鬆的，就重新在旁邊開個口子，像剛才女流氓一樣用力一插，覺得老帥了。這樣桌面就慢慢玩成了飛鏢盤。

歌伎和女流氓其實有滿多相似的地方，比如經常和男人打交道，換句話說，就是見過世面（世面不就是男人世界的面貌嘛！），比如都自力更生，自己掙錢，不論是掙男人兜兜裡的錢還是搶男人兜兜裡的錢，都打破了銀子的雄性內循環的單調。不過顯而易見的區別在於，兩者角色扮演定位不同。青樓女子扮女人，負責在男人耳邊吹點熱氣；女流氓扮男人，負責在男人脖子上抹點涼氣。等不用角色扮演的時候，青樓女子可能跑去女人耳邊吹點熱氣。（畢竟上班時候看男人看得有點膩，好比滷鴨頭的店老闆不喜歡吃鴨頭，下班的時候聞到滷鴨頭的味道胃裡就有點翻，感覺在加班。）女流氓可能在男人脖子上抹完涼氣以後，順便吹點熱氣，畢竟有些男人長得白白淨

淨的很可愛，特別是他們被打了劫，還沒緩過神來的時候。

七

青樓男客被趕跑以後，歌伎和女流氓都不用角色扮演了，這空間就鬆弛起來。有個歌伎近視眼，想看清面前確實沒有男人，眨巴眨巴眼睛，假睫毛就掉了。（那時候的假睫毛是用各種大眼睛動物睫毛黏的，比如駱駝睫毛、鹿睫毛，牠們罩著大眼睛習慣了，有時候忽然發現自己成天罩著的大眼睛縮水了，嚇了一跳就從人眼上掉下來了。歌伎掉假睫毛是廣受男客喜愛的保留節目，因為它有點扯去面紗暴露真面目的意思，窺視的快感就蹭蹭地從毛孔裡鑽出來了。待會兒耳墜子也會掉吧？披肩也掉一掉？那一縷抹胸呢？當然男人不會去想，待會兒眼睛也會掉吧？嘴巴也掉一掉？那這顆圓滾滾的頭呢？）反正這假睫毛一掉，氣氛更鬆弛了。大家開始不要好了，打哈欠，擤鼻涕，掏耳朵，踢掉金蓮尖尖，再把尖尖撿起來當毽子踢。

氣氛一鬆弛，大家就開始八卦閒聊。一歌伎捏捏羊十九的胳膊，「你們女流氓厲害還是男流氓厲害？」羊十九也不知道，因為沒打過。她忽然想到翠蓮當年說：「手癢，殺了一個男人！」就看著翠蓮說：「翠蓮最厲害！」翠蓮說：「哪裡哪裡。」一邊在腦子裡搜刮著例子證明自己最厲害。「《水滸傳》你們看過的吧？有個叫晁蓋的被箭射中眼睛死掉了，但這箭誰射的卻是個謎。沒人發現這箭尾巴上有根綠色的羽毛。」說到這，翠蓮伸出翠綠色指甲油的手，抖抖髮髻上的翠綠釵，還把翠綠的肚兜吊帶揪了點出來，「喏，老娘的本尊色！」大

家七嘴八舌，「難怪《水滸傳》裡說晁蓋眼睛流了三天綠色的膿水！」「聽說去看他的流氓弟兄回去自己眼睛也幽幽地綠了三天！」「幫他換藥的人手也綠了三天！」「聽說宋江把沒綠的弟兄都查辦了，很明顯他們對晁蓋不忠心。急著表忠心的趕緊穿上綠袍子戴上綠帽子蹬上綠鞋子，整個梁山就綠了三天，原來是托翠蓮的福！」

翠蓮就很得意。羊十九對翠蓮綠了梁山的功力印象深刻，後來看到翠綠色的東西都一驚一乍地覺得翠蓮溢出來了。本來旁邊飛的是褐色的麻雀，好像翠蓮一走過，飛前飛後的就是亮著羽毛的翠鳥了。本來田裡趴著的是菜花蛇，好像翠蓮一走過，探頭探腦的就是竹葉青了。這些神奇的事把羊十九唬得一愣一愣的，但是，羊十九畫畫沒綠顏料填大樹的時候，她跑去翠蓮那，擠擠翠蓮的小胖指頭，一點綠色都沒；摳摳翠蓮嘴角的口水，也一點綠色都沒。每到這時候，翠蓮就打哈哈：「啊呀，最近蔬菜吃少了，功力下降了。」「唉，人一白，想綠都綠不起來了。」

不過剛剛羊十九說「翠蓮最厲害的時候」，就有歌伎疑惑：「哪個翠蓮？這妞叫翠蓮？我們也有個翠蓮哎，去哪了？」「咱的翠蓮今天沒來上班，八成在給《女權報》寫文章！」（這時，翠蓮給羊二一個白眼，嫌棄得很：「拜託，寫點小說能不能打起點精神，別這麼俗套！什麼還有一個翠蓮，還孿生姐妹呢？把我弄來喝杯花酒就是要失散姐妹重聚首，抱頭哭一哭嘛？」我有點懵，立馬發誓：這世上就一個翠蓮，翠蓮是獨一無二的！）不過我還留了點小心思，翠蓮是一個，但

不同時間線的翠蓮就不止了，這就像羊十九A和B的問題。我翻了下前面，果然發現有一條線上羊十九第一次當流氓，偷了翠蓮的嫁妝，翠蓮顛著轎子回去的時候被劫匪賣到了青樓。另外一條線上，羊十九在《女權報》上連載羊二的故事，被青樓姑娘翠蓮熱烈地愛著，並寫信邀請她去城裡喝一杯。這兩條線估計就是一條線，一個先一個後罷了，當然翠蓮作爲《女權報》的鐵杆粉，讀著讀著搞不好就開始給《女權報》投稿，然後就順利地進入到了現在這條時間軸。

　　但不巧的是今天翠蓮沒來上班，沒法對證。據翠蓮的同事說，翠蓮寫的文章可受歡迎了，還開了個專欄，叫做「青樓那點事」。大家「噢——」地一聲。衆樂樂的故事線上，羊十九沒空給《女權報》寫故事，翠蓮也沒寫，倒是蛋黃老喜歡打劫點舊報紙，大家也時不時翻翻發黃長黴點的《女權報》。《女權報》的新聞採訪、紀實故事、小說連載甚至是有獎競猜，都能抖著腳讀完，就這專欄腳抖一會兒就停下來，讀得磕磕碰碰的，因爲老藏著一些關於男人的行話，又帶點技術含量，讓沒經驗的人讀得似懂非懂。翠蓮想到：「那專欄的作者署名明明是『紅蓮』！」羊十九說：「啊呀，是『彩蓮』！」歌伎插嘴道：「翠蓮那朵花，顏色隨便開。」「有次還署名『黑蓮』呢，那天一團黑氣，悶頭寫昨晚伺候一個腳氣男的來龍去脈。」

　　最近讓翠蓮和羊十九看得雲裡霧裡的是「青樓那點事」一系列關於魚鰾的使用科普文，可氣的是越是翠蓮A看不懂的，那文越是受歡迎，刊發的讀者來信源源不斷。翠蓮B的文章題

目叫〈斷子絕孫鰾〉，乍一看這題目還以爲一個叫鰾的男人欠了她錢，被她咒罵。正文中寫先選鰾，「要備齊各種長短size，然後剪魚鰾大頭端，用頭髮絲在口子上縫一圈。別縫太鬆了，掉來掉去的，急死強迫症！」接著又叮囑魚鰾小頭端別急著剪掉，因爲「它能製造酥酥麻麻的小情趣，爆了還能發出biu biu或噗噗美妙的聲音！」翠蓮B還編了個口訣供大家傳誦：「大鰾小鰾洗乾淨，曬個太陽殺殺菌，提前一晚先泡發，漏水千萬別用啊！」寫完這段她還不盡興，興高采烈的介紹曾經試驗的「毒婦鰾」，試驗的對象便是宋江（這裡翠蓮A和翠蓮B倒是有了共同愛好，就是一吹牛，腦子裡就翻《水滸》）。據翠蓮B回憶，那天她抓了幾隻馬蜂，借著放大鏡拔了人家的刺，小心地夾進鰾裡。等宋江這黑廝開始放肆的時候，痛得嗷嗷叫，拆了鰾又沒發現異常，因爲他沒用放大鏡。然後他龜頭就腫了，流膿了，爛黑了。後來他就上梁山了。因爲這莫名其妙的爛龜頭，他覺得和女人亂搞遭了天譴，所以他換了個方式，去梁山找諸位「哥哥」去了。所以翠蓮B的毒婦鰾能使宋江的性向反轉，這樣《水滸》裡的閻婆惜就死得有點冤，卽使她沒被宋江結果了性命，宋江也還是要上梁山找哥哥的。

〈斷子絕孫鰾〉反響熱烈，讀者來信連登了幾期，大家都在談自己受了翠蓮的啟發，開創了不少新玩法。比如有人在鰾內側抹了點辣椒油，結果她家官人叫床叫得比她還響。有人嫌她官人那活太燙，就在鰾裡抹了點清涼油，就一陣陣地涼爽。有人嫌她官人那活太髒，就在鰾裡抹了點皂角粉，嫌黑的，再

加點澡豆粉，完事了，水裡沖沖，就變得白白淨淨的了。還有嫌臭的，一時找不到香粉，就用樟腦粉代替，結果一晚上都覺得身上壓了堆剛從樟木箱裡搬出來的衣服，除了很想把它們塞回箱子，其他什麼性致都沒。

關於魚鰾的創意玩法，翠蓮A是理解不了的。雖然翠蓮和羊十九都滿好奇，釣了魚，開膛破肚，掏出魚鰾就叫「毒婦鰾哎」！但始終沒搞懂怎個就毒婦了。她們也集了幾個不同size的魚鰾，但除了從小排到大和從大排到小，也沒發現有啥用。翠蓮找了個小魚鰾，開了口，套在羊十九鼻子上，羊十九一吸氣，小魚鰾就皺巴巴地黏在鼻子上，鼻孔那凹進兩個洞，幾根鼻毛就愣頭愣腦地想戳出來。羊十九一呼氣，小魚鰾就膨脹，越來越通透，還拉點小血絲。「我的鼻子會吹泡泡哎！」不過呼吸了幾次，羊十九就冒鼻涕泡，小魚鰾沾了鼻涕就蔫了，就吹不大了。

另一個讓人納悶的地方是，為什麼魚鰾要曬乾？翠蓮猜可能曬乾再泡發要鮮一點（她覺得魚鰾最終目的還是要吃進肚子裡的），「筍乾吸飽了陽光炒炒要好吃點的！」她們把魚鰾掛在繩子上曬一排，魚鰾太腥，招來蒼蠅，每個魚鰾都被一隻蒼蠅拽了小尾巴那頭像秋千一樣蕩來蕩去。等魚鰾曬乾的時候，蒼蠅也曬乾了，而且小腳鉤子牢牢地鉤著魚鰾秋千，抖也抖不掉。等乾魚鰾在水裡發起來的時候，乾蒼蠅也發起來了，頭上紅紅的格外顯眼，大家看看都沒胃口了。

翠蓮B連載魚鰾系列的時候，大家找到唯一有趣的玩法是魚鰾跳。去河裡抓魚的時候，專逮那種會跳出水面的魚，因為

這種魚的鰾比較強壯，自己使勁一充氣不僅能浮出水面，還能托舉到空中。這種魚鰾來一串，用線連起來，放在水面上漂一會兒，時不時地就跳向空中。每個魚鰾跳的時間點不一樣，魚鰾串就扭來扭去，像一段跳跳腸子，很邪乎，嚇得路過的鴨子撲騰撲騰地逃走。偶爾每個魚鰾一起跳，腸子就騰地飛起來，翠蓮和羊十九就跑起來追：「哎呀，我的腸子怎麼跑了，明天還怎麼屙屎？」翠蓮B要是知道翠蓮A讀了她的科普文以後玩起了魚鰾跳，就得歎口氣，「小朋友真的是啥都不懂！」

雖然女流氓俱樂部的對男人那點事不大熟，但對歌伎還滿好奇的。翠花盯著一個黑著眼圈的歌伎，問道：「你們唱歌是不是很累啊？要熬夜？」一群歌伎都瞪著眼看過來，仔細一看，都帶點黑眼圈，有的大圈，有的小圈。「你們怎沒黑眼圈？是不是太空了啊？」大眼圈歌伎問。羊十九說：「好像是的哎！有啥事這麼急，不能留到第二天白天做啊！」（這話也對，打劫這行當，早上太早路上沒人，晚上黑燈瞎火的路上也沒人，所以大家就心安理得早睡晚起，一覺自然醒。最近是因為床太擠，早上被旁邊的人胳膊捅到腳架到，自然醒才被打破了。）大眼圈歌伎表示羨慕，「我們白天不想睡，但沒客人。晚上眼皮子打架，客人倒是興致老高，點歌點得沒個完！」「就是！有時候陪人搓麻將，在一邊捧捧場幫著偷看下牌，還能逮個空打個盹，陪聊陪過夜都得睜著眼睛掙錢！」

歌伎也不想頂個黑眼圈，一雙漂漂亮亮的眼睛底下兩撇煤灰，擦啥粉都蓋不住，時不時地想去摳一下，看看手指，也沒見煤灰印。睡前黏點珍珠粉面膜，早上起來一照鏡子覺得自

己美美的，洗完臉煤灰印又浮現了，煩人得很。所以歌伎起床了都賴著先不洗臉，罩著面膜美美地晃來晃去，刷了牙就去吃饅頭，熱騰騰的蒸汽還能蒸一會兒面膜，吃完飯涼下來臉繃繃的，才不情不願地去洗把臉，看看今天的煤灰印有多大。

大家煩黑眼圈還因為發現黑眼圈大小和生意好壞是成反比的。客人來了，總是挑走黑眼圈最小的那個，這樣挑來挑去，剩下的最後一個肯定是眼圈比眼睛大的那個。這歌伎就站著，一邊打哈欠一邊和邊上人扯點有的沒的，一打哈欠眼睛就一閉，嘴巴就一張，邊上人就不知道該把眼睛停在她臉上哪個部位好。黑眼圈很穩定，不開也不閉，似乎很有聆聽的耐心，而且上頭眼睛閉得使勁，擠得眼圈兩頭微微上翹，看著還帶點笑意，邊上人就不知不覺地對著這對黑眼圈聊，聊得很受鼓舞，完全不在意嘩啦打開的嘴巴噴出一股熱氣，也不在意哈欠的眼淚滴到眼圈上（這怕是被自己的話感動到了吧？嘿嘿）。

不過黑眼圈比較公平，眼圈最大的因為接不到客，反而睡早了，第二天黑眼圈就小一半，生意翻一番。而今天的小眼圈頭牌忙了一晚上，第二天就頂上大眼圈了，沒人問津，就早早睡了。這樣就形成了良性循環的眼圈經濟。一個月總有幾天攤上大眼圈，於是總有幾天無人問津可以躺平。一個月總有幾天攤上小眼圈，於是每個人總有幾天頭牌。因為頭牌輪流轉，就不會出現小說裡寫的那種幾個青樓女子為了一個多金男爭風吃醋、勾心鬥角、大打出手的事。過幾天眼圈小了，多金男的錢袋子就過來我這裡掉錢了唄，有啥好爭的？有時候不但不爭，還互相謙讓。「今兒個我眼圈比你大，你去給那王胖子唱曲兒

吧？他就一毛病，聽曲兒糙著手還老愛摸摸，完了只給聽曲兒的錢。」「我穿件粗麻衣，讓他摸去！可是明明我眼圈大！」「拜託，我大！」「我大好嘛！」爭不下的時候，一方給自己下狠手，抹了點眉粉在眼圈上，像被揍了一頓，就勝出了。（遮黑眼圈真的難，幾百年後的今天，眼底的那抹煤灰還時不時地在小黑瓶、小金瓶的霜啊、液啊底下冒出來，但把黑眼圈整黑點就太方便了，隨便整點啥就夠黑夠逼真。）但有一點不夠意思，抹了眉粉的肯定黑眼圈最大，最近忙得天昏地暗好不容易排到黑眼圈最大有機會休息的歌伎，忽然排到了眼圈第二大，又被安排了唱曲兒，累得直喘氣，硬生生把鄉村民謠唱成了詠歎調。

八

　　女流氓俱樂部離開青樓的時候，多了一個人，今晚眼圈最大的歌伎叫杏仁的跟著就出來了，要跟她們上山，反正今天輪她休息。她都忘了沒眼圈的自己長啥樣了，想去女流氓俱樂部混混，多睡睡覺，看能不能找回曾經貌美如花的自己。後來究竟有沒有找到我現在不好說，但有一點我能肯定，在女流氓俱樂部混一段時間，就不再想得起自己是不是貌美如花這個問題。貌美如花是個啥東西？能吃嗎？（翠蓮：啊呀，這個詞好！大家都不用太可惜了！感覺我有點貌美如花哎！你覺得呢？要不我們改個名，叫貌美如花俱樂部吧？這樣大家每天都記得用這個詞！）

　　不過當天晚上杏仁就後悔了。出來之前，有個歌伎順口

問：「你們大晚上的去哪啊？」羊十九剛想說去偷瓦蓋房，被翠蓮搶了。話：「去蒸桑拿！」杏仁就信以爲眞了，哼著小曲收拾了浴巾帶著。結果翠蓮只是吹了個牛。（她也沒算到有歌伎頭腦發熱要跟她們上山。但凡有常識的人都知道汴梁城澡堂和桑拿房晚上十點都關門了，就歌伎不知道，因爲她們晚上都要上班，以爲大家晚上那個點也和自己一樣忙著做生意。當然她們也沒在晚上蒸過桑拿，只聽過晚上蒸桑拿蒸汽多一倍，當然票價也貴一倍。她們早上去蒸桑拿，賣票的總是扔出來半張票，說「半價」！因爲早場來洗澡的人少，大家都要上班的嘛！汴梁城那時的桑拿房大多數是在公共澡堂邊上開個汗蒸小房間。大家在澡堂裡泡澡，水蒸汽洶湧澎湃的，把這蒸汽收一收，釋放到一個小空間裡，就夠幾個人蒸得汗流浹背、全身發軟了。有些澡堂雇了老煙鬼，那些沒事也要拿著煙筒抽兩口空氣的，讓他們坐在澡堂和桑拿房連接處，對著澡堂這一邊猛吸一管蒸汽，再轉頭徐徐吐進桑拿房開的小口子裡。這種經過人嘴加工的蒸汽總有點隨機性，早上吃了大蒜來上班的，或者一禮拜沒屙出屎來的舌苔發黃口臭熏天的，這樣吹出來的蒸汽在桑拿房轉幾圈，裡面的人就覺得異樣。先回想下自己早上吃大蒜沒，再去蒸盆外面翻翻自己的臭襪子，放鼻子底下聞一聞，看看是不是同一個味道。這兩個排除了，才一手捂住鼻子一手捂住私處，罩著一團蒸汽跑去老闆那投訴去了。早上澡堂裡泡澡的人少，蒸汽也少，抽蒸汽的煙鬼也就一個，桑拿房的蒸汽就薄薄的淡淡的，一絲一絲的，不怎麼上心的態度。本來隔壁兩女人看著彼此，霧裡看花水中望月，「女人眞是神祕啊！」

現在看得不要太清楚，「你乳頭淡褐色的，沒我深哎！」「你屁股上一顆痣，這算有福氣還是沒福氣啊？」）

　　於是大半夜杏仁在黑咕隆咚的巷子裡等翠蓮、羊十九那幫女流氓偷瓦片，月亮爬上屋頂照一照，她就趕緊披上浴巾遮住臉，生怕被誰認出來，「矮油，這不是青樓的杏仁嘛，怎麼幾天不見，淪落到站街了，嘖嘖！」對於歌伎來說，偷東西是很讓人害臊的，連漢子都不作興偷，都講個你情我願的買賣，更別說什麼小偷小摸了。後來上了山，杏仁一開始堅持搶了路人東西後，用銀子以差不多市場價支付給人家。慢慢地有點心疼銀子，就整點自己的小收藏比如首飾、字畫以稍微低於市場價支付給人家。最後，搶完東西，不管總價值多少，都塞點自己用過的二手東西比如舊肚兜、舊鞋子、舊襪子，人家一個勁地說不必了不必了，她還是硬要塞。這樣心裡上比較舒坦，「反正老娘都付過了，咱做的是公平交易！」

　　在大家回山上造房子之前，我發現還有個事沒處理。青樓大堂裡還坐著羊十九B，她和羊十九A老有點神祕的牽引，但一直沒碰頭。羊十九A啃個手指頭，羊十九B也啃個手指頭。羊十九B打個噴嚏，羊十九A也覺得鼻子癢癢的，張張嘴巴，卻打了個哈欠。要是這是篇科幻小說，我就不敢讓羊十九A和羊十九B碰面聊聊天，因為用科幻的術語來解釋，羊十九A、B處在平行宇宙中，平行宇宙絕不會相交。要真相交了，各種時空定律都要重寫。比如平行宇宙中的羊十九，一個在睡覺，一個在織毛衣，一個在拉屎，要是一相交，就不知道羊十九究竟是在睡覺、織毛衣還是拉屎。這樣僵持不下，時空就得原地爆

炸然後坍縮，原來三個羊十九坍縮成一個黑漆漆的羊十九在挖煤。但這篇小說不是科幻，就不用管平行宇宙的概念，也不用擔心羊十九A和B碰面「轟——」的一聲坍縮（要是真的坍縮成煤礦工羊十九，我也能把女流氓的標題改成女礦工，重新起個頭繼續寫）。

反正羊十九A碰到了羊十九B。她們是在茅房門口撞上的。因為兩人之間神祕的牽引，羊十九A喝酒，羊十九B就得喝酒，羊十九B喝茶，羊十九A就得喝茶。兩人的膀胱就咕咚咕咚地脹起來了。於是羊十九A站起身側過臉問翠蓮：「要不要去尿尿啊？」翠蓮說：「不去！」羊十九A又坐下，想憋一會兒，等翠蓮要尿一起去，而另一邊的羊十九B已經站起來了，她沒人要等，就決定直接去了。她這一邁腳，羊十九A就覺得憋不住了，等不了翠蓮了，又站起來去找茅房。兩人就在茅房門口碰面了。

羊十九A和羊十九B碰面了，茅房門口窄得很，兩人離得很近。衣服上滋啦滋啦，輕微地過靜電，手上的汗毛探頭探腦地立起來，頭髮也是，蓬起來一圈，一個頭兩個大，還有幾搓碎頭髮在半空中立一會兒，焉一會兒，羊十九A和羊十九B兩蓬頭髮像兩把油紙傘，一會兒開一會兒收。眉毛也過著靜電，像兩條觸鬚一樣，探來探去嗅嗅對方的味道。這味道太熟悉了，不僅是自己人，而且是自己。

羊十九A覺得自己溢出來了，估計花酒喝多了，自己的魂沒管住，跑到對面去了，學自己還學得有模有樣的（畢竟是自己的魂嘛，都這麼熟了）。她拍拍腦門，魂沒收回去，倒是對

面的魂也拍拍腦門（像木偶戲裡牽了繩，線這頭動一下，線那頭就動一下）。羊十九B本來沒想拍腦門，被帶著拍了，沒輕沒重的，「噭——」地一聲叫了。羊十九A就懵了，魂都能叫了！魂不都是啞巴嘛？她都沒叫，別她才是對面那人的魂吧？羊十九A急了，連忙從喉嚨裡試了「噭——」的音，自己能叫的，才舒了口氣。

羊十九A和羊十九B看著彼此，「你是羊十九？」「你也是羊十九？」兩句話在空中蕩了一會兒，「羊十九」三個字像兩片膏藥pia地黏在一起，篩糠似的抖起來，像共振似的，一波一波的回聲：「羊十九——」「羊十九——」羊十九A和羊十九B都奇怪地看看頭頂，沒發現金鐘罩啊，這回音真邪門！明明兩個羊十九近在眼前，卻好像在兩座對面的山上，喊來喊去。這個忽遠忽近的感覺，讓兩個羊十九都有點頭暈。

羊十九A和羊十九B看著彼此，就像一棵苗上發了兩瓣芽，或者一條枝上出了兩粒花苞。一瓣芽看著另一瓣芽，一粒花苞看著另一粒花苞。原來自己長在左邊，右邊還有個自己。右邊的那個自己會不會位置更舒服？也許可以去右邊長一下？羊十九A和羊十九B看著的時候，就悄悄地換了個位置，跑到對方那裡去試了下。羊十九B要是真換了羊十九A的衣服，從茅坑回去翠蓮邊上繼續聊天，大家也不會覺察有啥異樣。就翠蓮覺得不對勁，羊十九怎麼不來靠靠了，也不來玩她頭髮，玩她手指。雖然有時候覺得羊十九煩人精，但看到羊十九認真地在嗑瓜子，認真地在聽大家講話，包括自己，不插嘴不哼哼唧唧，就渾身彆扭，這小子怎麼這麼假正經？就兩腳蹭蹭，一隻

腳從鞋子裡脫出來，去羊十九腳背上踩踩撓撓，要是羊十九A，必定要咯咯地笑起來，立馬掙脫鞋子，鉗著大腳趾來夾翠蓮的臭腳丫。但這是羊十九B，她不知道翠蓮和她很要好，整天膩膩歪歪，她第一個反應就是翠蓮這女人有腳氣，一緊張忽然自己繃個腿抽起筋來了。翠蓮也嚇了一跳，這個羊十九肯定是假的！這麼一識破，羊十九A和B的時空又攪亂了，於是故事又退回到茅房門口，兩人只是想像了一下位置互換，並沒有真的換衣服走入對方的軌道。

羊十九A和B要是一棵苗上的兩瓣芽，左邊的芽就特別大；要是一條枝上的兩粒花苞，左邊的花苞就特別鼓，隨時嘩啦開出一朵花來。左邊的是羊十九A，因為她經歷了雙飛和眾樂樂的故事線，不僅人多熱鬧，發生的事也比單飛線多。我就有點愧疚，恨不得回頭找到羊十九B下山的故事線，加點劇情，比如羊十九B下到半山不小心打死一隻老虎。（後來施耐庵就把這事搬到了景陽岡，貼在了一個叫武松的男人身上，絕口不提這故事的出處是個女人。）這樣加點人物加點事件，羊十九B就不會一臉羨慕地問羊十九A，「你說的翠蓮究竟是誰啊？」

這裡就有必要補充一下，羊十九B是見過翠蓮的，只是她不知道那姑娘叫翠蓮。她如果知道，她絕不羨慕羊十九A，可能還要翻個白眼，「翠蓮有什麼好的，哼——」這個故事裡什麼都可以另起一個頭，重新講過。但有一條規則是鐵定的，叫做羊十九和翠蓮是命中註定要碰面的。當時羊十九B撞上翠蓮是這樣的，羊十九B悄悄地跟著白臉男下山，到汴梁城裡岔道

太多，羊十九B跟丟了。於是她在街上逮個人問路，這人正好是翠蓮。翠蓮忙著寫《女權報》的專欄，寫了新的就急著給報社送去。當然不正好是也沒所謂，問第一個人，給她個白眼，問第二個人，是個聾子，反正總得問到翠蓮才算是問到路。羊十九B看到翠蓮穿得花花綠綠，八成知道汴梁城裡吃喝玩樂的地方。「大姐，請問那個喝花酒的地方怎麼走啊？」

　　翠蓮瞄一眼羊十九B：「妹子，你是要去喝花茶吧？前面左拐，花果山茶館，玫瑰花茶、茉莉花茶隨便點，別忘了要份果盤，送的！」羊十九B說：「我是說花酒哦，男人去的地方！」翠蓮打量了下羊十九B：「難道你是磨鏡黨？」羊十九B有點懵：「男人去那裡磨鏡子？」翠蓮看她啥都不懂，又怕她萬一去青樓花酒沒喝成，反倒被老鴇收了做女兒。就隨口編了個地址把羊十九B打發走了。羊十九B照著翠蓮說的，西城門往右拐，結果那裡荒的很，啥都沒，零星分布著幾座墳墓。羊十九B剛想罵翠蓮騙子，一抬眼看到一塊墓碑前擺著一壺酒，墳上還壓著一束菊花，蔫蔫的菊花瓣被風一吹，掉幾瓣到酒壺裡，好像有人要拿菊花浸酒喝。這也算花酒吧？嚇得羊十九B拔腿就跑。羊十九B和翠蓮只有一面之緣，羊十九B沒愛上翠蓮，只是當她讀鬼故事的時候，有時候會想起這件事，覺得後背涼颼颼的，翠蓮該不會是狐狸精變的吧，住在荒墳堆裡，去城裡騙小孩來吃。這個想像真迷人，羊十九B和狐狸精翠蓮，翠蓮的尾巴毛茸茸的，一扭一扭的，一會兒伸出來一會兒藏起來，要吃一個叫羊十九B的小孩。這故事越來越邪乎了……

九

　　女流氓俱樂部回山裡，把偷來的瓦片鋪上房頂，終於把石頭房子給建成了。因為積累了經驗，後來又陸續建了幾棟房子，和羊十九藍色魚房子一樣，都是三角形房頂，中間開個魚眼小窗。房子太像，就分不清誰是誰的。晚上大家互相串門，喊一聲：「不早了，睡覺啦！」就近爬上個床，拉條被子就睡了，也不管是不是自己的床，是不是自己的被子。有一天大家在羊十九／翠蓮家裡打牌，把她家的床給占了，她倆手拉手去隔壁房子，又去了隔壁的隔壁，都沒找到能睡下她兩人的床（每個床都有個人，只能再躺一個），只能分了公仔，羊十九抱著小豬，翠蓮抱著兔子，分頭去睡了。後來，大家把房子刷成不同顏色，除了羊十九的藍色的鯨魚房子，還有黃黑條紋的熱帶魚房子，紅色的鯉魚房子，橙色的小丑魚房子。下雨天爬到房頂往下看，就會覺得一群魚在水裡活蹦亂跳；等滿月爬到房頂上去看，就會發現皎皎月光下，這群魚都在忙著翻白肚皮，吐白沫。剛開始，大家都很新鮮，翠花會說：「熱帶魚是我和花蛋的，別跟我們搶！」蛋黃會說：「小丑魚只讓我和黃杏睡！」過了一段時間，新鮮勁過了，「哎呀，我睏死了不想動，睡下你熱帶魚又不會死，你去睡俺鯉魚唄！」又回到吃大鍋飯，睡百家床。看來私人房產這個概念對於女流氓俱樂部來說，並不受歡迎。

　　大家在造房子這件事上越來越上癮，除了魚房子群外，還有其他類型的房子試驗，比如竹房子。這個很簡單，就是把長度差不多的竹子密密麻麻地種一圈組個長方形，然後在頂上架

好竹竿，搭好梁，鋪上瓦。這個房子的好處多多，比如夏天涼風徐徐，竹葉蕭蕭，不論是在裡面吟個詩還是做個畫，境界都不低。當然在裡面睡午覺、搓麻將也是可以的。春天的時候，一覺醒來就發現床邊上新長出個竹筍來，中飯就有著落了，油燜春筍或者鹹肉燉春筍都很鮮。當然還可以留兩棵讓它們繼續長，長成左右兩個床頭櫃，雖然不能在裡頭放東西，掛個衣服褲衩總是可以的。如果春筍長的位置不太合適，也會很討厭。有時候睡著睡著就從床頭溜到床尾，因為早上床頭忽然冒出一棵春筍，把床給顛起來了。有時候走著走著就絆一跤，因為腳趾邊忽然探出個筍尖尖，在筍尖尖探頭探腦的三四月分，進竹房子要換一種滾筒鞋，類似現在的溜冰鞋，不過滾筒鞋是在木屐下面裝兩個木頭圓柱形滾筒，滾過之處筍尖尖呲呲就碾平了。然後筍尖尖移了一米又冒個頭，又被卽時滾過來的滾筒鞋呲呲碾平，有點像打地鼠的遊戲。

俱樂部的女人都愛上了這個碾筍尖尖的遊戲，給自己造了一雙滾筒鞋。早上一起來牙都不刷，先穿上鞋子來碾一圈。第一圈最刺激，呲呲得停不下來，因為前一天晚上偷偷冒出來一大片，所以大家都爭先恐後早起來爭「首碾」。羊十九六點起床的時候，翠蓮已經抱著滾筒鞋樂呵呵地回來了，羊十九只好回被窩繼續睡。後來翠蓮五點起床的時候，翠花已經拎著滾筒鞋哼著小曲回來了，翠蓮只好回被窩繼續睡。再後來有人半夜三更點根蠟燭跑去竹房子「首碾」，還取個名字叫「秉燭夜碾」。這樣一來，筍尖尖不高興冒頭了，連晚上喘口氣的機會都不給，還讓不讓人活。秉燭夜碾忽然沒了呲呲的快感很奇

怪，花蛋拿著蠟燭趴在地上找筍尖尖哪去了。自那以後，大家又恢復了睡懶覺的習慣。

女流氓俱樂部安居樂業，沒有像梁山流氓招兵買馬，發展壯大，沒事搞搞出征，占領個村子。大家都沒這份閒心。這樣也好，也不會招人入侵，或者被朝廷招安去和別的流氓團夥火拼。女流氓們還是時不時地打個劫，搶點東西，算不上幹好事給人類做貢獻，但也沒壞到哪裡去。有一次，羊十九劫了一車鞋墊，拿回去發現太大了，除了翠花這個大腳婆，其他人都塞不進鞋子裡。後來就堆在角落裡晾著，直到有一天有個人月經帶找不到了，臨時拿了個鞋墊頂著用，發現鞋墊雙層棉布，質地厚軟，而且形狀也不錯，然後俱樂部姐妹都爭相效仿，一車鞋墊就這樣物盡其用了。

關於月事，這裡要補充一點。本來十幾號人剛上山時，來月事的日子都不一樣。一起住了一段時間後，都變成滿月那天。雖然來的時間都一樣，但個人感知有先後。羊十九屬於遲鈍的那種，等大家一個個都「啊啊——」地尖叫著去茅房排隊時，她還在屋前空地上跳高。等大家都奔相走告「紅月來啦——」的時候，她還在跳遠，一屁股坐沙坑裡，起來一摸，果然。

這裡的「紅月」源自於一次天文奇觀，有一天晚上紅色滿月的時候，俱樂部的女流氓一起來了月經，後來大家就用「紅月」來統稱月經。關於這一統稱，俱樂部可是嚴肅地投過票的。因為大家上山之前不是一個地方上的人，所以對月經都有各種不同叫法，比如「那個」、「身上來」、「來好事」。

這樣說話就很不方便，容易產生誤會。兩個女人本來聊得好好的，一個忽然說：「我來好事了，我先走一步！」另一個就追上去，「什麼好事？見者有份啊！」或者愣在原地生氣，「好事也不喊我，真他娘的小氣！」如果兩女人談月經，談了半天不知道對方談的是月經，那肯定是這個詞有毛病。毛病就在於這些詞中間都有討厭的男人。

因為有這麼個男人站在中間指手畫腳，扯些諸如「女人經水不吉利」的鬼話，兩女人見面只好羞答答地打啞謎。「我這兩天那個，過兩天約哈！」「我過兩天那個，等哪天我倆都不那個再約哈！」如果站在中間的男人忽然變了口風，扯些諸如「女人經水是生殖力的象徵」馬屁話，那麼兩女人見面就大呼小叫地直奔主題，「月經月經，我月經我光榮！昨晚嘩啦啦地飆了一晚上，那個殺豬的痛快啊！」「這算什麼，上次我的月經洶湧成河，把我老公都漂走了，第二天早上醒來，他剛趴在門板上漂回家！」月經攀比風忽然流行起來。女人褲子上沾了經血也不再慌忙找衣服遮或者找閨蜜遮，而是隨它去，老娘今天就是來月經了，而且量大得溢出來，生殖朝氣擋也擋不住。然後大街上時不時出現紅屁股，吸引著大家豔羨的目光。月經量小的女人特意出門前在褲子後面用紅顏料畫了一坨，大搖大擺地出門逛街。再後來，街上開始賣紅屁股褲和紅屁股裙子，有各種紅色色號可供選擇。（就像現在的口紅色號一樣名目繁多，只是名稱叫起來響噹噹，月經1號、月經2號，以此類推。）還有各種圖案可以選擇，有葫蘆娃、錦鯉、青蛙，取的都是多子高產的寓意。這就意味著月經已經成為主流消費符

號，而促成這場改變的也是女人中間的男人。

　　我忽然覺得男人這東西太煩人，管女人這管女人那，還好俱樂部裡沒有混進男成員，所以什麼事都是女人自行投票決定。統一名稱的事，本來大多數都投了「月紅」的票，既科學表明了發生頻率，又形象表明了發生什麼事。投票的那天晚上，大家在院子裡嗑瓜子、打撲克、喝酒、聊天，只聽羊十九叫一聲「南瓜燈哎」，正在出牌的翠蓮就沒好氣的說：「十九，這是小桔燈，小小的晃眼，害我牌都看不清了。」羊十九指指天上：「我說月亮呢！」大家仰頭一看，看到一個橘紅色的月亮，大大的，離得很近，熱情洋溢。周圍的雲被燒紅了一圈，如果湊一把稻草上去，估計就燒到地上來了。這時大家似乎都聞到了一點焦味。（後來發現是當時燉在煤爐上的洗腳水燒乾了。所以那天大家都沒洗腳，鑽進被窩把腳丫子晾在外面散散味，把腦袋悶進了被窩裡。）那晚風大，吹得雲往後跑，看著就像月亮往前奔。吹得山頭的樹嘩嘩地響，仿佛有看不見的巨人提著月亮燈朝著山頭一腳一腳地奔過來。

　　大家都看呆了，除了翠蓮借機偷看了兩邊的牌，其餘的都仰著脖子，生怕眨一眨眼沒看見自己是怎麼被奔跑著的巨人踩死。紅月、大風、焦味、巨人、奔跑，大家都期待著有什麼大事要發生。忽然有人罵了一句：「操你大爺的，這時候來那個，哦不，來月紅！」然後大家都習慣性地去摸屁股，都忽然沒心思看巨人奔跑。「有毛病啊，昨天剛走的月紅，今天又來？」「哇，幾個月沒來，今兒個總算來了。我以為我都更年期了！」那晚開始，俱樂部女人的月經都統一到了同一天，剛

定的名字「月紅」也顛了個個，叫「紅月」，大家也虔誠地改信了「紅月教」。

當然，根據自己各自的經期反應，可以衍生出各種叫法，比如「紅月升天」，這種來月經和平常沒什麼兩樣，該跑的跑該跳的跳，該吹涼風露著肚臍吹，該吃冰棍照吃不誤。（她們在山上樹林裡建了冰窖，專門儲藏冬天的冰塊，做成牛奶冰棍、豆沙冰棍、薄荷冰棍。有時候煮好酸梅湯，還一路端來舀冰塊，嫌冰塊力道不夠的，還和酸梅湯一起放在冰窖裡冰一會兒，這就像現在城裡人玩的ice bar，不過和進ice bar穿羽絨衣不同的是，喝酸梅湯的女人就一件肚兜，可不就圖個涼快嘛。）

還有叫「紅月打滾」的，這種肯定是痛經，子宮裡有牆要拆，有洞要鑽似的，每個月要翻修一次，大修大痛，小修小痛，怎麼都得熬過去。還有叫「紅月飄飄」的，羊十九就是這種。月經一來就暈乎乎，腦子裡一團漿糊，在院子裡飄來飄去，逮到哪個動的就跟著，有時候跟在翠蓮後面走來走去，有時候跟在小雞後面走來走去。翠蓮嫌羊十九煩人，就原地站住，等一會兒羊十九就去跟翠花了，翠花被跟煩了，也原地站住，等一會兒羊十九就去跟花蛋了。院子裡看著好像在玩我們都是木頭人的遊戲。小雞是不知道原地站住的，跑來跑去地要把羊十九甩掉，結果羊十九也跑來跑去的。如果這時候派羊十九下山打劫，她路上遇到行人就會很驚訝，「娘子，你們小心哦，這附近有強盜搶東西！」完全忘了自己就是強盜，迷迷瞪瞪的轉行做起了好人，一路護送（跟著）人家出了路口，直

到那人走不動了原地休息的時候，羊十九才跟著動來動去的小雞回來了。

因為紅月的種種不同反應，俱樂部就規定滿月的那幾天全體放假。於是月亮一升起來，大家就懶洋洋地搬個小板凳到院子裡圍坐一圈，喝碗桂圓紅棗湯，一邊喝一邊還不忘摸摸肚子上的暖水壺。有人喝湯抱壺，那就意味著有人煮湯燒水，這個任務自然而然地落在「紅月升天」的女人肩上，比如翠花。但「紅月升天」畢竟只有一人，有時候忙不過來，找了「紅月飄飄」幫個忙，比如羊十九，結果有天晚上，大家像往常一樣坐在院子裡，卻抱著桂圓紅棗灌的暖水壺，喝著白開水。後來羊十九自告奮勇要幫忙的時候，大家的第一反應就是把她摁住在椅子上。

大家抱著暖水壺架著腳圍坐在院子裡曬月亮的時候，並不怎麼說話。因為空氣裡四處流動著水聲，要想聊個天，就只能吶喊，不過紅月的時候大家都想省省力氣。每個人身體裡都有一股暗流，被月光牽引著。有時候，這種牽引很舒服，人就酥軟軟地躺在兩板凳上，像躺在一葉小舟上，隨波晃蕩，一邊晃一邊哼個肚子裡的旋律。肚子裡的旋律都是隨機的，有時候旋律太幽怨，哼著哼著就哭得喘不過氣來。有時候太調皮，哼著哼著就笑得噎到。有時又太搖滾，哼著哼著就要起來敲暖水壺，加點金屬感。月光牽引力太大的時候呢，人就老是躺不穩，剛躺一會兒，架腳的椅子往月亮那邊跑了一點，腿就賴到地上，就要起來把坐的板凳挪過去一點，再躺一會兒再挪一下。大家本來是在院子裡圍一圈的，一晚上挪下來發現已經跑

到對面山頭上去了，最後只能每個人扛兩張凳子吭哧吭哧走十里山路回家睡覺。

每個女人身體的暗流都不一樣，一般來說，「紅月打滾」就有很多礁石，礁石上還爬滿了孔雀蛤[7]，海水就打得猛，刮刮裂裂地痛。「紅月飄飄」就有很多海鳥，鳥壓壓地盤旋著，哇哇叫得人頭暈。假如兩個「紅月打滾」勾一勾小指頭，兩個浪頭一疊加就鋪天蓋地，排山倒海，倒也好，順便把有稜有角的礁石磨磨平，把孔雀蛤冲冲走，也就順暢了。假如兩個「紅月飄飄」勾一勾小指頭，兩邊的海鳥一掐架，哇哇叫得那個淒慘，倒也好，順便把兩邊都幹掉一批，也就清靜一半。假如「紅月打滾」和「紅月飄飄」勾一勾小指頭，紅月飄飄的流氓海鳥就歇到「紅月打滾」的礁石上去拉屎拉尿。「紅月飄飄」倒是不用頭暈了，但「紅月打滾」明顯就吃虧了。

所以大家最喜歡的還是和「紅月升天」去勾小指頭，只賺不虧。她那裡總是月光照靜水，溫柔避風港，誰勾誰知道。於是每個月總有那麼幾天，「紅月升天」的小指頭腫得像無名指，但大家都那麼熟了也不好意思拒絕。一聽到「親愛的，來，勾一個！」她就渾身哆嗦。後來「紅月升天」開動腦筋，開始徵收勾勾服務費，一兩銀子一次，十兩銀子包年，如此這般，她打牌輸的錢就靠這個全回本了。我蜷縮在沙發上，抱個熱水袋，一半「紅月打滾」一半「紅月飄飄」。我也想和「紅月升天」勾勾小指頭，可惜我沒有銀子。我給翠花一張一百元

7　大陸稱為青口。

人民幣，她覺得我糊弄她，她讓我自己留著清明節燒，她只用這種用牙嗑不壞的銀子，說著齜牙一笑。

十

　　女流氓俱樂部的故事還在繼續。我有事沒事去看看最近有什麼進展。也許哪天宋江派了幾個兄弟過來聯誼，也許哪天翠蓮真殺了個男人，或者一串男人。（我依稀看到翠蓮藍房子門口的大樹上掛了一串燈籠似的東西，每個圓滾滾、黑黢黢，蓬了點麻扎扎的毛髮。風一吹，這一串男人頭顱有點抓不穩，往左飄的對下面往右飄的罵罵咧咧，最底下搖擺幅度最大的對天罵罵咧咧。等風過去了，每個頭顱上又站上一隻麻雀，往下瞅瞅，眼睛睜開一隻，就去啄一口，睜開另一隻，小爪子挪過去再啄一口。這樣，這一串頭顱就很不舒服，嗷嗷叫，要麼飄來飄去頭暈，要麼眼前發黑。這串該不會是宋江的幾個兄弟吧？聯誼聯了一半，原本還老實表演節目，後來喝了酒就開始囔囔，什麼娘子，什麼壓寨夫人，還毛手毛腳地占點便宜。女流氓也不是什麼臉皮薄的嬌羞娘們，也喝點酒毛手毛腳地想去男人那邊占便宜，但挑來挑去也沒找到合適的下手。這幫五大三粗的男人，胳膊上一摸一道泥印，不知道幾個月沒洗澡了。要命的是搓出一道泥印下面還是層黑肉，白白淨淨清秀好看的燕青去哪了？翠蓮覺得宋江糊弄人，他派來聯誼的都是滯銷的貨，沒辦法，還得幫他們修整修整。於是用蒙汗藥麻翻了，割了頭顱種在花盆裡。澆澆水曬下太陽，用剪刀修剪下造型，什麼小海螺啊、小鴨子啊。這一盆盆的多肉頭顱原本是往秀氣的

造型修，長著長著又五大三粗了，還招蟲子。翠蓮懶得管了，就把它們串一串掛起來，掛在醬鴨、醬魚旁邊，慢慢風乾。）

　　不過我再仔細看一眼，這一串蕩在醬鴨、醬魚旁邊的，的的確確是燈籠，不是什麼男人的頭顱。麻扎扎的是燈穗穗，黑黢黢的是沾了邊上的醬，醬鴨一吹，貼到燈籠上，就多了一坨黑色。最近眼神不好，大概是電影看多了。這學期的電影課系裡開了一門水課，叫做「一起看電影」。我就帶一包瓜子去和學生一起看電影。看看螢幕，又去瞄瞄女流氓俱樂部在忙啥。有一天我瞄到羊十九在搞露天影戲。

　　羊十九扯了塊白布掛在兩根竹棍子之間，白布前面燒了一盆篝火，火旺得很，整塊布亮堂堂的，就看見幕後的緊實的羊十九影子晃來晃去。女流氓貌似也在上一門叫做「一起看電影」的課，搬個小板凳，嗑個瓜子在看羊十九演的影戲。幕布上的羊十九從左跑到右，又從右跑到左，身體越來越小，好像跑向幕布深處，跑遠了。翠蓮叫一聲：「十九，你跑回來！」（我呸一口瓜子：「艾瑪，這長鏡頭真棒！」繼續看戲。）幕布上的羊十九摔了一跤（沒啥音效，基本算個默片）直挺挺地躺在地上，裝死，幕布上的羊十九身體越來越大。（我拿顆瓜子，「哎喲，這不是推鏡頭嘛？」這妞肯定是靠肘和腳跟慢慢移向幕布的，身體保持躺屍，看著就像原地放大。）大家都被這個奇妙的推鏡頭吸引住了，定格了幾秒鐘，翠蓮就坐不住了，「十九，你死掉啦？」幕布上的羊十九沒吱聲，翠蓮不知道默片就是這樣的，扔了瓜子就跑去幕後，這樣幕前看戲的女人就接著看雙女主的戲。

幕布上的翠蓮先用腳踢踢羊十九，再彎下身來拍拍羊十九左臉，又拍拍羊十九右臉，接著貼到羊十九胸口聽聽。羊十九一把摟住翠蓮，滾了一圈，兩人的臉貼在了幕布上，占了個滿屏（翠蓮：「誇張，我臉才沒那麼大！」），然後這兩張大臉貼到了一起，嘴唇咬住了嘴唇（我的瓜子掉了，「OMG，大尺度特寫鏡頭！」）。觀眾一動不動，都看呆了。過了一會兒，進入了手持晃鏡頭，幕布抖個不停，「十九你個色狼，大家都看見了啊！」「翠蓮別打我嘛，痛痛！」「就打你，哪學來的烏七八糟的東西！」「我剛和羊二學的寫分鏡頭劇本。」羊二我馬上表示沒有這回事，肯定是以前上電影課羊十九自己偷聽的。不管怎麼說，吵了這一頓，羊十九的影戲進入了有聲片階段。

　　女流氓一個個都嚷著還要看，還沒過癮。「親親時間太短啦，都沒看清楚！」「親完不摸摸嗎？我要看摸摸！」「親得太突然了，要有前戲！」後來我給學生上課講到愛情類型片的時候，總要提到它在宋朝就初步定型，叫做「談情說愛＋吻戲特寫＋床戲」，當年試驗短片叫做《羊十九愛翠蓮》，已有各種現代電影鏡頭嘗試，可惜影戲並沒有載體刻錄保存。底下就有學生好奇地問：「沒載體保存，那老師您是去現場看的嗎？」「羊十九和翠蓮是誰啊？」我懶得解釋，「自己看小說去！」

　　有時候我會想，究竟是我教電影課，羊十九偷聽了才開始搞影戲的，還是羊十九和翠蓮演了影戲，影戲代代相傳發展到現代電影，我覺得怪好看的，然後才開始學電影。反正冥冥之

中總有點牽扯。如果當年女流氓俱樂部沒搞影戲，我現在就不一定在上電影課了。要是羊十九和翠蓮愛上了造木頭坦克，我大概在什麼國防大學裡講坦克是怎麼造的。在教室裡投影一張照片，「喏，前幾年開封附近出土的木頭坦克，宋代的哈，瞧瞧這龜殼身段，這象鼻子炮筒，據考證，這炮筒裡曾經裝的是煙花。所以這木頭坦克又叫煙花坦克，逢年過節開起來發射一通，打一仗。操作的駕駛室裡還有兩個並排座位。」「老師，現代坦克都坐一個人啊，這兩個擠來擠去開不好炮！」「哎呀，翠蓮和羊十九就喜歡黏一起，分不開的！」「老師，翠蓮和羊十九是誰啊？這兩人你認識啊？」我懶得解釋：「自己看小說去！」

國家圖書館出版品預行編目資料

汴梁城外／羊二著. --初版.--臺中市：白象文化
事業有限公司，2023.1
　　面；　公分
ISBN 978-626-7189-62-7（平裝）

857.7　　　　　　　　　　111016725

汴梁城外

作　　者　羊二
校　　對　羊二
發 行 人　張輝潭
出版發行　白象文化事業有限公司
　　　　　412台中市大里區科技路1號8樓之2（台中軟體園區）
　　　　　出版專線：（04）2496-5995　　傳眞：（04）2496-9901
　　　　　401台中市東區和平街228巷44號（經銷部）
　　　　　購書專線：（04）2220-8589　　傳眞：（04）2220-8505
專案主編　林榮威
出版編印　林榮威、陳逸儒、黃麗穎、水邊、陳婷婷、李婕
設計創意　張禮南、何佳諠
經紀企劃　張輝潭、徐錦淳、廖書湘
經銷推廣　李莉吟、莊博亞、劉育姍、林政泓
行銷宣傳　黃姿虹、沈若瑜
營運管理　林金郎、曾千熏
印　　刷　基盛印刷工場
初版一刷　2023年1月
定　　價　350元

缺頁或破損請寄回更換
本書內容不代表出版單位立場，版權歸作者所有，內容權責由作者自負

白象文化
www·ElephantWhite·com·tw
印書小舖
PRESSSTORE 出版經銷
自費出版的領導者
出版・經銷・宣傳・設計
購書 白象文化生活館